C. Altenbach
„TianeDK"

Internette Katzengeschichten

Bibliografische Information der Deutschen Nationalbibliothek. Die Deutsche Nationalbibliothek verzeichnet diese Publikation in der Deutschen Nationalbibliografie, detaillierte bibliografische Daten sind im Internet über http//dnb dnb de abrufbar

© 2017 Christiane Altenbach
Herstellung und Verlag
BoD-Books on Demand, Norderstedt

ISBN: 9783743197657

Wie alles begann

In den Jahren 1998 bis Sommer 2002 zogen wir aus beruflichen Gründen mit unseren beiden Katzen Fritzi (Schildpatt) und Narses (roter Tiger) nach Dänemark, konkret in die Mitte Jütlands. Fritzi war zum Zeitpunkt unseres Umzuges bereits über 20 Jahre alt, und obgleich ich sie vor sehr vielen Jahren mit in die Beziehung gebracht hatte, sie demzufolge eigentlich meine Katze war, betete sie Tom an. Ich war abgeschrieben.
Da Tom ein halbes Jahr vor mir nach DK zog, gleichwohl aus beruflichen Gründen, die dieses Mal bei mir zu finden waren, und er Fritzi mitgenommen hatte, begleitete sie ihn auch auf seinen Wochenendheimfahrten die gesamten 812 Kilometer einfache Strecke nach Köln und zurück. Was prima klappte, da sie Auto fahren sehr genoss. Sie verbrachte die Fahrtzeit auch keinesfalls in einem Kennel. Vielmehr lag sie überwiegend auf dem Beifahrersitz, schaute manchmal auf der Beifahrerseite aus dem Fenster, oder aber marschierte ins Fahrzeugheck, wo ein Katzenklo für sie bereit stand. Was mitunter zu panischem Ansteuern des nächsten Rastplatzes führte, um die olfaktorische Pein ihrer Hinterlassenschaft zu beenden, indem Tom das natürliche Produkt (Kot) in die natürliche Umgebung (Grün) schleuderte. Natürlich suchte er Rastplätze auch auf, um seine Bedürfnisse zu stillen und in einem Fall hatte er doch das Vorhandensein einer Autoalarmanlage vergessen, die sich einschaltete, als er gerade den erkauften Kaffeebecher in der Hand hielt. Weil Fritzi erwacht war und im Auto herum lief.
Im Mai zog ich mit Narses nach. Fritzi verstarb im Alter von 22 Jahren 2 Tage vor Weihnachten 1998. Im Januar 1999 kam Minka, damals 8 Jahre alt, zu uns. Etwas später entdeckte ich im Internet die Newsgruppe de.rec.Tier Katzen und stellte beim Herumlesen fest, dass sie mir gefiel.

Da die Winter in Dänemark lang und dunkel sind und ich viel Zeit hatte, begann ich, die Erlebnisse und Eindrücke mit und um unsere Katzen als Geschichten formuliert in die NG zu schreiben. Insbesondere vor dem Hintergrund meiner großen Sorgen und Ängste, ihnen könne etwas passieren, draußen, in den unendlichen Weiten Jütlands, denn ich kam aus einer Großstadt, alle bisherigen Katzen waren reine Stubentiger. Ich brauchte viel länger als die Katzen, um mich an deren Aushäusigkeit zu gewöhnen. Diese Geschichten also erfreuten sich innerhalb der NG großer Beliebtheit und den Aufforderungen, sie endlich gesammelt zu veröffentlichen, komme ich auf diesem Wege nach.

Von Katzen versklavt

Erst seit einer halben Stunde sitze ich am Rechner und will Mails beantworten, als sich Katze Minka entschließt, ihren Nachmittag-5-Minuten nachzugehen. Dem Personal von Katzen ist bekannt, wie sich so etwas gestaltet.
Zunächst hopst sie nicht weiter bei der Arbeit störend im Hintergrund umher, es ist eher belustigend und wird nur im Augenwinkel wahrgenommen, also schreibe ich munter weiter, lediglich hin und wieder unterbrochen von einem auf den Schreibtisch hopsenden großen grauen Monster, das dann trompetet und wieder hinab hopst, um wenig später trompetend zurück zu hopsen. Ich stelle hier klar, dass es sich nur anhört, als handelte es sich bei Minka um eine Elefantenkuh, aber sie ist, hier stelle ich sie vor, eine leicht übergewichtige Silvertabby, allerdings ist *Trompeten* das einzige Wort, das die merkwürdige Artikulation dieser Katze trefflich umschreibt. Irgendwann höre ich die Katzenklappe (Klapp Klapp) und da ich Kater Narses schlafend auf der Bügelwäsche weiß, muss es alternativlos Minka sein, die soeben verschwindet. Ich schreibe weiter.
Klapp Klapp. Ihre Rückkehr.
Klapp Klapp, zum Dritten. Wieder raus?
Ich beschließe, nachzusehen, ob vielleicht diesmal Narses das Weite sucht, doch der liegt noch immer in der Wäsche, allerdings nun in der bereits gebügelten und vorwiegend schwarzen. Leider zeigt er Interesse an Minkas Aktivitäten und ich hätte spätestens hier das Schreiben einstellen müssen, denn die Erfahrung lehrt mich: Unruhe ab jetzt! Jegliche Erfahrung missachtend, kehre ich optimistisch an den Rechner zurück. Eine Zeile geschrieben; Klapp Klapp. Narses raus.
Vorsichtshalber schaue ich nach, ob draußen eine Katze von der anderen Prügel bezieht, doch ich finde Minka unter einer

Tanne nach einem Vogel spähen, Narses auf der Birke nach Minka spähen. Also zurück am PC, wo ich kurz darauf ein Doppelklapp höre und das bedeutet, Minka hopst hinein, dicht gefolgt von Narses, der aber schnell das Interesse verliert, denn schließlich hat er sie da, wo er sie haben will, nämlich drinnen, fort von seinem Revier, seinen Bäumen, seinen Mäusen und seinen Straßen. Er postiert sich nun innen vor dem Plastikfenster der Klappe und scheint darauf zu warten, dass ihm eine Maus vor die Nase läuft. Draußen bleiben will er nicht, es scheint ihm zu kühl, um der Jagd nachzugehen.
Anders Minka. Diese lässt ihren Unmut über die zwangsweise Internierung derweil lautstark am Kratzbrett aus, meckert dabei zunächst munter vor sich hin, nur um dann vorsichtig die Klappe anzupeilen, wo sie Narses als Torwächter vorfindet. (Kafka?)
Meckernd und hüpfend eilt sie ins Wohnzimmer, wo sie die Terrassentür anschreit, als könne sie etwas für die Ausgangssperre.
„Gut", denke ich, „mache ich halt die Tür auf." Zumal das Geblöck ohnehin weniger der Tür als vielmehr mir gilt. Minka ist sofort verschwunden, ich auch, nämlich vollständig entnervt im Arbeitszimmer, wo ich, kaum dass ich eine Taste berührt habe, das bekannte Klappklapp vernehme. Narses raus. Aus den vorhin genannten Gründen reiße ich die Wohnungstür auf, um in eine eventuell stattfindende Katzenschlägerei eingreifen zu können, sehe Narses überhaupt nicht, Minka allerdings wieder unter der Tanne, nach dem selben Vogel spähend, der offenbar gelähmt zu sein scheint, doch plötzlich fliegt er davon, von Minka unbemerkt, die weiterhin hockt und späht.
„Gut", denke ich wieder, und kehre an den Schreibtisch zurück, nicht ohne an meinem Verstand zu zweifeln. Immerhin füllen vier neue Zeilen den Bildschirm, als ich nebenher durch das Fenster den großen grauen

Minkaschatten sichte, leider vor der Hecke des Nachbargrundstückes, wo sich in einem Verschlag hinter dieser Hecke Hühner befinden, und weil ich in den zwei Monaten, die Minka erst bei uns wohnt, erfahren habe, dass sie eine Vorliebe für Geflügel hat, reiße ich das Fenster auf und brülle.
"Minka!"
Keine Reaktion. Einnehmen einer duckenden Haltung kurz vor dem Sprung hinter besagte Hecke.
"Minka! Verdammt!"
Umdrehen. Kuhgleiches Glotzen.
"Minka!"
Unvermindertes Glotzen.
Ich eile in die Küche, komme mit einer kleinen Schachtel Katzenbonbons zurück und klappere mit derselben am offenen Fenster.
"Minka!"
"Brrrtt!" (Minkas Antwort, Herbeigaloppieren)
Minka ist also wieder zuhause, ohne die Tötung eines Huhnes verantworten zu müssen. Ich denke verdrossen über die Kosten eines Huhnes nach, kehre aber an den PC zurück. Ich reagiere auf ein neuerliches Klappklapp zunächst nicht (Minka raus, nach dem Verzehr von Leckereien), wohl aber auf die neuerliche Sichtung besagter Katze vor besagter Hecke. Das Bonbonrappelspiel wiederholt sich anschaulich und ich denke mit noch mehr Verdruss, wie gut mich meine Katzen konditionieren können. Ich bin das nicht gewöhnt, vor gerade mal einem halben Jahr wohnte ich noch in einer Großstadt, alle bis dahin bei uns lebenden Katzen waren Stubentiger. Ich mache mir Sorgen, was alles passieren kann, abgesehen von Konflikten untereinander, da Minka, wie erwähnt, noch nicht allzu lange bei uns weilt und Narses, der sie leidlich akzeptiert hat, ja nun doch angelegentlich die älteren Besitzansprüche durchsetzt.

Nach dem neuen Verschwinden Minkas durch die Klappe, wird sie vor der Hecke nicht mehr gesichtete und ich schreibe eine Seite voll. Immerhin nur einmal unterbrochen von Narses Heimkehr, mäuselos und hungrig, der bereits in der Küchentüre stehen bleibt und Futter einfordert. An dieser Stelle erfolgt ein allzu bekanntes Prozedere: Wegwerfen des alten Futters, Einfüllen des neuen Futters, Zuscharren des neuen Futters mit Luft, Dekorieren des neuen Futters mit einer Scheibe Aufschnitt. Als der Herr endlich satt ist, postierte er sich vor der Klappe und lässt selbstverständlich Minka nicht ein, die daraufhin vor dem verschlossenen Fenster des Arbeitszimmers erscheint und noch dümmer, falls das möglich, glotzt. Ich lasse sie ein und verschließe gnadenlos resigniert alle Ausgänge, einschließlich Klappe. Bereue das sofort, denn es wird mit Unmut zur Kenntnis genommen, dem Unmut mit Aktionismus Ausdruck verliehen, denn Minka beginnt sofort, irrsinnig umher zu hopsen, links, rechts, geradeaus und rückwärts, gefolgt von einem sichtbar irritierten Kater, der dann aber doch vorübergehend mit hopst. Minkas Hopsen wird abgelöst von Minkas sinnlosem Herumgaloppieren, Narses galoppiert zunächst mit und als Katzenschreie statt Trompeten ertönen, rase ich herbei, um nach Verwundeten Ausschau zu halten. Ich finde ein rotes Haarbüschel (Narses) und Stille. Als ich an den PC zurückkehre, setzen Galoppieren, Tröten und Schreien wieder, ein und beim nochmaligen Nachschauen finde ich ein graues Haarbüschel (Minka) direkt neben dem roten. Auch gut, die Verhältnisse scheinen ausgewogen, ich schreibe, Narses schreitet gemächlich ins Schlafzimmer, vermutlich um der zu diesem Raum gehörigen Beschäftigung nachzugehen.
"Miiiiaaauuu!!!"
Mist! Ich steuere meinen Rollstuhl eilends ins Wohnzimmer und öffne die Terrassentüre, durch die Minka entschwindet.

"Brrrtt!!" Minkas Rückkehr.
Minkas Sprung auf den Schreibtisch.
Minka verschwindet wieder.
Leider kommt sie sofort zurück.
Leider setzt sie sich vor den Bildschirm.
Leider fühlt sich Narses von so viel Aktion gestört und jagt Minka hinaus.
Leider werden beide Katzen in Eintracht vor besagter Hecke gesichtet.
Leider wirkt Narses Verhalten, der in vielen Jahren niemals auf irgendetwas oder wen gehört hat, ansteckend auf Minka, die auf nichts mehr reagiert. Demnach ziehe ich mir eine Jacke über und rolle hinaus, mit Katzenleckerlis versteht sich.
"Minka! Narses! Rein!" (Rappeln mit der Schachtel.)
Zu spät sehe ich Narses hinter der Hecke verschwinden, kann mir aber nicht vorstellen, dass etwas in Richtung Hühnertötung passiert, da er schon eine lange Weile mit dem Geflügel in nachbarschaftlicher Eintracht lebt.
Minka immerhin folgt der rappelnden Dose ins Innere des Hauses und verspachtelt fröhlich das Gereichte. Unterdessen blicke ich vorsichtshalber aus dem Fenster, sehe Narses aber nicht. Plötzlich setzt Lärm ein. Unendlich laut gackern gefühlte 500 Hühner, es sind 5, durcheinander und etwa zeitgleich schießt ein sichtbar geschockter Kater aus der Hecke hervor, schnurgerade durch die wieder geöffnete Klappe. Er flieht unter das Bett. Die Hühner folgen ihm nicht.
Ab hier ist Ruhe.

Die Maus

Selbstverständlich ereignete sich dies vor einigen Wochen, als Göga (Göttergatte) Nachtschicht hatte. In seinen Anfängen war der Abend gemütlich, ich verbrachte ihn zuerst mit einem Buch und mit beiden Katzen, die sich dösend um mich verteilt hatten, später nur noch mit Minka, weil Narses stets zwischen 19. und 21 Uhr seine eigene Nachtschicht anzutreten pflegt. Ende offen. Also sorgte ich mich nicht, als er um ca. 23 Uhr noch immer nicht zu Hause war und entschloss mich, ins Bett zu gehen. Dort lag ich eben erst zwei Minuten, Minka unter der Decke, sanft an mich gekuschelt, als das Klappern der Katzentür Narses Heimkehr anzeigte. Es hätte mich beunruhigen sollen, dass Minka sofort die Schlafstätte verließ und ihm entgegen peste, tat es aber zunächst nicht.
Ich rolle mich tiefer in die Decke und ersehne den Schlaf. Der ist soeben gnädig über mich gekommen, als mich ein schepperndes Geräusch jäh aufrecht im Bett sitzen lässt. „Ohä", denke ich, „er hat lebende Beute mit gebracht."
Nun muss ich erst mal gucken, wie diese Beute geartet ist, denn manche Mäuse haben wir verzärtelte Großstädter schon aus den Pranken der Tiger befreit. Also folgt müdes Quälen in den Rolli und der Geräuschkulisse folgen. Ich finde Minka auf der Jagd nach einer Spitzmaus, daneben einen höchst desinteressierten Kater Narses. Sobald eine Maus im Haus befindlich, verliert er jedes Interesse an ihr. Merkwürdigerweise pflegt er sie häufig im Trockenfutternapf abzulegen, tot oder lebendig, um sich dann am Trockenfutter gütlich zu tun. (?)
Da die Maus, sollte sie noch leben, zunächst in Schockstarre befindlich, derweil sich eine Katzennase während der Nahrungsaufnahme an ihr reibt, kann ich erst einmal nichts

über ihren physischen Zustand in Erfahrung bringen, doch dann bewegt sie sich und türmt. Minka beginnt die Jagd. Eine Rettung der Maus in der Küche scheint unmöglich, ich bleibe auf Beobachtungsposten und warte zunächst noch geduldig. Gelegentlich dabei umstürzenden Dekorgegenstände und herumfliegende Gläser auffangend, während die Maus fiepend in den Wirtschaftsraum flieht, wohin ich ihr und Minka folge, denn der hat eine zweite Haustüre, die ich sofort hoffnungsfroh aufreiße. Die Maus, nicht dumm, erspäht den Notausgang sofort, Minka allerdings, die sich abwartend unter meinem Rolli aufhält und nun zur Verfolgung ansetzt, kann in allerletzter Sekunde davon abgehalten werden der Maus hinaus zu folgen, doch bald schon setzt ein Wettrennen zwischen mir und Minka hin zur Katzenklappe ein, die ich eigentlich versperren will, um eine Rückführung der Maus zu verhindern. Minka ist schneller. Mist.
Ich muss nicht lange warten bis Minka mit dem Nager zurückkehrt, derweil Narses seinen geschmeidigen Leib auf der Sofalehne postiert hat und sich das Schauspiel in königlicher Haltung betrachtet. Die Maus wird eilig ins Arbeitszimmer verschleppt, wo sie unter dem Schreibtisch im Kabelchaos des PCs versteckt wird, auf das ich sie nie finde. Bis dahin macht sie noch einen recht fidelen Eindruck, ich finde sie hübsch, sie tut mir leid, ich will helfen, also versuche ich Minka durch Herumwedeln mit sämtlichem vorhandenem Katzenspielzeug und Gerappel sämtlichen vorhandenen Katzenleckerlidosen abzulenken und bleibe damit erfolglos. Hiernach versuche ich, bereits schwer entnervt und gestresst, beide, Jägerin und Gejagte, in die Diele zu lotsen, das immerhin mit Erfolg. Wieder reiße ich eine Tür auf, wieder flieht das Opfer, wieder entwischt Minka, diesmal durch das vergessene offene Schlafzimmerfenster. Und wieder Mist. Ich resigniere und krieche zu Bett, mir die Decke über den Kopf stülpend, in

dem Versuch trotz meines schlechten Gewissens einzuschlafen.
Klappklapp(Minka)
Fips (Die Maus)
Oh Nein! (Ich)
Ich versuche die folgenden Geräusche zu ignorieren, was mir weitgehend gelingt, sie halten auch nicht lange vor, bald schon ist Ruhe und ich wünsche, schlafen zu können. Doch halt.....
Hrrp,Hrrp,Hrrp!
Eine Katze kotzt. Auch das noch.
Ich ahne, es ist Minka, sie muss die Maus gefressen haben. Ich also gehe nachsehen, was bedeutet, dass ich schon wieder aufstehe und was ich sehe, bestätigt meinen Verdacht, denn im Arbeitszimmer liegt ein halbes Mäuseskelett mit Schwanz. Ich befinde den Anblick für reichlich unappetitlich, weshalb ich mich entschließe, das Entsorgen des Mageninhaltes Minkas meinem lieben Tom zu überlassen, nicht ohne zuvor ein Stück Krepppapier als Leichentuch über die sterblichen Überreste gelegt zu haben. Ein Ave Maria stimme ich nicht an, vielmehr gehe ich zu Bette, das wievielte Mal an jenem Abend bleibt ungezählt. Ich bin verrückt genug, zu hoffen, dass nun Ruhe einkehrt. Doch vergeblich. Zwar hat sich Narses am Fußende eingerollt und wünscht zu ruhen, doch Minka, einmal wach ein wahrer Terrorist, kündigt durch Kratzen, Klopfen und ähnlichen randalierenden Lauten an, doch jetzt bitte in den Kleiderschrank zu wollen. Ich öffne relativ schnell und freiwillig die Schranktür. Narses hebt das Haupt, streckt eine Pfote gelassen nach vorn und hat sehr viel Skepsis im Blick, als Minka im Schrankinneren verschwindet. Eine Hose fliegt aus dem Schrank, dicht gefolgt von einem Stofftier. Narses Ohren neigen sich in einem solchen Winkel zur Seite, dass sie mit seinem Kopf eine flache Linie bilden und das bedeutet Ärger. Noch ehe ich einschreiten kann,

jagt er gleichfalls ins Schrankinnere.
Von dort Katzenjammer, dann ein grauer Schatten der hervorschießt und ins Wohnzimmer verschwindet, ganz dicht gefolgt von einem roten Schatten. Poltern. Miau. Ruhe.
Narses schlendert mit der Würde eines großen Feldherrn auf das Bett und rollt sich ein. Ich lösche das Licht.

Vollkommen verzogen

Als Minka zu uns kam, war sie "brav". Sie war die einzige Katze, die ich je kannte, die ohne Krallen zuschlug, wenn sie nicht angefasst werden wollte. Sie bettelte nach nichts, wenn ich in die Küche ging. Sie rupfte nicht an Möbeln. Sie tötete keine Mäuse. Sie kam IMMER, wenn man rief. All das führte bei mir zu der Überzeugung, dass sie für eine Katze zwar arg atypisch war, aber doch sehr praktisch. In seltenen Momenten konnte ich sogar Hundehalter verstehen. Man kennt das so ja nicht, erleichtert das Leben mit Katze jedoch ungemein, insbesondere in Hinblick auf den gleichwohl noch bei uns lebenden rot geringelten Haustyrannen.
Das war vor drei Monaten, doch wie durch ein Wunder fand ohne unser bewusstes Zutun eine Wandlung statt. Plötzlich schlug sie mit Krallen, sie begann richtig zu balgen und sorgte für Striemen auf meinen Unterarmen, sie bettelt mit Vorliebe nach Meeresfrüchten und versucht Deckel von Tupperdosen abzuschälen. Unser Ledersofa hängt in Streifen und leider hat das Narses bei ihr abgeschaut und für interessant befunden. Sie tötet Mäuse.
Sie kommt immer noch, wenn man sie ruft, geht aber sofort wieder, um ihre unterbrochene Tätigkeit wiederaufzunehmen. Wir haben nichts gemacht, aber offenbar steht auf unseren Stirnen in Katzensprache

geschrieben: Kommt her und tyrannisiert uns!
Seitdem wir sie "vollkommen verzogen" haben, ist sie eine "richtige Katze". Und wir werden tyrannisiert, meist schon zu Beginn des Tages, wenn Narses uns ein bis zwei Stunden vor dem Weckerläuten durch das auf und zu schlagen der Kleiderschranktüren aus dem Schlaf reißt. Sämtliche Wurfgeschosse in Form von Stofftieren prallen wirkungslos an ihm ab. Er verschwindet eine Sekunde, um kurz darauf die Tyrannei wieder aufzunehmen, und wenn seine Methode nicht fruchtet, zerfetzt er das weiche Holz der Türrahmen, sodass ich mich schließlich resigniert in die Küche begebe und die Näpfe fülle. Meistens jedoch ist lediglich der Trockenfutternapf leer, denn Monsieur befindet eingetrocknetes Nassfutter (was nicht wirklich eingetrocknet ist) als unwürdig von ihm verspeist zu werden. Also: die obligatorische tote Maus im Napf wird entsorgt, eine neue Dose wird geöffnet, das Futter eingefüllt, der Napf ihm vor die hochmütige Nase gestellt und?
In sieben von 10 Fällen scharrt er das Gereichte mit Luft zu, so dass ich mich verdrossen auf den Rückweg ins Schlafzimmer mache, nicht ohne mich zu fragen, womit ich das verdient habe. Zurück im Bett ist an Einschlafen nicht mehr zu denken, denn Minka, durch vorher beschriebenes Procedere erwacht, springt gurrend und trötend durchs Haus, mindestens 10 Minuten lang und ich weiß, bald wird sie die Katzenklappe benutzen und das ist übel, denn am frühen Morgen neigt sie dazu, immer schon nach zwei Minuten wieder zurückzukehren, um dann wieder zu verschwinden und irgendwann beginnt Narses, ihr zu folgen, sodass ich nur noch ein stetes wiederkehrendes Klappklapp höre. ICH höre! Tom bekommt von all dem nichts mit und schläft. Mir ist unklar, wie er das macht, aber ich beneide ihn.

Große Erleichterung

Mir fällt ein Stein vom Herzen, wie man so schön sagt. Ich war eine Woche auf Kurzurlaub, wusste Minka und Narses bei Tom sehr gut versorgt, weshalb ich mir keine Sorgen machte, allein, sie fehlten mir. Nun, zwei Tage vor meiner Heimreise, teilte Tom am Telefon mit, es wäre an der Zeit nach Hause zu kommen, da sich die Tiere so seltsam verhielten.
„Wie denn?", frage ich, kann mir das nicht so recht vorstellen, da Tom ein erstklassiger Dosenöffner ist. Obwohl? Ein solcher Lakai wie ich einer bin, ist er nicht. Er hat durchaus rebellische Momente, in denen er sich der Unterdrückung durch die Katzen in Form von Ignoranz entzieht. Ich erhalte zur Antwort, der dünne Kater fräße kaum noch, die dicke Minka auch nicht, was ihr figurtechnisch ja nicht so schaden kann, aber beide schliefen nicht mehr im Bett, Narses wiche ihm sogar aus und guckte höchst indigniert aus dem Pelz. Minka käme permanent angelatscht und plärre, allerdings gelänge es ihm nicht, zu eruieren, was sie eigentlich wolle.
Tom also teilt mit, er sei über alle Maße gestresst und heilfroh, wenn die zwei überhaupt Zuhause wären, wenn er das Haus betritt.
Na Klasse, denke ich und beginne mir Sorgen zu machen, froh als der Flieger am heimischen Flughafen den Boden erreicht. Zuhause stoße ich auf katzige Ablehnung. Narses hockt im Wohnungsrolli, blinzelt mich müde an, erhebt seinen geschmeidigen Leib zwecks Katzenstretching, gähnt und geht.
Oh schön, welch freudige Begrüßung. Er verlässt nicht nur mein Gesichtsfeld, sondern gleich das Haus. Resigniert wende ich mich der anderen Katze zu, die immerhin für 0,2 Sekunden schnurrt, aber dann plötzlich auch das Weite sucht. „Was ist los?"

Tom hebt ahnungslos die Schulter, aber ich ahne es. Für die beiden fanden während meiner Abwesenheit einschneidende Veränderungen statt. Narses musste feststellen, dass stetes Randalieren an Türrahmen und Schranktüren nicht zum erwünschten Erfolg führen, Tom einfach im Bett liegen bleibt und deshalb auch die Zufuhr frischen Nassfutters morgens um halb sechs ausbleibt. Also noch einmal kurz in die Fußsohle gehackt, aber weil auch das nicht zum erwünschten Erfolg führt, geht er auf die Jagd. Nach seiner Rückkehr steht in der Küche zwar frisches Nassfutter, doch das wird selbstverständlich mit Luft zugescharrt. Wo kämen wir denn da hin? Das Futter **muss** in seiner Anwesenheit in den Napf gefüllt werden, sonst könnte ja alles Mögliche drin sein. Tiane weiß so was, Tom weiß es auch, hält es aber für überflüssigen Schnickschnack und unterlässt es. Narses unterlässt in der Zwischenzeit das Fressen. Minka schaut das bei ihm ab und verweigert gleichfalls die Nahrungsaufnahme, versucht aber stattdessen Toms Aufmerksamkeit durch noch mehr Umherhopsen zu erregen, erhält gelegentlich Streicheleinheiten, öfter aber die Bitte um eine Erklärung. Alle Versuche, Narses durch Streicheln besänftigen zu wollen, scheitern an seinem Desinteresse oder an seiner physischen Abwesenheit. Bei einer der wenigen Gelegenheiten den Kater berühren zu dürfen, stellt Tom fest, dass er eine Zecke hat.
Auch das noch.
Die verzweifelten Versuche Toms die Zecke zu entfernen, ohne dabei selbst verletzt zu werden, gehen selbstredend schief, der Zeckenkopf verbleibt im Körper des Vierbeiners, allerdingst wird bei dieser Gelegenheit die Anwesenheit von Würmern in und an Narses festgestellt. Also her mit der Dorftierärztin, die wenig später in unserem Wirtschaftsraum steht. Der Kater steht dort auch, aber nicht so ganz freiwillig, erzwungen durch Nackengriff, hilflos den

behandelnden Händen ausgesetzt, und bei der Aktion offenbaren sich ein weiterer Zacken im rechten Ohr, daneben ein schwerer Bluterguss.
Alles spricht für Revierschlachten übelster Ausmaße, Narses erleidet eine Antibiotikaspritze und einen hysterischen Anfall, aus dem die TA nicht unverletzt hervorgeht. Entkommen aus dem Klammergriff, prescht Narses hinaus in den Garten und wird für den Rest des Tages nicht mehr gesichtet. Minka glotzt verwirrt und versteckt sich unter dem Bett, wo sie stundenlang verbleibt. Insgesamt durchleidet Narses eine Lebenskrise. Der Lieblingssklave ist weg. Es gibt deswegen kein anständiges Futter mehr, niemand reagiert auf seinen Terror, im Revier hat er überflüssigerweise auch noch Probleme, er erhält eine verhasste Spritze, jetzt bekommt er täglich zwei Tabletten in den Hals gedrückt, was auch nicht grade zur Hebung seiner Laune beiträgt, weil Tom die simpelsten Regeln der Tablettengabe missachtet. Weiß er nicht, dass Tabletten entweder in Lieblingsvitaminpaste oder Kalbsleberwurst Kölner Art ummantelt werden müssen?
Er straft Tom mit absolutem Desinteresse ab.
Minka fühlt die Krise instinktiv und versucht sich Narses` anzupassen, allerdings schläft sie wenigstens manchmal im Bett.
Das alles ist nun vorbei. Ich bin wieder da, doch niemand, außer Tom, scheint sich zu freuen. Ich versuche mich in einer Disziplin, die mir so gar nicht liegt, der Geduld, und werde immerhin von Minka belohnt, die gestern Abend wieder mit ihrem beliebten sinnlosen Umherhopsen begann und generell die Nahrung wieder aufnimmt. Narses aber schmollt. Beleidigt wie er ist, frisst er immer noch nichts und ich tröste mich mit dem Gedanken an eventuell draußen verspeiste Mäuse.
Gestern Abend gegen 20:30 Uhr verlässt er das Haus, ist beim menschlichen Zubettgehen um 00:00 noch immer

nicht da, ist heute Morgen um 6:00 auch noch nicht da.
Trotz Suche, finden wir keinerlei Anzeichen eines etwaigen Besuches in der Nacht, wie etwa ein leerer Trockenfutternapf, oder ein halb leeres Wasserglas. Zur Erklärung an dieser Stelle sei bemerkt, dass Narses Wasser nur aus einem eigenen Glas, das im Badezimmer auf meinem Duschsitz stehen muss, trinkt.
Als Tom heute Morgen zur Arbeit fährt, kehrt er glücklicherweise nicht bereits nach zwei Minuten zurück, weil er Narses überfahren am Straßenrand liegen sieht, aber ich beruhige mich nur wenig, stöbere im ganzen Haus in den aberwitzigsten Ecken herum und bleibe weithin mit der Suche erfolglos.
Dann, die Idee! Mein Cabrio blieb über Nacht unverschlossen, vielleicht, Hoffnungsschimmer, liegt er ja im Auto und schläft. Also den Bademantel über und im Carport gucken, doch der Wagen ist leer.
Die nicht weggeräumte Sonnenliege im Garten?
Auf der anderen Seite des Hauses geguckt, auch die Liege zeigt sich verlassen. Ich kehre in großer Sorge im Arbeitszimmer ein, starte den PC, um bei Kaffee die heimatliche Tageszeitung via Internet zu lesen, lediglich abgelenkt vom sinnlosen Plärren und Springen einer durch den schönen Frühlingstag höchst aufgebrachten Minka. (Rein, raus, rein, auf den Schreibtisch, vom Schreibtisch, auf den Schoß und wieder hinunter, aus dem Schlafzimmerfenster raus, zur Katzenklappe wieder rein, meckernd am Kratzbrett rupfen, meckernd am Ledersofa rupfen, raus, rein, vor den Monitor, raus usw. usw. usw.)
Plötzlich steht er da. Narses in voller Pracht. Erwartungsvoll im Türrahmen zum Wohnzimmer. Wartend. Vor Freude alles von mir werfend, wende ich mich ihm zu.
Er läuft voraus in die Küche.
Er schmust mit dem Kühlschrank.
Er geht zu dem am Boden abgestellten Napf, er riecht am

Futter......und?
Ich bange. Ich reibe die Hände und beobachte ihn, er scharrt Luft auf das Futter.
Ich dekoriere das Futter mit einer Scheibe Mortadella. Und?
Er frißt. Er frisst nicht nur die Wurst, auch das Futter darunter!
Ich atme auf. Im Augenwinkel sehe ich, wie er sich auf seinem Lieblingssessel anschließend das Fell putzt, sich dann einrollt und döst. Ich bin froh. Er ist Zuhause und meine Reise ist vergessen.

Katzenolympiade

Ich möchte Minka und Narses anmelden in folgenden Disziplinen:

Minka:
Grund und sinnloses Dauerumherhopsen. Gewertet werden Höhe, Weite, Ausdauer, nicht zu vergessen Ungraziösität wegen merkwürdigen Körperbaus. (ein wenig mollig, sehr kurze, aber stämmige Beine, vorne X-beinig)

Vor dem Monitor hocken und nach Unbekanntem spähen. Momentan wieder in der Trainingsphase

Ausstoßen trompetenähnlicher Laute. Gemessen an der Häufigkeit dürfte sie für die Goldmedaille prädestiniert sein.

Verhindern des Ruhig-in-den-Schlaf-sinkens besonders des Dosenöffners Tiane. Diese Disziplin ist durch geringe Entschlussfreudigkeit gekennzeichnet, insofern, dass sich Katze Minka nie entscheiden kann, ob sie nun unter der Bettdecke mit schlummern möchte oder eher nicht. Der Sport wird ausgeübt wie folgt:

Stehen vor dem Bett, kombiniert mit kuhgleichem Glotzen, hinaufspringen, hinabspringen, umrunden des Bettes, glotzen, hinaufspringen, unter die Decke Krabbeln, 3 Sekunden schnurren, hinabspringen, umrunden des Bettes, hinauf, ggf. niederlassen und schlafen. In der Regel jedoch nicht, denn die Disziplin ist betreffend der Ausdauer erweiterungsfähig und wird meist in den Nachtschichten Toms ausgeübt.

Hinausscharren des Katzenstreus aus der entsprechenden Kiste, gewertet nach der Menge des hiernach auf dem Dielenboden befindlichen Streu.

Narses:
Morgendliches Randalieren. Die Einzeldisziplinen sind:
Extremrupfen am Schlafzimmertürrahmen, lange, laut und höchst destruktiv.
Auf und zuschmettern der Kleiderschranktüren, bis eine wie auch immer geartete Reaktion der Lakaien eintritt.
Ausweichen vor herbeifliegenden Stofftieren und Kopfkissen, dabei besonders hervorzuheben, die Schnelligkeit und Eleganz seiner Duck und Sprungbewegungen.

Zuscharren von Katzenfutter mit Luft. Gewertet wird Häufigkeit und Ausdauer im Einzelfall, ungeachtet der offenkundigen Nutzlosigkeit des Vorgangs. Hierin dürfte er unschlagbar sein, da dies täglich bis zu viermal geschieht und in der Regel so lange wiederholt wird, bis der Lakai das Futter mit irgendeinem Leckerchen dekoriert.

Ablegen toter Mäuse im Trockenfutternnapf. (Der Sinn dessen hat sich uns stets entzogen)

Heimbringung lebender Mäuse und Ignorieren derselben

sobald Zuhause.
Die Finesse dieser Disziplin liegt im sofort hereinbrechenden Chaos, sobald Minka den Nager entdeckt, deshalb sollte diese Disziplin besser als Mannschaftssportart betrachtet werden. Die Wertung muss nach der Anzahl der umgestürzten und ggf. zerstörten Dekorgegenstände im Haus, nach der Anzahl der bei Tiane gerissenen Nervenstränge, der Lautstärke ihrer Entsetzensschreie, und die Menge der von ihr geschluckten und mit Narses geteilten Baldrianperlen erfolgen.

Ringen und Boxen mit Reviereindringligen der gleichen Gattung. Augenblicklich sind Blessuren des letzten Trainings am ohnehin bereits gezackten rechten Ohr erkennbar. Auch hier sollte bei der Bewertung berücksichtigt werden, dass sich die Kämpfe meist in der Nacht ereignen und über mehrere Runden gehen. Auch diese Disziplin kann im Doppel stattfinden, da Minka, sobald sie solcherart Kampflärm vernimmt, herbeieilt und kräftig mitmischt.

Beide:
Ein beliebter Sport ist das Verweigern der glücklichen Heimkehr durch die Katzentüre der Katze, die sich grade Outdoor befindet. Der Sport findet wechselseitig statt und stellt sich dar, indem die Daheimgebliebene innen die Türe im gemütlichen Hock-In blockiert. Die Draußen-Katze, die antrabt und verharrt, ist stets mit verdutztem Gesichtsausdruck vor dem Plastikfenster sichtbar. Die Disziplin ist danach zu bewerten, wie lange der Heimkehrer benötigt, sich an diversen anderen Fenstern durch wildes Gestikulieren beim zweibeinigen Personal bemerkbar zu machen. Die Intensität des vollständig verständnislosen Gesichtsausdruckes des Türwächters, wenn er die plötzlich

irgendwie eingelassene Katze erblickt, sollte bei der Bewertung ebenso berücksichtigt werden.

Ruf nach Freiheit

Weil ich natürlich noch keinen Verleger gefunden habe :-), ich aber trotzdem in meinen älteren Dateien gekramt habe und dabei eine kleine Geschichte fand, die ich geschrieben habe, als Minka noch in den Anfängen bei uns war, möchte ich sie hier loswerden. Als Gutenachtgeschichte sozusagen, denn gleich bin ich weg.
Also:
Es ist allgemein bekannt, dass die Loveler Katzenheimstatt über eine Katzenklappe verfügt, und ich bin sicher, dass selbst Minka inzwischen davon Kenntnis erhalten hat, dennoch war sie anfänglich weder Willens noch fähig, diese auch zu benutzen. Morgens, nach dem allgemeinen Weckterror, der Fütterung der Raubtiere, während des sinn- und grundlosen Umherhopsens des großen grauen Minkamonsters, hält selbiges jäh inne, stutzt, glotzt kuhäugig und eilt in die Diele, um dort in letzter Sekunde Zeuge von Narses` Entweichen durch jene Klappe zu werden. Schnellen Schrittes erreicht sie die Plastikscheibe der Klappe und gafft hinaus, wobei ihr Schwanz ganz aufgeregt hin und her wedelt. Als Minka mein Erscheinen gewahr wird, wendet sie sich der Klappe ab und mir zu, in ihren Kulleraugen steht zu lesen: Wie macht der das?
"Ja, das möchtest du wohl wissen," sage ich und drücke ihren Kopf sanft gegen die Plastikscheibe, aber sie wehrt sich vehement, schlägt schließlich nach mir, sodass ich resigniert aufgebe, um eine frustrierte Katze, glotzend und schwanzwedelnd, zurückzulassen. Ich gebe vor, dass mir das egal ist, in erster Linie gebe ich das vor mir selber vor

und wende meine Aufmerksamkeit wieder voll und ganz dem Spülen zu, als Minkas Umherhüpfen unvermindert wieder einsetzt. Froh, meine Arbeit beendet zu haben, setzt ich mich schließlich auf dem Sofa, nehme ein Buch, lese zwei Zeilen, als sich das Hopsen plötzlich in Schreien verwandelt.
"Miiiiaaauuu!"
Was jetzt?
Ich werfe das Buch von mir, rase zu Minka, finde sie jammervoll und verzweifelt vor der verschlossenen Terrassentüre. Ich erkenne die Ursache ihrer Seelenpein rasch, denn draußen, an der frischen Luft, unter blauem Winterhimmel, untermalt von fröhlichem Vogelgezwitscher, hockt ein prachtvoller roter Kater, der durch Auftreten und Gesichtsausdruck unleugbar anzeigt, dass er hier und jetzt ganz bewusst zankt.
„Du Sack", denke ich unfein und öffne die Tür, eigentlich, um ihn einzulassen, aber er schlendert nur aufreizend über den Rasen, das tut er langsam und mit den Hüften wackelnd. Minka, völlig aufgeregt, hopst hinzu und weil sie ja auf diesem Weg wieder zurückkommen muss, hole ich mir einen dickeren Pullover und wickele mich darüber hinaus in eine Wolldecke. So lese ich eine gute Stunde unbehelligt und wundere mich über das Ausbleiben von Eiszapfen an meiner Nase. Die dänischen Winter sind kalt.
Hin und wieder schaue ich hinaus, weil Minka noch nicht so erfahren im „draußen Herumlaufen" ist. Ich rufe angelegentlich nach ihr und wo immer sie ist, kommt sie gurrend zurück, nur um ein bisschen im Wohnzimmer auf und ab zu hopsen und dann wieder schnell zu verschwinden. Irgendwann zu dieser Zeit zeigt mir das Klappern der Klappe akustisch Narses Heimkehr an, und weil ich ein Sklave seiner verschnupften Essgewohnheiten bin, folge ich ihm in die Küche, wo er schon wartet, entsorge niemals angerührtes Katzenfutter und fülle in altem Ritual den Napf

mit neuem. Doch offenbar ist er heute wenig geneigt, überhaupt zu fressen, verzichtet sogar auf das gleichwohl rituelle Zuscharren des Gereichten mit Luft. Minka pest unterdessen einmal durch das gesamte Haus und wieder zurück in den Garten. Ich durchsuche den Kühlschrank nach Leckerchen für Monsieur, reiche ihm ein Stück Teewurst, welches er genüsslich verspeist. Immerhin.
Hiernach fordert er Milch, erhält auch die, sodass er schließlich zufrieden ins Wohnzimmer geht, sich an der Terrassentüre postiert und Minka ein Weilchen beim Umherhopsen beobachtet. Das Hopsen des großen grauen nassen Sackes bricht jäh ab. Madame entschließt sich, auf den Gartentisch zu springen, ich drehe derweil die Heizung ab, weil es ja wenig Sinn macht, den Garten zu heizen, und suche nach einem Schal. Diesen gefunden und gerade auf dem Weg zurück zum Buch, stelle ich mit Befremden fest, dass Minka das auf dem Tisch abgestellte Vogelfutter kostet. Dann scharrte sie Luft, woraus ich messerscharf schließe, dass es ihr nicht schmeckt, oder sie es für später aufheben will. Immerhin kommt sie endlich zurück ins Haus, oder besser, will zurückkehren, aber Narses, heute in tyrannischer Laune, legt die Ohren platt an den Kopf und zeigt damit Aggressionsverhalten, schneidet ihr den Weg ab, jagt sie durch den Garten hinaus aus meinem Blickfeld. Am Fenster stehend, sehe ich sie zurückkehren. Ein großer grauer Tiger auf der Flucht vor einem kleineren roten, aber muskulöseren, durch zahlreiche Revierkämpfe gestärkten Tiger prescht an mir vorbei in westliche Richtung. Kurze Zeit später kehren sie in umgekehrter Reihenfolge zurück, aus dem Gebüsch ertönt ein Fauchen, wieder in meinem Blickfeld, jagt Narses Minka hinterher, sodass ich der Eingebung folge, das Schlafzimmerfenster auch noch zu öffnen, damit sie mehrere Möglichkeiten hat, in das Innere des Hauses zu gelangen. Und das ist gut so, denn durch dieses kehrt sie heim, postierte sich vor mir und tut mir

lauthals ihren Unmut kund. Ich spreche ihr zärtlich mein Mitgefühl aus, verschließe das Fenster und Terrassentür, entledige mich des Schals, drehe die Heizung wieder auf und lese ohne zu frieren weiter.
Inzwischen haben wir kein Vogelfutter mehr auf der Terrasse, was einer anderen Geschichte geschuldet ist, für die mich Ornithologen hassen werden.

Damals war Vogelfütterung noch möglich, weil Narses sich nur für Mäuse interessierte, Vögel durften sogar draußen auf dem Tisch herumlaufen, unfassbar eigentlich, doch leider ist die Interessenlage derzeit bei Minka eine andere.

Jerry

In unserer vorvormaligen Wohnung im zweiten Stock, sah ich Jerry zum ersten Mal. Aus der Dusche kommend, ein Handtuch turbangleich ums nasse Haupt gewickelt, in einen Bademantel gehüllt, schritt ich in die Küche und erschrak. Eine graue Katze! Ein Fremder! Im zweiten Stock! Genüsslich mit Mundraub an Narses und Fritzi beschäftigt, für mich nur ein müdes Augenblinzeln übrig, benahm er sich mit einem solchem Selbstverständnis, dass ich die Unlogik der ganzen Situation deutlicher als alles andere spürte.
Gut, die Balkontüre war geöffnet, es war Sommer, aber selbst ein so großes Katzenmonster dürfte nicht über ausreichend Sprungkraft verfügen, auf den Balkon einer zweiten Etage springen zu können. Ich sammelte mich, der Kater fraß weiter, ich ging zum Balkon, um hinaus zu spähen und um zu bemerken, dass das Katzennetz an einer Stelle am Rand links eingerissen war. Vorsichtig näherte ich mich dem Objekt destruktiven Katzenzorns, lupfte den Fetzen und prallte zuerst vor Schreck zurück, denn vom

Balkon nebenan, der zu einem anderen Haus gehörte, richteten sich schreckgeweitete, angsterfüllte Augen eines kleinen Mädchens mit Zöpfen auf mich, das schüchtern die Frage stellte, ob Jerry bei uns wäre und ob ich ihn zurückbringen könnte. Ich sprach beruhigend auf das Mädel ein, kehrte in die Wohnung zurück, mir Kleider überwerfend, nach der Katzenbox kramend, wonach ich längere Zeit damit beschäftigt war, Jerry in diese offenbar für ihn viel zu kleine Kiste zu zwängen, ohne hiernach schwer verletzt ins Krankenhaus zu müssen.
Es gelang irgendwie. Wenigstens wusste ich jetzt, wohin dieses Riesentier gehörte, falls er noch Mal kommen sollte. Narses hatte die ganze Prozedur unter dem Küchentisch hockend verfolgt, Fritzi verfügte über die einzigartige Fähigkeit, unbemerkt aus der Sichtweite eines jeden Eindringlings zu gelangen.
Jerry kam wieder.
Alle Versuche, das Netz besser zu befestigen, scheiterten an seiner rabiaten Gewaltbereitschaft. Narses rief ihn nach einer Weile sogar, da waren sie schon längst Freunde geworden, und oft rief Jerry nach Narses. Da hinter den Häusern ein umzäunter grün bepflanzter Hof lag, sorgte ich mich auch nicht, dass eines der Tiere vielleicht hinabstürzen und verschwinden könnte, also entfernten wir das Katzennetz, aber das erwies sich als fatal.
Fritzi, die mit all dem nichts zu tun haben wollte, man war ja schließlich erwachsen, hockte, bei einer dieser Ruf- und Spielaktionen in einem runden Terracottakübel, knabberte ein bisschen an meinen Sommerblumen, was ich auch schon zu jener Zeit gnadenlos resigniert vom Spülen aus kommentarlos zur Kenntnis nahm, als das Herbeirufen Narses` von Erfolg gekrönt wurde. Das unelegante Herbeihopsen Jerrys erschrak Fritzi genügend, der Terracottapott wackelte bedenklich, das sehend, warf ich den Spüllappen hinter mich und stürmte hinaus, doch zu

spät, an der Balkonbrüstung stehend konnte ich noch den freien Fall beobachten; Der Kübel, mit der bepflanzten Fläche nach oben zeigend, als stünde er noch auf seinem ursprünglichen Platz, 1 Meter Luft, dann Fritzi, die Beine noch so gehalten, als stünde sie noch im Kübel. Ein Scheppern, mein Aufschrei, zwei wenig klug blickende Kater auf dem Balkon hinab spähend, hinauf spähend mit einem deutlichen Vorwurf im Blick, als wäre das meine Schuld und mit einer Miene der höchsten Missbilligung, Fritzi, damals 17 Jahre alt. Würde mich bitte jemand hier abholen?

Ich rase die Treppen hinunter und hole Madame ab, die dort auch schon ungeduldig wartet, mein Herz pocht zum Halse. Als ich sie oben absetze, macht sie sich unsichtbar, sie scheint beleidigt zu sein. Ich rolle vorsichtshalber die Badezimmerteppiche fort, suche nach anderen potentiellen "Ich bin eingeschnappt Pinkelstellen" und übersehe die Sofakissen.

Jerry und Narses sind im Spiel begriffen.

Jerry kam oft. Manchmal musste ich Narses auch nebenan abholen, weil er damals noch klein und mutlos war, sich einfach nicht traute, den gefährlichen Rückweg anzutreten, aber bis zu unserem Wegzug ging das so weiter.

Ein Sonntag. Tom und ich sitzen in der Küche bei üppigem Frühstück, sind noch halb im Schlaf befindlich, also schweigen wir die überwiegende Zeit und glotzen stumm in unsere Tassen. Durch die offene Balkontüre schreitet Jerry von allen Katzen unbemerkt direkt auf die Fressnäpfe zu, die er eifrig zu leeren beginnt. Von uns kommentarlos mit müden Augen unter schweren Lidern begleitet, verinnerlicht er zunächst das gesamte Nassfutter, beide Näpfe, dann, ein kleiner Schluck aus dem Wassernapf, damit es besser hinunterrutscht, und zuletzt alles Trockenfutter. Als er die Küche verlässt, schauen wir uns ratlos an, doch Tom greift nach einem Brötchen, als wolle er sagen, der Kater sei hier

ja so gut wie Zuhause. Als wir das Scharren im Katzenklo vernehmen und es kurz darauf stinkt, wissen wir ohnehin, was er gerade tut, aber er kommt zurück, schreitet auf den Balkon, pumpt, speit, spuckt all das eben Gefressene auf unseren Balkon Kunstrasen, putzt sich über sein Riesenmaul und hopst heim.
Tom und ich gucken irritiert.
Tom steht auf, um die Ursache des Gestankes zu beseitigen. Sein Gesichtsausdruck dabei scheint eine Mischung aus Resignation und Stoa.

Terror mal anders

Januar in Lovel/ DK
Anlässlich Toms einwöchiger beruflich bedingter Abwesenheit, stellt sich kätzischer Terror mal in einer ganz neuen Form dar, die sicherlich auch geprägt ist von Trennungsängsten. Da ich diese neue Form bereits seit fünf Tagen über mich ergehen lassen muss, möchte ich sie hier der Verarbeitung wegen auflisten.

Das 24-Stunden-Schmusen-wollen-Syndrom
Sinn und Zweck ergibt sich bereits aus dem Namen, das Syndrom zeichnet sich durch ständiges Auflauern und zu jeder Gelegenheit auf den Schoß hopsen und schnurren dar. Die Angriffe erfolgen sofort nach dem Öffnen der menschlichen Augen noch im Bett. Sobald die Lider gehoben, steht ein übermäßig laut schnurrender Kater Narses auf dem Bett, neben meinem Kopf, mit dem deutlich im Gesicht geschriebenen Wunsch, jetzt bitte gestreichelt und liebkost werden zu wollen. Dies verzögert das Aufstehen um mindestens eine halbe Stunde, wenn es dann endlich erfolgt, da Narses auf dem Bett eingeschlafen ist, wartet Katze Minka entweder vor der Badezimmertür oder

in der Küche neben dem Kaffeevollautomaten. In beiden Fällen springt sie sofort auf den Schoß, stellt die Schnurrautomatik auf sehr laut und fährt leider die Krallen zum Milchtritt auf meinem Arm aus, der nach fünf Tagen reichlich zerschunden aussieht. Eine Folge davon ist, dass der am häufigsten von mir im Hallenbad geäußerte Satz ist: Nein, ich gehöre nicht der S/M Szene Viborgs an, ich habe lediglich Katzen.

Nach dem Kaffeetrinken wartet in der Regel Narses irgendwo auf den Einsatz, was bereits dazu führte, dass ich gelernt habe, mit einer dösenden Katze auf dem Schoß zu bügeln, zu telefonieren, mir die Zähne zu putzen, zu kochen und zu essen. Einzig Staubsaugen darf ich noch ohne katzigen Anhang, das aber nicht aus Rücksicht und Toleranz, sondern eher des Lärmes wegen. Problematisch ist Narses, denn hätte Missgunst eine Gestalt, so wäre sie rot getigert, wöge fünf Kilo und wäre kastriert, denn sobald er der Meinung ist, mich nun in Anspruch nehmen zu müssen, und die Erfüllung dieses ureigenen Bedürfnisses ausbleibt, da auf meinem Schoß bereits etwas großes Graues liegt, droht er sich in einen Berserker zu verwandeln und schlägt solange auf Minka und somit zwangsläufig auch auf mich ein, bis erstere verschwindet und die andere sich Pflaster holt.

Das Geh- du-nicht-auch-noch-Syndrom
das sich durch Blockaden sämtlicher Ausgänge auszeichnet. Da ein Katzenlakai im Rollstuhl praktischerweise nicht über einen vor der Tür hockenden/liegenden Katzenleib steigen kann, ist die Methode vorzüglich geeignet, ein Entschwinden meiner Person durch die Türe zu verhindern. Meistens handelt es sich um Minka, die vor der Haustür und damit vor der Rampe einen gemütliche Hock- und Späh-In veranstaltet. Das entsetzte Weiten ihrer Pupillen hält sich noch in Grenzen, wenn ich nur eine volle Mülltüte in

Händen halte, die draußen in den Abfall soll, trage ich allerdings wegen enormen Minustemperaturen eine Jacke, um zum Briefkasten zu gelangen, steht Minka in der Regel die nackte Panik in den Augen. Mit Jacke und Handschuhen bedarf es guten Zuredens, bis sie auf Seite geht. Dabei immer noch äußerst vorwurfsvoll drein blickend, folgt sie mir bis an den Briefkasten und zurück. Jähes und bodenloses Entsetzen allerdings bricht aus, sobald ich mit Prothesen im Straßenrolli an die Haustüre gefahren komme, denn das bedeutet längeres, gar ewiges Fernbleiben und muss verhindert werden. Dies gestaltet sich immer wie folgt:
Blick auf Minka. "Minki geh mal auf Seite." (zuckersüße Stimme)
Minka: Glotzen, Verharren.
"Minka, bitte! Ich gehe nur einkaufen, in einer Stunde bin ich wieder da."
Minka: Glotzen Verharren. Minka wird sanft auf Seite geschoben, die Türe wird geöffnet, die Rampe wird heruntergefahren, die Tür wird geschlossen. Im Carport in meinem Auto sitzend, baue ich den Rolli auseinander und verstaue ihn auf dem Beifahrersitz, doch leider erhasche ich vor dem Zuschlagen der Wagentür einen Blick auf Minka, die augenscheinlich in mörderischer Geschwindigkeit durch die Katzenklappe auf die Zufahrt gelangt ist und hinter meinem Wagen stehen bleibt. Als sie meine Augen auf sich ruhen sieht, reckt sie ihren Hals, späht, verharrt im Schnee. Ich stöhne auf, schließe die Türe des Wagens dennoch und hupe. Nun ist die Hupe dieses Fahrzeuges so geartet, dass sich eine altersschwache Kuh ans Herz greifen und tot niedersinken mag, doch von Ängsten geplagt ist Minka damit keinen Zentimeter vom Fleck zu bewegen. Ich starte den Motor und hupe erneut, in der Hoffnung, die Kombination beider Geräusche möchte sie überzeugen, doch weit gefehlt, durch den Rückspiegel sehe ich sie noch

immer verharren und spähen. Ich öffne die Türe wieder, rufe "Minka!", warte. Nichts geschieht, demnach drehe ich wieder den Zündschlüssel und noch während ich den Rollstuhl wieder zusammenbaue, wundere ich mich selber, wie viel der im Urlaub beiläufig gelernten italienischen Flüche bei mir noch hängen geblieben sind. Ich fahre zurück ins Haus, rüttele eine Katzenbonbonschachtel, Minka somit nach innen lockend, und versperre sofort die Katzenklappe. Noch während sie die Leckerchen frohen Mutes verspachtelt, stehle ich mich unbemerkt aus dem Haus, baue zum wiederholten Mal den Rolli auseinander usw.
Erstaunlich ist das Ausbleiben des Beleidigtseins nach meiner Rückkehr, doch offenbar überwiegt hier die Freude.

Das Ich-fresse nie wieder-was-es-sei-denn-Tom-kommt-bald-zurück-Syndrom
Zeigt sich bei Narses durch jahrelang geübtes Zuscharren sämtlicher dargereichten Lebensmittel mit Luft und bei Minka durch erst gar nicht die Küche aufsuchen. Die Folge davon ist das mehrmalig am Tag vollzogene Wegwerfen von eingetrocknetem Katzenfutter und Füllen der Näpfe mit neuem, beides unter deutlich zur Schau gestelltem Desinteresse beider Katzen. Erstaunlicherweise sind alle Näpfe am frühen Morgen leer. Daneben Narses und Minka, beide zur Decke schauend, bei eingehender Musterung durch mich die Krallen einer beliebigen Pfote betrachtend, flötend, wenn sie es könnten, nein, wir waren das nicht!
Katzenschlägereien vor und im Bett
Sobald ich mehrere Stunden nach Sonnenuntergang, entweder den Fernseher oder den Computer ausschalte, oder das Buch zuklappe, recken sich beider Katzenhälse giraffengleich in die Luft, denn natürlich belagern sie mich schon seit Stunden, ganz gleich, in welchem Raum ich mich aufhalte. Ist das eigentlich sehr schön, sind Belagerungen vor dem Monitor durch Narses, kombiniert mit

gleichzeitigem eingeklemmt sein Minkas, zwischen mir und der Tastatur, da sie nach dem Perforieren meines Armes auf dem Schoß eingeschlafen ist, ein wenig lästig. Es gestaltet sich äußerst schwierig, Narses und Minka zu streicheln und dabei gleichzeitig E-Mails zu schreiben, aber in den letzten 5 Tagen habe ich gelernt, mich in Scheiben zu schneiden. Sobald ich also am Abend das Bad aufsuche, verteilen sich die beiden höchst unauffällig im Schlafzimmer, wartend, hoffend, vom Tigerkameraden nicht gesehen zu werden. Kehre ich im Bett ein, taucht irgendeine Katze, sobald das Licht gelöscht ist, ebenfalls im Bett auf, verweilt dort aber nicht lange, wenn es Narses ist, denn er duldet kein anderes Fellwesen neben sich in der Schlafstätte seiner Menschen, zumal er seit Toms Fernbleiben dessen ganze Betthälfte in Anspruch zu nehmen scheint. Versucht Minka gleichermaßen ins Bett zu gelangen, wird sie von einem Kater empfangen, der seine Eroberung mit aller Gewalt verteidigt. Oftmals muss ich in diese tobenden Schlachten eingreifen, damit es keine Verletzten zu beklagen gibt. Da Minka es allerdings nie bei nur einem Versuch belässt, verzögert das meine Nachtruhe bis zu einer Stunde. Wesentlich ruhiger spielt sich das Geschehen ab, wenn Minka zuerst ins Bett gelangt, denn weil sie die Angewohnheit hat, völlig unter dem Federbett an meinen Bauch gekuschelt zu schlafen, wird sie vom wenig später auf der Schlafstätte eintreffenden Narses nicht bemerkt und alle können bis zum nächsten Morgen selig ruhen.

Getarnte Maus

Neulich habe ich festgestellt, auch Mäuse können sich verstecken und diese Erfahrung machte ich so.
Als ich dusche und Tom noch in den Federn vor sich hin ruht und von all dem sich weigert, mitzubekommen, höre ich es poltern. Sehr laut. Lauter, als sonst üblich, also fahre ich meinen Duschlift hoch, werfe den Bademantel über und schwinge mich, nach der Ursache forschend in den Rolli.
Ich finde, was ich suche im Arbeitszimmer. Dort hinter der stets geöffneten Türe stehen sämtliche Geschenk- und Packpapierrollen, die aus mir zuerst unbekannten Gründen allesamt umgestürzt sind, Minka hockt davor und späht irr. Ich spreche ihr gut zu, stelle alle Rollen wieder auf und rolle zurück ins Bad, weil ich bei den Rollen nichts spähenswertes gefunden habe und hiermit ist dann auch zunächst Ruhe, abgesehen von einer noch eine gute halbe Stunde spähenden, unbeweglichen Minka.
Stunden später: Tom hat sich bequemt, sich zu erheben, geht nach der Frühhygiene wie immer zuerst ins Arbeitszimmer, um E-Mails zu checken, als ich mit zwei Tassen Cappuccino hinzu komme und Gesellschaft leistet. (Morgenrituale)
Hinter mir raschelt etwas, ich zucke zusammen, deute auf die Rollen und sage: „Da ist was."
"Was soll denn da sein?"
"Vielleicht eine Maus? Minka war da auch schon so seltsam."
Tom kramt zwischen den Rollen, hebt sie alle heraus, sichtet den Boden und stellt sie zurück. „Da ist nichts."
Gut, wenn er meint.
Irgendwann, wenige Minuten später, flitzt Minka herbei, durch Toms Getöse angelockt, und nimmt erneut eine spähende Haltung ein. Nichts tut sich, demnach begleitet sie mich auf dem Weg in die Küche, wo sie gefüttert werden zu wünscht. Als ich zu Tom zurückkehre, um die Tagesplanung

zu besprechen, raschelt es wieder in den Rollen, wovon Minka nichts mitbekommt, weil sie sich im Garten befindet. Tom, reichlich entnervt, holt wieder alle Rollen hervor, betont, es sei dort nichts, hört sich geduldig meine Witzeleien über seinen vermeintlichen Hörfehler an und plant mit mir weiter. Gut.
Lange Zeit später. Weil es inzwischen zu regnen begonnen hat, lese ich im Wohnzimmer auf dem Sofa, warte auf Tom, damit wir doch bitte endlich unseren Großeinkauf erledigen können, als ich ihn rufen höre:
"Minka! Da ist nichts!"
Neugierig und weil ich die große graue Katze besser beschwichtigen kann, eile ich herbei und beobachte, wie die Rollen zum hundertsten Male weg und wieder hin geräumt werden und dabei höre ich es wieder rascheln. Tom hört nichts, aber Minka, die sofort eine duckende Position einnimmt.
"Da muss was sein", beharre ich und Tom sieht noch entnervter aus, aber immerhin beginnt er seinerseits zu spähen, nämlich in die Rollen, als seien es Pappferngläser und bei Rolle drei hält er inne. Er murmelt etwas, was sich anhört wie, „das gibt es doch gar nicht", und geht zur Terrasse, wo er mit der Rolle rüttelt, doch zunächst geschieht nichts. Also legt er die Rolle wie einen spielerischen Gang auf den Boden und pustet vorne hinein. Ich befinde den Anblick für albern und erleide einen beinahe hysterisch anmutenden Lachanfall, doch die Maus rennt aus der Rolle raus, von der noch immer vor den anderen Rollen hockenden und spähenden Minka, davon. Und wenn Narses am späten Abend keine neue lebende Maus mitgebracht hätte, hockte Minka und spähte sie wohl glücklich, bis an ihr Lebensende. Also; auch Mäuse verstecken sich gut.

Eine Fremde

Vergangenen Freitag kamen Tom und ich spät vom Essen zurück. Die Schleusen des Himmels waren weit geöffnet, was heißt, es goss in Strömen, also raste ich schon mal voraus ins Haus und suchte wie immer zuerst einmal nach Narses und Minka. Und oh, seltsam, Minka kam mir nicht mit ihrem obligatorischen Tröten entgegen gehopst. Narses lag nicht auf einer seiner angestammten Schlafstätten und blinzelte uns eindringende Zweibeiner unter schläfrigen Lidern an. Er hockte noch nicht einmal, wie sonst bei Dauerregen, innen vor der Katzenklappe, mit tiefsten Depressionen hinausspähend. Sehr merkwürdig, befand ich, kehrte im Schlafzimmer ein, um mich dort meiner lästigen Prothesen zu entledigen und entdeckte beide Fellmonster dort. Auf der Fensterbank, einträchtig nebeneinander hockend, mit doppeltem Fellvolumen, demnach also höchst aufgebracht, die Plüschschwänze über alle Maße erregt hin und her peitschend. Ich linste über beider Rücken aus dem Fenster und sah eine fremde Katze, die sich zum Schutz vor dem Regen unter die dort befindliche Tanne zurückgezogen hatte und wartete. Sie wartete mit dem Rücken zum Fenster, sah die beiden Artgenossen also nicht. Diese Situation veränderte sich wenigstens eine 1/2 Stunde nicht, alle beteiligten Katzen schienen zu Salzsäulen erstarrt. Erst als der Regen nachließ, wollte der Eindringling verschwinden

Tag 2
Sonntagnachmittags, die Hitze wird durch frischen Wind erträglich, ich liege auf der Liege, die ich selbstverständlich mit Minka teile und lese. Um Vögel zu fangen, erhebt sie sich leider, doch ich kann jedes Mal einen Jagderfolg durch wildes Gestikulieren und Rufen verhindern. Was ich nicht verhindern kann, ist ihr Sprung an die Birke in unserem Garten. An, nicht in, denn sie bleibt mit allen Vieren im

nicht grade dicken Birkenstamm stecken und glotzt. Narses, unter der Hecke dösend, glotzt auch, erkennt und ist pikiert, schließlich ist das sein Baum, also setzt er ebenfalls zum Sprung an, robbt an der anderen Seite des Stammes hoch und so verharren beide ein ganzes Weilchen, während dem ich bedaure, keinen Fotoapparat zur Hand zu haben. Narses gewinnt, Minka springt hinab, kehrt zur Liege zurück, Narses springt hinauf, macht es sich in einer Astgabel bequem und späht von dort weiter. Nach einer Weile ist er verschwunden, ich sehe ihn im Augenwinkel auf das Nachbargrundstück zu schlendern und denke nichts Böses. Denke immer noch nichts Böses, als Minka wieder aufspringt, beginne, Böses zu denken, als ich ihrem aufgebrachtem Blick folge, denn am äußersten Ende unseres Gartens erkenne ich die Fremde, wie sie leider auf die Richtung zu marschiert, die Narses grade eingeschlagen hatte. Ich ziehe mir schon einmal ein T-Shirt über den Bikini, sehe Minka in einem Affenzahn ebenfalls auf besagtes Nachbargrundstück galoppieren und höre kurz darauf Folgendes: MMMMIIIIIIAAAAAAAAAA!!!! JJJJAAAUUUL!!!! FFFFAUCHH!!!!! usw. im Trio. Mein Herz schlägt bis zum Halse, ich stoße hilflose spitze Schreie aus, so die musikalische Untermalung all dessen bereichernd, und flitze im Rolli so schnell es eben auf der Wiese geht in die zu vermutende Nähe der Kontrahenten. Ich finde nur Minka, die aufgeregt aus der Hecke des Nachbargartens geschossen kommt, mit pfeilgrade aufgerichtetem Schwanz und unaufhörlich textend.
"bbbrrrt! miiaauu! brrtt!"
Ich spreche so gut ich eben kann beruhigend auf Minka ein und wünsche mir, jemand täte selbiges mit mir, denn von Narses ist weder zu sehen noch zu hören. Mein Herzschlag beruhigt sich ein wenig, also kehre ich mit Minka in die Wohnung ein und irre planlos dort umher, weil ich nicht weiß was ich machen soll, als von draußen wieder

MMMMIIIAAAAA! zu hören ist.
Vorsichtshalber krame ich schon mal die Telefonnummer der Tierärztin heraus und während ich das tue, klappt die Katzenklappe und Narses erscheint. Breitbeinig und mit stolzer Heldenbrust marschiert er leopardengleich in die Küche, wo er in aller Seelenruhe Trockenfutter zu sich nimmt. Später, als er sich auf dem Bett niederlässt, untersuche ich ihn nach Verletzungen, finde glücklicherweise nichts und hoffe, die Fremde bleibt jetzt in ihrem eigenen Revier.

Tag 3 (Heute)
Am PC sitzend, bei weit geöffnetem Fenster, lese ich Mails. Minka hockt auf der Fensterbank und späht hinaus, wobei sie zuerst kein verdächtiges Verhalten an den Tag legt, aber das ändert sich schnell. Sie legt beide Ohren flach an den Kopf, der Schwanz beginnt erregt zu wedeln, ich hebe den Blick, folge dem ihren, und finde nichts Verdächtiges, lediglich hinter der Hecke, auf dem Bürgersteig kann ich den kleinen, zierlichen Schatten einer gestreiften Katze ausmachen, durch das Heckengrün ein wenig verfremdet, vermute ich dennoch wegen Statur und Körperhaltung Narses, also spreche ich wieder beruhigend auf Minka ein und frage mich bisweilen nach meinem Verstand. (Das ist doch nur der Narses!!!)
"Makmakmak" (Ist er nicht. Ist er nicht!)
Aber leider beherrsche ich kätzisch noch nicht gut genug, um sie sofort zu verstehen, weshalb ich widerhole: „Minka, gut jetzt, es ist nur Narses!"
Um es ihr zu beweisen, beuge ich mich aus dem Fenster und rufe: „Männlein!"
Der Schemen dreht sich um und glotzt hinüber, was für mich Beweis genug ist, für Minka leider noch lange nicht.
"Makmakmak" (Ist er nicht. Ist er nicht.)
Endlich lasse ich meine Augen über das ganze Bild da

draußen schweifen und zu meinem Entsetzen erkenne ich Narses, allerdings auf der Wiesenseite der Hecke. Klein, zusammen gekauert und mit rätselhaftem Blick auf den Schemen hinter dem Ginster, macht er einen äußerst feigen Eindruck auf mich und Minka. Als die Fremde gemütlich schlendernd verschwindet, dreht er den Kopf zu uns und ich sehe, wie er einen unsichtbaren Kloß der Erleichterung hinunterschluckt. Er wartet noch einige Sekunden, ehe er das Haus durch unser Fenster aufsucht und dort mit Hohngelächter begrüßt wird.

Minka beginnt, wie immer während eines solchen Wortwechsels, an Narses zu riechen. Was genau das zu bedeuten hat, konnte ich noch nicht in Erfahrung bringen, er quittiert das mit Missachtung und marschiert aus dem Raum, was von Minka noch kommentiert wird mit: Meow! (Alter Angeber. Bald such` ich mir nen neuen) Diese Drohung verbildlicht sie sofort, indem sie eine sehr elegante Haltung auf der Fensterbank einnimmt und unzweifelhaft das Erscheinen eines schönen stattlichen Katers herbeisehnt. Ich tue ihr das nicht gleich, denn ich wünsche einen solchen weit fort, so weit, wie ich die Telefonnummer der TA fort wünsche. Narses, der leider wieder unterwegs ist, wünsche ich mir herbei, damit ich eine ruhige Nacht verbringen kann.

Zweibeiner in Panik

Hallo Zusammen

Zuerst einmal möchte ich mich entschuldigen. Irgendwo hier gibt es ein Posting von mir ohne Unterschrift und Grüße, das tut mir leid. :-(, doch das kam so:
Nichtsahnend sitze ich hier am PC und poste vor mich hin, derweil mir Minka höchst dekorativ am Fenster sitzend Gesellschaft leistet. An ihrer Körperhaltung ist erkennbar, sie ersehnt noch immer das Erscheinen eines stattlichen Katers, doch es kam eine wunderschöne Katze. Zwar nicht zu ihr, sondern zu Narses, aber immerhin. Dies schöne

Katzenfeenwesen ist eine pechschwarze Perserkatze mit rotem Halsband, die in der Nachbarschaft wohnt, nicht kastriert und eine alte Bekannte von Narses ist. Denn wann immer sie rollig ist, erscheint sie schreiend und jammernd in seinem Revier, woraufhin er panisch das Weite sucht, nicht wissend und verstehend, was sie denn bitte von ihm will. Heute kam sie. Ob rollig oder nicht, vermag ich nicht zu sagen, denn sie findet ihn wohl generell sehr attraktiv. Alles was ich hörte war: MMIIIAAAAUUUUJAAAUULLFFAAUCCHH!!! wie gehabt, das vernehme ich des Öfteren hier, und vor allem zu dieser Jahreszeit, und immer wieder aufs Neue versetzt es auch mich in Panik, also schmeiße ich alles weit von mir und eile wie immer der Quelle des Jammers entgegen. Minka prescht voraus, ist nicht einzuholen, so dass ich, endlich im Garten angekommen, ein erstaunliches Bild sehe. Da ist ein großer Baum, in dessen Krone hockt ein roter Tiger (Narses) und jault, irgendwo in der Mitte befindlich bezieht eine schwarze Perserkatze soeben Prügel von einer maßlos eifersüchtigen Minka. Die Schwarze springt hinab, Minka hinterher in die Hecke, Narses verharrt weit in den Wolken, doch zu diesem Zeitpunkt muss ich mich zuerst um Minka kümmern, die vollkommen aufgeplüscht aus der Hecke gehopst kommt. Hopsen ist bekanntermaßen ihre liebste Fortbewegungsmethode, doch zugegeben, ich habe sie in dem halben Jahr ihres Hierseins noch nie so hoch und so perfekt Hopsen sehen. Seitlich und so, als habe sie Sprungfedern unter jeder Pfote, und beinahe hätte ich gelacht, als sie zur Veranda eilt und wartet, was ab jetzt passiert. Die Schwarze bleibt verschwunden, also passiert nichts. Minkas Fell wird wieder etwas flacher, sie beginnt zu laufen, wie das für Katzen auch eigentlich vorgesehen ist, aber leider passiert wirklich sonst nichts, denn Narses hockt weit oben, verharrt und ähnelt inzwischen einem Standbild. Ich ächze. Auch das noch!

Man sagt ja gemeinhin, hoch kommen sie immer, aber runter? Ich gehe zu dem Baum und rufe besänftigend: "Männlein!" (4-fache Wiederholung)
Nicht mehr besänftigend: „Mann, Narses, komm da runter!" (endlose Wiederholungsschleife)
Doch Narses hockt und verharrt. Guckt mich noch nicht einmal an, hält im Gegenteil den Blick starr auf die Stelle gerichtet, an der die Schwarze verschwunden war. Ich blicke auf die Uhr, 22.15 Uhr, Mist. Mitten in der Woche jetzt noch einen munteren Nachbarn aufzutreiben, dürfte nicht leicht sein, ein Erklimmen des Baumes meinerseits steht wegen des Handicaps außer Frage. Inzwischen hat sich Minka zu mir gesellt und glotzt gemeinsam mit mir nach oben, ratlos, wie ich. So verharren wir alle.
Dann, die Idee! Leckerchen!
Also rase ich in die Küche, um die obligatorische Packung Bonbons für Katzen zu holen, finde mich am Baum ein, wo Minka noch immer starr nach oben und Narses noch immer starr zur Hecke glotzt, und rappele mit der Schachtel. Narses Haltung bleibt unverändert, stattdessen verändert sich Minka, die nun beginnt meinen Rollstuhl so lange zu belagern, bis ich ihr etwas von den Leckerlis auf die Wiese gelegt habe. Mittlerweile bemächtigt sich meiner immer mehr verdrossene Ratlosigkeit, ich glotze, Minka frisst, Narses glotzt.
Neue Idee! Baldrian!
Die Idee schlechthin, der Typ ist ein Baldrianjunkie und ich hatte ihn immerhin mehrere Wochen auf Entzug. Also wieder in die Küche, die Schachtel Baldrianperlen an mich gerissen, raus vor den Baum und mal kräftig mit der Schachtel knistern........Und?
JA! Er guckt! Er dreht sich in der Baumkrone um.
Er klettert und ich kann nicht hinsehen.
Doch er ist unten! Hurra!
Mit Baldriangeknister locke ich beide Fellmonster ins Haus

und verrammele alle Tore. Narses ist unverletzt, Minka auch, nur ich, ich nehme mir auch gleich zwei dieser grünen Perlen und sehe zu, wie Minka an Katerle riecht. Warum sie das immer macht, habe ich nie verstanden.

Es tat das gut, mir das aus der Seele zu schreiben. Narses randaliert schon an der verschlossenen Klappe. Wird eine witzige Nacht werden. :-((

Andere Tiere

Vorgestern fuhr Tom mit einem guten Freund in einen Kurzurlaub, da ich meine Frauentour ja schon hatte, und er dies nicht auf sich sitzen lassen konnte. Ich also stehe in der Tür, fröhlich winkend, derweil Minka schräg neben mir gleichwohl in der Tür steht, weniger um ihrerseits zu winken, als vielmehr um die Garderobe anzustarren, an der ich kurz darauf nichts Starrenswertes entdecke. Jedenfalls vertrete ich die Meinung, dass man auch als Minkakatze eine schwarze Leinenjacke, die auf einem Bügel hängt, nicht anzustarren braucht als lebe sie und das teile ich Minka auch immer noch fröhlich mit, und entscheide frühstücken zu gehen. Nach dem Frühstück wieder in der Diele eingekehrt, finde ich Minka noch immer glotzend vor der Garderobe vor, also streichele ich sie und wiederhole, dass da doch nun wirklich nichts ist, doch ehe ich mich wieder abwenden kann, sehe auch ich die Jacke leben. Besser gesagt, sie wackelt kaum wahrnehmbar und weil wir keinen Durchzug haben, pocht mein Herz ein wenig schneller und ich entschwinde ratlos im Arbeitszimmer, immer wieder scheue Blicke aus dem Türrahmen auf die Jacke werfend. Nein, ich glaube nicht an Gespenster, aber ich habe einen Heidenekel vor großen Spinnen und male mir also in den wildesten Farben die Größe der Spinne aus, die es fertig bringt eine so lange Jacke zum Leben zu erwecken. Das ist auch der

Grund, aus dem ich mein Einschreiten immer weiter vor mir herschiebe. Minka hockt und späht, während ich Visionen von Vogelspinnen in Jütland habe und ich mich frage, wie sie wohl hergekommen sind, als ich plötzlich die auf dem Teppich so eindeutig klingende Geräusche von jagenden Katzenkrallen vernehmen kann. Aha, denke ich, was immer es ist, es ist nun draußen. Vorsichtig schleich ich an den Türrahmen und erkenne Minka, die mit etwas kleinem, grauen, felligen im Mäulchen Richtung Terrasse rast, um auf dieser die Beute zu verspeisen. Eine Maus! Wenigstens das.

Gestern Abend jedoch machte Minka die Bekanntschaft mit einem Tier, das sie weder schon einmal gesehen hatte, noch wußte, was sie davon halten sollte. Dies begann zuerst nur mit einem stativähnlich ausgefahrenen Minkahals, während sie im Arbeitszimmer auf der Fensterbank stand und bis dahin mehr oder weniger gelangweilt in die Ferne guckte. Plötzlich war die Langeweile dahin, der Hals gereckt, Minka nervös. Da ich eine gewisse Erfahrung mit länger werdenden Minkahälsen habe, schaue ich aus dem Fenster, finde aber weder Narses, noch eine fremde Katze, noch einen Hund und begebe mich wieder an den Computer. Kurz darauf fährt sie den Hals ein und ich höre die Katzenklappe klappen, um Minka im Garten zu sichten. Ich gucke genauer hin und finde sie in respektvollem, aber doch neugierigen Abstand vor einem Igel, der seinerseits Minkas Anwesenheit nicht bemerkt oder aber ignoriert. Seelenruhig wühlt er mit seinem spitzen Schnäuzchen im Gras, derweil in mir die Panik aufsteigt. Als echte Kölnerin habe ich zuvor niemals einen lebenden Igel gesehen, immer nur die verblichenen am Straßenrand, ich weiß also nicht, ob der Igel für Minka oder Minka für den Igel gefährlich werden kann und während ich mich nicht entscheiden kann, wie und ob ich Minka am besten ins Haus locke, macht sie zwei mutige Schritte auf den Igel zu, der kurz im Fressen inne hält, hoch schaut und völlig gelassen weiter frisst, worauf Minka mit panischen Bocksprüngen in die entgegengesetzte Richtung reagiert, wie immer mit allen Vieren gleichzeitig in der Luft. Ich kehre also zurück ins Haus, weil sie Richtung Terrasse entschwunden war und finde sie wieder mit ausgefahrenem Hals auf der Fensterbank des Arbeitszimmers. Ich wünsche mir Narses und nach Hause, damit ich die Fellmüffe einsperren kann, denn meine Sorge gilt nicht nur Minka und dem Igel, sondern auch ihm. Den Gefallen tut er mir leider nicht, aber es geschieht auch nichts weiter.

Heute, gegen Mittag sattelte ich mein Ross, äh, nein, ich schraubte mein Fahrrad an meinem Rolli an und während des Vorgangs hörte ich Geräusche, die ich beim besten Willen nicht einordnen konnte. Wenn es überhaupt nach etwas Bekanntem klang, dann nach einer Scherzhupe, aber dafür war der Ton nun doch zu variabel. Es klang irgendwie wie eine defekte Tröte. Minka und Narses, die ich beide schlafend wähnte, mussten die Missklänge ebenfalls vernommen haben, denn jäh schossen sie beide aus der Katzenklappe und rannten Richtung Straße, wo sie auf Höhe unseres Briefkastens jäh mit fast quietschenden Ballen bremsten, und sich ihre Schweife fast synchron vor nacktem Entsetzen aufplüschten.

Na, dachte ich, guck mal besser nach, was das ist.

Ich radelte zum Ende unserer Zufahrt, wo ich mich neben den Fellmüffen einfand und zuerst staunte, dann lachte, was mir erschreckte Blicke aus vier Katzenaugen einbrachte, die mir sagte; Was gibt es da zu lachen? Was ist das?

„Das", antworte ich, „sind Pfauen. Drei Stück. Vögel gewissermaßen, also
gibt es keinen Grund Angst zu haben."

Einer der Pfauen schreitet graziös und trompetend auf uns zu, was Narses
zu einem Aufschrei des Entsetzens und zur Flucht unter eine Hecke

veranlasst, was ihm Minka sofort gleichtut. Eindeutig überfordert, denn
sie kommen ja wie ich aus der Großstadt und auf so etwas hat sie niemand
vorbereitet, hocken sie dort und warten, was als nächstes geschieht, doch
es geschieht nicht viel. Die Pfauen, die sich offenbar in unserer
Sackgasse verlaufen hatten und die ihrer Empörung ob dieses Zustandes
mit den Geräuschen einer defekten Tuba Ausdruck verleihen, marschieren
mittlerweile grazil und trötend auf den letzten Garten unserer Strasse zu, wahrscheinlich, um wieder in die dahinter liegenden Weitenunberührter Natur zurück zu kehren, so dachte ich. Jetzt sind darüber schon einige Stunden vergangen, und eben hörte ich sie wieder, diese unverkennbaren Töne eines kaputten Blasinstrumentes und als ich auf die Terrasse schaue, finde ich Narses auf und Minka unter dem Tisch, wenigstens nicht vor Angst zitternd. Und von der anderen Straßenseite höre ich die unverkennbar hilflosen Versuche unserer Nachbarin Mette, ihren kleinen Welpen an einer Jagd auf die Pfauen zu hindern. Ich weiß nicht, wo sie jetzt sind, ich höre sie manchmal noch tröten. Alli, der Hund, wurde eben an der Leine an unserem Haus vorbei geführt. Ich habe keine Ahnung, was als nächstes passiert, aber unweit unseres Dorfes ist eine Straußenzucht, was heißen soll, es würde mich nicht wundern, wenn wir demnächst einen Vogel Strauß im Garten stehen haben.

"Hutze"

Aus Lovel/ Dänemark wurde das interessante Phänomen einer Hutze gemeldet. Dies ist per Definition eine Katze, die

relativ häufig einem Hund zugeordnete Verhaltensmuster an den Tag legt, jedoch ausschließlich dann einer Katze gerecht reagiert, wenn hundegleiches Gehorsam wünschenswert wäre. Die gemeldete Hutze trägt den Namen Minka, verfügt über ein Körpergewicht von ca. 5 Kilogramm und ist grauschwarz gestreift. Zuerst fiel ihr zeitweise sonderbares Verhalten nicht weiter ins Gewicht, da sie, beispielsweise auf der Jagd befindlich, leider nicht wie ein Hund reagiert. Herbeirufen, wildes Gestikulieren mit beiden Händen und schiere Verzweiflungsrufe meinerseits fruchteten überhaupt nichts, so dass ich dazu übergegangen bin, in Gefahr befindliche Vögel zu vertreiben. Ausschließlich in Situationen, in denen es weitgehend egal ist, wie Minka reagiert, verhält sie sich oftmals wie ein Hund.
Folgendes wurde von mir beobachtet:
Wann immer ich morgens die Terrassentüre öffne, hat Minka lediglich ein müdes Augenzwinkern darob übrig, doch sobald ich den Garten über diese Türe betrete, folgt Minka. Dabei ist mein angepeiltes Ziel vollkommen unerheblich. Sei es die Wäschespinne, die Gartenbank unter der Birke, der Terrassentisch, Hutze Minka folgt. Ich startete die erste Verhaltensanalyse, indem ich probehalber alle o.g. Orte nacheinander ansteuerte, ich wurde stets von einem aufmerksamen Bewacher begleitet, manchmal mit, meistens ohne Kommentar. Entschließe ich mich, den Umweg zum Briefkasten durch den Garten zu nehmen, wird mir auch dorthin gefolgt. Minka bleibt stehen, sobald ich stehen bleibe und nimmt den Weg gemeinsam mit mir wieder auf. Verpasst sie einmal das Entschwinden ihres Menschen, rast sie wenig später im gestreckten Galopp in die zu vermutende Richtung, was mit lautem Protestgeblöke anschaulich untermalt wird. Dann neben mir stehend, erfolgt ein aufgeregtes Protesthopsen, bar jeden Sinnes, dabei wird lautstark gemeckert. Lästig wird dieses Verhalten, wenn Minka dadurch in Gefahr gerät.

Hierzu ein Kommentar:
Neulich, es war ein warmer Sommertag, wollte ich zum Sport in die Stadt fahren, und fuhr also mit dem Rollstuhl zum Carport. Leider war es mir nicht gelungen, die Türe frühzeitig genug zu schließen, also befand sich Minka in der Zufahrt des Hauses. Ich dachte mir dabei zunächst nichts, da ich annahm, sie würde beim Starten des Motors durch die Katzenklappe ins Hausinnere entweichen, doch wie ich zu dieser Annahme kam, weiß ich selber nicht mehr. Den Wagen noch lange nicht gestartet, hatte ich es gerade geschafft, meinen Rolli in die zum Transport geeigneten Teile zu zerlegen und auf dem Beifahrersitz zu deponieren, als ich zu Kenntnis nehmen musste, wie Minka direkt vor der nicht geschlossenen Fahrertür stand und verlangte, laut motzend, mitgenommen zu werden. Ich verscheuchte sie genervt und schloss vorsichtig die Tür, doch leider sprang sie aus dem Stand ohne Anlauf und noch lauter zeternd in meinen Wagen, da ich wegen des Wetters das Verdeck heruntergelassen hatte. Vollständig entnervt begann ich den Rollstuhl wieder zusammenzubauen, schwang mich in denselben und holte Katzenleckerchen aus der Küche, womit es mir immerhin gelang sie ins Haus zu locken. Da Narses auch anwesend war, sperrte ich beide Katzen ein und fuhr zum Sport. Einige Tage später ereignete sich Ähnliches, als ich mit Tom in seinem Wagen in die Stadt fahren wollte, doch hier folgte sie uns bis an die Straßenecke, so dass sich Tom gezwungen sah, auszusteigen und Minka mit wildem Armefuchteln und Rufen davon zu scheuchen. Glücklicherweise war sie Zuhause, als wir vom Einkauf kamen.
Darüber hinaus wurden Versuche gemacht, um Minkas Verhalten einem Tier als typisch zuordnen zu können. Nach mehrmaligem Verfolgen des Menschen durch den gesamten Garten, warf ich ein Stöckchen über die Wiese und wartete ab. Minka eilte dem Wurfgeschoss zwar galoppierend und

aufgeregt hinterher, doch das erwartete Apportieren desselben blieb aus. Versuche mit kleineren Stöckchen schlugen ebenso fehl, wie Minka mit Leckerchen zu belohnen. Das Leckerchen wurde fröhlich kauend verspachtelt, doch ein weiteres hundeähnliches Verhalten blieb aus. Auch die Versuche (halbherzig getätigt, wie ich zugebe) Minka an Befehle zu gewöhnen, scheiterten kläglich. Es zeigten sich folgende Reaktionen:
"Sitz!" Gemächliches Davonschlendern ohne Kommentar.
"Platz!"-- "Brrtmek" (Platz doch selbst) Erwartungsvolles Glotzen
"Bei Fuß!" Zielstrebiges Ansteuern der entgegengesetzten Richtung.
Ich bin erfreut, weil Minka doch eine richtige Katze ist.

Hitze

Bei uns in Dänemark ist der Jahrhundertsommer ausgebrochen und erreichte heute seinen bisherigen Höhepunkt mit 33 C. Ein gutes Wetter, um an die See zu fahren, doch Essig ist, ich war heute zunächst einmal beim Friseur. Nachdem ich dort die verschiedenen Kreise der Hölle kennen lernte, durch das Aufpressen einer Kunststoffhaube auf meinem Schädel zwecks Strähnchen Färbens (mittlerer Höllenkreis), Umstellen des Stuhles mit einem Rotlichtgerät, zwecks schnelleren Einwirkens der Farbe (Temperatur steigt auf ca. 45 C/ Dantes Inferno, der Kern der Hölle) und zuletzt durch das Trockenfönen der Haare (Vorhölle), schlich ich mich zwar schön aber erschöpft in den großen Kühlraum eines in der Nähe befindlichen Supermarktes und hielt mich dort eine Viertelstunde auf, ehe ich meine Auto ansteuerte, nicht ohne zuvor eine Alibihonigmelone gekauft zu haben.
Zuhause fand ich meine drei Mitbewohner zunächst nicht und erschöpfte mich im fruchtlosen Rufen. Im Inneren des

Hauses fand ich später zuerst Minka, auf dem Rücken liegend, alle Viere in die Luft gestreckt, als hätte sie jemand umgestoßen und sie fände die Kraft nicht, ihre Position zu ändern, hufoben mitten im Wohnzimmer ausgestreckt. Ihre Augen sind feste geschlossen, vorsichtshalber betrachte ich ihre Atmung und gehe erleichtert ins Schlafzimmer, welches verdunkelt daliegt und angenehm kühl. Dort liegt Tom, mein Gatte, auf dem Bett, auf dem Bauch liegend, alle Viere von sich gestreckt. „Gut", denke ich, „kann er ja, denn heute Nacht hat er Nachtschicht." Vorsichtshalber überprüfe ich auch seine Atmung und finde, während ich mich umziehe, Narses, der sich mal wieder als der Klügere erweist. Längs auf dem Rücken ausgestreckt, den Leib fest an den erkalteten Heizkörper unter dem Fenster gepresst, zwinkert er mir wenigstens zu und bringt seinen Unmut bezüglich des Wetters mit dem Worte Miiiiih! deutlich zum Ausdruck. Hier immerhin scheint eine Überprüfung der Atmung nicht notwendig zu sein. Ich ziehe mich endlich um, creme mich mit Sonnenmilch ein und suche im Garten verzweifelt nach einem halbwegs schattigen Platz, den ich nach einiger Zeit unter der großen Birke finde. Ich lese.
Jetzt am Abend sind alle Tiere erwacht und Tom ist auf Nachtschicht, was der Grund dafür ist, dass ich alle im Garten und der Hauseinfahrt befindlichen Blumen gießen muss. Da ich ja nun bekanntermaßen im Rolli sitze, gestaltet sich das höchst abenteuerlich, doch damit es sich so einfach wie eben möglich gestalten kann, haben wir einen schönen praktischen Gartenschlauch, der auf einer Winde aufgerollt ist. Ich wickele also endlose Meter des Schlauches ab, beschließe, an den am weitesten entfernten Blumen anzufangen und werfe die Spritzdüse immer ein kleines Stück vor mich, um anschließend mit dem Rolli durch das leider inzwischen hohe Gras aufzuschließen, und so fort. Narses wurde soeben von mir in der Nähe des Nachbargrundstückes gesichtet, Minka ist in unserem

Garten, fürchtet sich aber vor Wasser, also rechne ich nicht mit ihr. Ich biege um die Ecke unseres Hauses, kann denn eigentlichen Beginn des Schlauches, die Winde nämlich, gar nicht mehr sehen, postiere mich mit Spritzdüse vor den ersten Pflanzen, ziele, drücke den Knopf und.....Nichts!
Oder naja, wenig. Ein spärliches Rinnsal eben.
Ich drücke noch mal.....Selbiges!
Ich schüttele das Ding, drücke.....wie gehabt!
Damit meine Situation nicht noch mehr einem Slapstick ähnelt, halte ich mir die Düse NICHT vors Gesicht und drücke, sondern werfe sie von mir, fahre um die Ecke, immer dem grünen Schlauch im grünen Gras folgend und finde inmitten der grünen Idylle etwas großes Graues.
Minka.! Minka hat es sich hockend auf dem Schlauch bequem gemacht und klemmt das Wasser ab. Ich schimpfe unmotiviert vor mich hin, und ziehe an dem Teil, es ruckelt, Minka glotzt, es ruckelt noch einmal, Minka springt auf.
"Mekprau!"
"Jaja, schon gut", beruhige ich sie und ziehe weiter, kehre zur Düse zurück und drücke. Ein leichtes Wässerchen plätschert hinaus. Und wieder kehre ich um die Ecke ein, und wieder hockt Minka auf dem Schlauch und wieder verjage ich sie. Und wieder scheint sie etwas zu meckern zu haben, doch immerhin kommt sie jetzt mit und beobachtet das Blumenwässern aus sicherer Entfernung skeptischen Blickes. Schon beinahe fertig, beginnt Minka unvermittelt zu hopsen. Irritiert blicke ich hinter ihr her, nur um Zeuge ihres planlosen auf die Hecke Zuhopsens zu werden, aus der plötzlich und ebenso unvermittelt eine kleine schwarze Katze geschossen kommt, mit nervtötendem Geläut ihres Glockenhalsbandes und einem überaus rachsüchtig drein blickenden Kater Narses. Dem Duo fügt sich bald eine wild hinterher hopsende Minka hinzu, wobei sie wie stets in solchen und ähnlichen Situationen unaufhörlich und laut textet.

Brrtbrrtbrrt!Meklbrrrrt Brrt! Praumekbrrrt! (Wir kriegen dich! Wir kriegen dich! Du bist auf seinem Land! Du glaubst wohl, du wärst schöner als ich! Er will keine anderen nur mich! Wir kriegen dich!)
Ich frage mich bei diesem Anblick, warum die fremde Katze nicht sofort einen Lachanfall erleidet, obwohl ich auch kein sonderlich intelligentes Bild abgeben dürfte, so in meinem Rolli sitzend, mit einem Gartenschlauch in der Hand, die Spritzdüse noch immer gedrückt, so eine schlammige Pfütze im Blumenbeet bildend, und überaus minkaähnlich kuhgleich glotzend. Mein Hirn scheint von der Hitze ermattet, ich stelle die Düse ab. Die Katzen kehren zurück, noch immer im gestreckten Galopp, an der Reihenfolge hat sich nichts geändert. Die Fremde rast an der Pfütze vorbei, ebenso Narses, nicht jedoch Minka, die in dem Mist landet, tief empörte Rufe von sich gibt und die Verfolgung einstellt. Von Wasser und Erde besudelt steht sie vor mir und schimpft. Ich tue nichts, zuerst jedenfalls. Einzig, ich sprühe mich zwecks Abkühlung mit dem Wasser des Schlauches ab, versuche mich zu beruhigen und kehre ins Haus zurück, ohne den Schlauch wieder aufzuwickeln. Im Bad befeuchte ich einen Lappen und wasche damit eine schimpfende Minka, als plötzlich Narses, Herr über Tausende von Hektar Land, mit stolzgeschwellter Brust in der Türe steht, sich niederlässt und beginnt, die Stelle zu putzen, wo früher einmal seine Hoden waren. Ich bin zu ermattet, mich zu fragen, was er eigentlich damit sagen will, aber was er sagen will, als er mit dem Kühlschrank schmust, das weiß ich.
Liebe Grüße Tiane, Narses (soeben wieder in der Nachbarschaft verschwunden) und Minka (liegt wieder auf dem Schlauch)

Rückkehr aus dem Urlaub

Hallo Ihr Lieben
Vor circa einer Woche kehrten Tom und ich von einem 2 1/2 wöchigen Urlaub zurück zu Narses und Minka, die derweil von meiner Mutter gehütet wurden, indem diese selbst eben in Dänemark mit einer Freundin Urlaub machte. Unsere Heimkehr gestaltete sich wie folgt:

<u>Tag 1</u>
Wir nähern uns im Schritttempo unserem Haus, da wir bei Kälte aber immerhin Sonnenschein von einer Outdoortätigkeit unserer Fellmüffe ausgehen, doch weit gefehlt, die einzige von uns gesichtete Katze ist die unserer Nachbarn, Marianne, die vor unserer Hecke hockt und späht, was entweder auf einen Vogel im Dickicht, oder aber auf eine Maus schließen lässt. Wir hupen, Marianne macht die Einfahrt frei, sodass wir uns dem Ziel ungehindert nähern können, jedoch nicht ohne uns zu fragen, wie Narses ein solches Eindringen in sein Revier dulden kann. Kaum im Rolli rase ich ins Hausinnere, ja rechne sogar mit einem freudigen Entgegenkommen beider Katzen, wenn nicht das, so doch wenigstens mit einem freudigen Entgegenkommen meiner Mutter, aber weit gefehlt. Von ihr findet sich ein Zettel auf dem Tisch, der aussagt, sie mache einen kurzen Ausflug, von den Katzen findet sich zunächst nichts. Derweil Tom die Koffer aus dem Auto schleppt, durchforste ich rufend das Haus und werde zuallererst im Badezimmer fündig, wo sich Minka auf dem nackten Kachelboden ausgestreckt hat und die Fußbodenheizung genießt. Wobei sie allerdings eine Leidensmiene aufsetzt, als wäre der Boden mit Eis bedeckt. Die Leidensmiene wird noch leidender, falls das möglich, als sie mich erkennt. Alle Versuche sie zu streicheln, werden mit Ausweichmanövern beantwortet, Ausweichmanöver, die sie letztlich unter das

Bett führen. Ich gebe auf und wende mich Narses zu, der tief und fest ratzend auf seinem Chefsessel gesichtet wird. Durch mein Herannahen erwacht, blinzelt er müde, erhebt sich, streckt sich, lässt sich in arroganter Körperhaltung erneut nieder und mustert mich mit einem Augenaufschlag, in dem zu lesen steht, was er sagte, wäre er unserer Sprache mächtig: Sieh mal an. Die Blödmänner sind zurück. Das gibt mir den Rest! Ich wende mich ab und dem Ausräumen der Koffer zu.

Später am Abend immerhin, beschließt Minka, sich von mir ausgiebigst beschmusen zu lassen. Balsam für meine Seele, einzig getrübt vom Anblick eines Kater Narses, der auf seiner alten Schmusedecke liegt, tüchtig tretelnd und nuckelnd. Ein zauberhafter Anblick, doch allein, die Decke liegt auf dem Schoß meiner Mutter.

Tag2
Ich erwache als Erste. Spät um halb neun. Als Erste, so denke ich, doch weit gefehlt. Ein sichtbarer Dosenöffner und frisches Nassfutter im Napf deuten darauf hin, dass meine Ma offenbar schon in den frühen Morgenstunden geweckt und als Dosenöffner missbraucht wurde. Sogar frischer Kaffee ist bereits in der Kanne. Von Minka keine Spur, augenscheinlich mit der Mäusejagd befasst, einzig Narses schlendert gemächlich in die Küche und stellt sich vor den Kühlschrank. Ich unterbreche sofort den Vorgang, mir Kaffee einzugießen, indem ich auf Milch und Zucker verzichte und dem Kater neues Nassfutter vor die Nase stelle und, oh Wunder, er frisst es! Ohne Aufschnittdekoration! Sogar komplett! Noch nie da gewesenes ereignet sich vor meinen staunenden Augen. Noch müde aber froh nippe ich an meinem Kaffee, im Augenwinkel gerade noch mitbekommend, wie Narses sich wieder vor dem Kühlschrank platziert, gar mit ihm zu schmusen beginnt, ihn anschreit und als ich noch immer

nicht reagiere, mit ihm zu verschmelzen droht. Ich erinnere mich, dass meine Ma mir freudig strahlend mitgeteilt hat, dass Narses neuerdings besser frisst. Ich konnte es nicht glauben, da er in den inzwischen sechs Jahren seines Lebens das Fressen stets nur als notwendiges Übel betrachtet hatte, aber das hier!?

Ratlos öffne ich den Kühlschrank, linse und finde kein rohes Fleisch. Nicht einmal Wurst. Vergeblich versuche ich ihm dies mit beschwichtigenden Worten klar zu machen, so dass ich ihm schließlich Milch in einen Napf gieße, die er stehenden Fußes verschlingt. Als ich eine gute Stunde später Tom wecken gehe, kann ich ihm erzählen, was unser Kater heute Morgen bereits verzehrt hat. Den Beginn macht eine ganzes Dose Nassfutter, einen Napf Milch, die Hälfte meiner Frühstückcornflakes, ein halbes Knäckebrot mit Knoblauchkäse, auch vormals mir gehörend, ein Stück Parmesan und eine Traube. Zum Parmesan hatte ich erwogen, ihm Oliven und Chianti anzubieten, den Wein lehnte er dankend ab und erklärte ihn mit seiner Jagdtätigkeit nicht vereinbar. Dieser beschloss er dann auch nachzugehen. Ich rufe ihm nach, er solle nach dem Essen nicht so rennen, damit er keine Seitenstiche bekommt.

Tag 3

Mit der Abreise meiner Mutter, werden Minka und Narses ein wenig normaler. Ich freue mich! Da es zwar noch immer kühl, aber der Himmel strahlend blau ist, öffne ich die Terrassentüre und rolle in den Garten hinaus, fröhlich wünschend, Minka möge mir folgen, um das alte "Minka hopst im Garten Spiel" zu spielen, aber alles was ich damit erreiche, ist mein baldiges Erfrieren mitten auf der Wiese und eine innen am Wohnzimmerfenster sitzende Minka, die dumm hockt und späht. Ihrem Gesichtsausdruck ist unzweifelhaft zu entnehmen, dass sie mich meines Hirns verlustig gegangen befindet, aber ich gebe nicht auf und

rufe. "Minka!"
(honigsüße Stimme)
Nichts! Hocken und spähen......
"Minka! Komm raus! Komm her, kleines Minkelmädchen!"
(honig-zimt-und-zuckersüße Stimme)
Hocken. Noch dümmer spähen
" Minki komm jetzt! Ich mach 'das hier nur deinetwegen!"
(Natreensüße
Stimme mit leicht genervtem Unterton)
Hocken! Kuhgleich glotzen!
"Minka! Du bist echt blöd!" (Vollständig entnervte Stimme mit dem
Unterton bodenloser Enttäuschung)
Minka kommt nicht, aber Tom erscheint hinter ihr am
Fenster und aus beiden Gesichtern lese ich; Ja sie halten
mich für irre. Ich gebe verdrossen auf, will soeben ins Haus
und damit in wohlige Wärme zurückkehren, als Minka
eiligst die Fensterbank verlässt, mir entgegen gehopst
kommt, vor mir stehen bleibt und blökt.
Brrtmiaaauu!!!!
Nach dieser Äußerung hopst sie ungraziös wie sie ist auf
meinen Schoß und beginnt zu schmusen, als sei sie ihrerseits
ihres Verstandes verlustig gegangen. So verharren wir eine
unverhältnismäßig lange Zeit, Minka schmusend, tretelnd
und sabbelnd, ich erfrierend. Als ich Tom bitte, mir die
Sofawolldecke um die Schultern zu legen, tippt er sich nur
an die Stirne und grinst.
Als ich später in der Wärme einkehre, entdecke ich Narses
mit dem Kühlschrank verschmolzen. Ich öffne diesen und
suche mit Narses gemeinsam nach etwas Appetitlichem.
Die darauffolgende Nacht gestaltete sich endlich so, wie wir
es gewöhnt sind. Selbstverständlich handelte es sich um jene
Nacht, nach der Toms Urlaub endet und er seine Tagschicht
beginnt. Wir dürfen bis etwa halb drei schlafen, dann
werden wir geweckt, durch Geräusche, die auf eine von

Minkas beliebten Indoor-Mäusejagden schließen lässt. Die klingt mit einigen Abweichungen in etwa immer so:
Fips!!!
Brrt! Brrt! Brrt! (Ich krieg dich, ich krieg dich, ich krieg dich)
Fipsfiipsfips"
brrrt! (Ich krieg dich doch!)
An dieser Stelle pflege ich mir ein Kissen über den Kopf zu ziehen.
Brrrtmekl! (Ich hab`dich!)
Minka nähert sich laut schreiend und trötend unserem Schlafzimmer.
MEOWMIAUBRRT
Tom bittet mich, die Nachttischlampe anzuknipsen, um wenigstens erkennen zu können, ob Madame uns die Maus ins Bett legen möchte, doch dies ist glücklicherweise nicht der Fall. So loben wir sie schlaftrunken, streicheln sie und sinken zurück in den Schlaf. Anderntags stelle ich mit Verdruss fest, dass uns zwar nicht die Maus, aber kiloweise Schmutz mit ins Bett gebracht wurde. Der Urlaubswäsche gesellt sich Bettzeug hinzu. Als ich in die Küche komme, finde ich Narses auf dem Boden vor dem Kühlschrank schlafend. Er frühstückt etwas Nassfutter, ein wenig Müsli und ein Stück Honigmelone. Den Kaffe lehnt er wegen klimabedingten Blutdruckschwankungen ab
So ist alles wieder halbwegs beim Alten, die einzige Veränderung ist Narses Dauerhunger, aber da er weder Würmer noch andere Parasiten hat, nehme ich diese Veränderung als gegeben hin, freue mich sogar, dass der kleine Hungerhaken ein wenig kräftiger geworden ist.
Willkommen Zuhause.
In diesem Sinne

Vom Versuch, spazieren zu gehen

Gestern gestaltete sich mein Versuch spazieren zu gehen, äußerst schwierig, denn leider beschloss ich dies zu einem Zeitpunkt, da Narses erwacht und Zuhause war. Nachdem er also sein übliches Katzenfutter und die Reste des in Speck gewickelten Hähnchenfilets in Marsalasoße vom Vortage verspeist hatte, war er unschlüssig, was er nun tun sollte. Als ich in dicke Kleidungsstücke gehüllt das Haus verließ, sah ich ihn innen vor der Katzenklappe hocken. Als ich bereits auf der Straße war, hörte ich die Katzenklappe klappen und ahnte fürchterliches. Nun ist unsere Straße das genaue Gegenteil von stark befahren, demnach entschloss ich mich, es darauf ankommen zu lassen, um zu sehen, bis wohin er mir folgen würde. Dieser Entschluss entpuppte sich als Fehler, denn offenbar gedachte er, mich gänzlich zu begleiten. Auf der Höhe des dorfeigenen Sportplatzes (ca. 600M von unserem Haus entfernt) versuchte ich ihn zurückzuschicken, selbstredend erfolglos. Zuerst mit sanfter Stimme, dann gnadenlos entnervt plapperte ich wie verrückt auf ihn ein und wedelte mit der Hand ständig in die Richtung unseres Hauses, doch Monsieur Narses hockte frohen Mutes vor meinem Rollstuhl und befand das "Ich bin jetzt ein Hund Spiel" als sehr lustig. Meine Versuche, ihm zu erläutern, dass er, wenn er denn ein Hund wäre, jetzt auch gehorchen würde, schlugen ebenso fehl, also setzte ich mich in Marsch. Und zwar zurück nach Hause, wo ich vollständig gestresst meine Jacke an die Garderobe hängte und ein Stündchen las, darauf wartend, dass Narses doch bitte jetzt einschlafen würde. Als ich sicher war, dass er fest genug schlief, schlich ich mich leise in die Diele, schlüpfte leise in die Jacke und verließ das Haus erneut. Wollte es verlassen, denn genau neben der Haustür verläuft ein Heizungsrohr unter dem Boden und genau darauf hatte sich Minka schlafend niedergelegt. Ich seufzte und verließ das

Haus über die Terrassentüre, nicht ohne zu fluchen, denn das Vorwärtskommen mit einem Rollstuhl über eine regennasse Wiese gestaltet sich in der Regel schwierig. Immerhin, ich war draußen und mit oftmaligem Herumdrehen und Spähen versicherte ich mich, nicht verfolgt zu werden. Ich durchkurvte unser sehr kleines Dorf in allen möglichen Karrees und Winkeln, verweilte einen kurzen Moment an einem hübschen Ententeich, als die Idylle dieses schönen kalten Herbsttages durch einen unbeschreiblichen Radau gestört wurde. Der Lärm nahm kein Ende, klang, als würde der gesamte Ort von Presslufthämmern heimgesucht, die Vögel stürzten von dannen, eine mir fremde Katze floh in das nächstgelegene Haus. Als ich den Teich verließ und eine kleine Durchgangsstraße ansteuerte, musste ich warten, bis ich diese überqueren konnte und kam der Ursache des Lärms auf die Spur. Eine große Militärübung. Nachdem der letzte Panzer an mir vorübergezogen war, die Vögel wieder trillerten und die Enten wieder quakten, setzte ich meinen Spaziergang fort, vorbei an dem Haus eines guten Freundes. Diesen entdeckte ich, wie er in einem Kleinbagger offenbar im Begriffe war, einen Wassergraben um sein Haus herum zu graben. Er zerstreute meine Befürchtungen, Dänemark befände sich bald im Krieg und erklärte seine Aktivitäten mit einer massiven Veränderung seines Gartens. Da der Graben bereits knapp 10 Meter lang und verteufelt tief war, befand ich diese Veränderung sehr massiv und nickte nur zustimmend, als das Gespräch auf seinen Kater kam. Dieser, 1 1/2 Jahre alt, sehr kräftig, rot, mit weißen Beinen, hatte nämlich ein Problem. Offenbar nicht in der Lage sein Territorium gegen andere Eindringlinge zu schützen, verbrachte er bis vor kurzem stets die meiste Zeit im Haus. Teilte sich dieses sogar unfreiwillig mit Reviereindringlingen. Benny, das ist der "Halter des Katers", hatte dem sogar schon einmal vorbeugen wollen,

indem er die Katzenklappe ehe er arbeiten ging, so einstellte, dass der Kater nur noch rein, aber nicht mehr raus kam, damit er draußen nicht wieder Prügel bezieht, doch als er heimkam, fand er seinen Kater des Abends zunächst nicht, dafür aber vier wildfremde Katzen gemütlich auf den Sitzmöbeln verteilt und alle Näpfe leer. Sein Kater, der übrigens nur Kater heißt, lag unter dem Bett und hatte Angst. Inzwischen, so erzählte mir Benny, habe er das Problem gelöst. Kater käme nun als einziger nach Hause, weil er eine Klappe mit Magnet angeschafft habe und sein Kater allein das Gegenstück am Halsband trage. Kater trabte in diesem Moment wie herbeigerufen ums Eck und ich gratulierte ihm in Gedanken zu seiner kräftigen Statur. Bei dem Umfang des "Gegenstücks" an seinem Halsband dürft er über eine gut entwickelte Nackenmuskulatur verfügen. Wir plauderten noch ein Weilchen, ich streichelte Kater und machte mich auf den Heimweg. Unterwegs flog eine Militärmaschine so tief, dass ich fast den Piloten erkannt hätte und einen Umweg musste ich auch machen, wegen einer Straßensperrung durch tarnbemalte Militärpolizisten. Noch weit von Zuhause entfernt, es waren noch gut 1 1/2 Km zurückzulegen, sprang Narses aus einer Hecke und meckerte mich mit seinem Falsettstimmchen in Grund und Boden. Wie hatte ich es wagen können, ohne ihn aufzubrechen?
Ich hatte demnach eine Eskorte und als wir Zuhause ankamen, ich mich meines Schals gerade so entledigt hatte, ging Narses erneut eine Symbiose mit dem Kühlschrank ein. Ich reichte ihm einen Biojoghurt, etwas Milch und das letzte Stück sizilianischen Parmesan.
Guten Appetit

Der Hahn
Hallo

Gestern Abend. Die Finsternis ist bereits über Dänemark gekommen, hocke ich lesend auf dem Sofa, als mich enorme Außengeräusche aufschrecken lassen. So also lege ich das Buch beiseite und schiele suchend in die Dunkelheit. Zuerst nur ein Spiegelbild meiner selbst sehend, erkenne ich späterhin zwei menschliche Gestalten durch unseren Garten Richtung Süden hechten und Sekunden später zurück rennen, sodass ich Tom rufend mitteile, Fremde Menschen befänden sich in unserem Garten und scheinen dort viel Spaß zu haben. Er trottet herbei, sagte nur: „Na und." Und guckt nach, so immerhin erkennend, dass es sich um den etwa 12 jährigen Sohn unserer Nachbarn in Begleitung eines Freundes handelt, die offenbar kopflos von A nach B und zurück flitzen. Zuerst macht ich mir ein wenig Sorgen, weil Minka Outdoor ist, dann aber erblicken wir die Ursache dieses scheinbar sinnlosen Intermezzos. Der Hahn unserer Nachbarn ist augenscheinlich aus seinem Gehege entwischt und die Jungs versuchen diesen erfolglos einzufangen. Mit geschlossenen Augen stelle ich mir Minka vor, wie sie sich vor Angst bebend in einer Hecke verkrümelt hat, denn dieser Hahn ist schwarz, schwer und scheint in der Blüte seiner Jahre zu stehen. Da er sich mittlerweile auf unserer Terrasse befindet, bedeutet der Nachbarssohn mit Handzeichen, wir sollen die Türe bloß zu lassen und versucht dann, weiterhin das flügelschlagende Tier zu einzufangen. Erfolglos versteht sich. Herbeigelockt durch unser beider Anwesenheit im Wohnzimmer und den von außen eindringenden nicht identifizierbaren Geräuschen, erscheint Narses in gemächlichem Tempo, wie immer Erhabenheit und Hochmut ausstrahlend. Beides behält er bei, als er zunächst ohne etwas erkennen zu können, durch

die Terrassen linst und nur lärmende Kinder entdecken kann. Etwas, das er nun schon gewöhnt ist und ihn nicht schrecken kann. Eine Weile späht er in unverhohlener Großherrenmanier hinaus, glotzt, linst und stutzt plötzlich. Oh Gott! Nein! scheinen seine Augen zu sagen.
Der Hahn rast auf die Tür zu, Narses Erhabenheit macht nacktem Entsetzen Platz. Nur langsam richten sich seine Nackenhaare auf, Hahn, mittlerweile unter dem Gartentisch, Narses duckt sich, Hahn rennt erneut auf die Tür zu, Narses unter das Bett und zwar in rekordverdächtiger Geschwindigkeit. Der Hahn verlässt auf der Flucht unseren Garten, das Intermezzo wird in unserer Sackgasse fortgesetzt, demnach eine gute Gelegenheit, Narses Mut zuzusprechen, so denke ich, und kehre im Schlafzimmer ein, verlasse den Rollstuhl und lege mich bäuchlings auf den Boden. Finde Narses den Hochmütigen wenig hochmütig leicht zitternd unter dem Bett.
"Komm raus, Männlein. Katzen haben keine Angst vor Vögeln. Ein Hahn ist auch nur ein Vogel."
"Miiiiiihhh." (Ein verdammt großer Vogel. Ein großer Vogel, der wütend ist.)
"Schon, aber immer noch ein Vogel. Hähnchen magst du gebraten doch gern."
"Miiiirrghh" (Gebraten ist das da viel kleiner)
"Stimmt. Aber du kennst ihn doch. Du läufst doch immer durch diesen Garten."
"Miiiaarggmeow!" (Dann ist der hinter Gitter. Und die anderen Hühner auch)
Das klingt in meinen Ohren höchst jämmerlich, zumal ich weiß, wie großkotzig er an den eingepferchten Hühnern vorbei zu gehen pflegt, sie gar verhöhnt, indem er auf das Dach des großen Geheges springt, dort umherstolziert und so missbilligendes und verängstigtes Gackern auslöst. Doch das kann ich ihm so nicht an den kleinen roten Kopf werfen, die Schmähung, diesen Verlust seiner Würde kann er nicht

ertragen. Das wissend, versuche ich es mit einer anderen Methode. Ich erklimme den Rolli, löse die Bremsen und verlasse das Schlafzimmer, nicht ohne wie nebenher zu bemerken, dass sich Minka, ein Weib, noch immer draußen in den unendlichen Weiten seines und ihres Revier befindet und dies alles heroisch erträgt. Natürlich teile ich ihm nicht mit, wie sehr ich mich um Minka sorge, fürchte, dass sie kopflos auf die Durchgangsstraße rennt, und so werfe ich mich in eine Jacke und rolle Minka suchend und rufend hinaus, nicht ohne eine Taschenlampe mitzunehmen. Draußen stelle ich fest, dass der Hahn nicht mehr gejagt wird, er offenbar wieder zu Hause ist, also rufe ich noch eifriger und wundere mich nicht wenig, dass Narses plötzlich neben mir steht. Vermutlich hat er seinen letzten Rest Mut zusammengekratzt. Nach kurzer Zeit taucht Minkas Kopf aus einem Gebüsch auf. Kuhgleiches Glotzen.
"Minkelino. Da bist du ja. Komm!"
Aus der Hecke hervorschießend sagt sie "Brrtmek!", was so viel heißt wie: Endlich. Ich hatte solche Angst. Und wir drei kehren ein in die relative Sicherheit eines aus Mauern bestehenden Hauses. Narses und Minka verlassen an diesem Abend diese Mauern nicht mehr.
Gute Nacht

Silvester mit Tara

Es trug sich zu, dass uns Freunde aus Deutschland über Sylvester für fünf Tage mit ihrem Besuch beglücken und Narses und Minka wegen der Mitnahme ihres Münsterländers Tara verstimmen wollten, weshalb ich mir schon im Vorfelde den hübschen Kopf zerbrach, denn Narses kennt Tara noch vom letzten Sylvesterbesuch, doch Minka haben wir ja erst seit Januar 1999 bei uns leben, so dass ich das Schlimmste befürchtete. Das Schlimmste jedoch blieb aus.

Tag 1
Aus dem Fenster blickend, erkenne ich ein Auto vor unserem Garten mitten auf der Durchgangsstraße unseres Dorfes, weit entfernt von unserer Zufahrt und trotz der Dunkelheit weiß ich; Aha, sie kommen! und beginne Angstschweiß zu schwitzen. Ich melde Tom die Ankunft des Besuches und positioniere mich mit ihm in der Diele, um den freudigen Ansturm Taras ein wenig abzufangen, nicht ohne mich zu fragen, was denn bitte Thomas, Steffi und der Hund hinter unserem Haus machen. Da sich später herausstellt, dass Tara noch mal Gassi musste, warten wir zunächst ziemlich lange, derweil Minka auf der Fensterbank des Wohnzimmers döst, wie Narses ahnungslos, der im Arbeitszimmer auf dem Stuhl schlummert.
Endlich! Wir öffnen die Türe, werden über den Haufen gerannt, können so viel offen zur Schau gestellte Freude kaum ertragen, lassen es über uns ergehen, dass der erste Dekorgegenstand zu Boden stürzt, ebenso wie ich es über mich ergehen lasse, mitsamt Rolli zu Boden zu gehen, denn die Freude eines Münsterländers ist ausdrucksstark, da er selbst auch nicht unbedingt von geringer Statur ist. Wir öffnen die Wohnzimmertür, Minka erhebt sich irritiert dreinblickend, bei Erkennen des Hundes katzbuckelnd auf das dreifache ihres normalen Körperumfanges aufgeplüscht, fauchend, Tara jedoch damit nicht aus der Ruhe bringend, denn sie bleibt zwei Schritte vor der Fensterbank stehen, vor Glückseligkeit hechelnd und wedelnd. Minka stellt schließlich das Fauchen ein und hopst auf das Phonomöbel, derweil sich Narses in der Diele, mit Blick auf das Wohnzimmer, postiert hat und nun von uns allen gesichtet wird. Dort steht er und sein Gesicht spricht Bände, nein eigentlich nur einen einzigen Satz, weil er erkennt und seufzt.
Nein! Nicht schon wieder dieser blöde Hund!

"Doch, doch", sagt Steffi, „so ein Jahr geht schnell vorbei."
Sie beugt sich nieder und begrüßt den Katzenmann, wobei sie leider die Aufmerksamkeit Taras auf sich und eben diesen lenkt. Tara, die Minka Minka sein lässt und noch immer auf das Freudigste wedelnd auf die andere Katze zueilt, die sich zu ihrem Erstaunen nicht vom Fleck bewegt, nicht einmal ihr Fell sträubt. Tara bremst jäh ab und erstarrt erstaunt. Narses hockt und sieht noch immer leidlich genervt aus, unterdessen wir beobachten können, wie selbst bei Tara das Erkennen einsetzt. Ihre Erinnerungen an Narses sind nicht nur freundlich. Jedoch von beinahe katzenhafter Neugier gepeinigt, stellt sie lediglich das freudige Wedeln ein, dumm dreinblickend, als Narses, nachdem er sich gestretcht und alle Bedenken abgeschüttelt hat, vollkommen desinteressiert an ihr vorbei schreitet, um sich in der Küche zu platzieren, wo er von der Anrichte aus zu kontrollieren gedenkt, ob in den herbeigeschleppten Kisten wohl etwas für ihn dabei ist. Während Tom den anderen auspacken hilft, streichle ich die noch immer auf dem Phonomöbel befindliche Minka und spreche ihr Trost zu. Immerhin, gegen Ende des Tages sucht sie eine Etage tiefer Schutz, sprich auf dem Sessel, der eigentlich Narses gehört, der die Nutzung durch Minka in Ausnahmesituationen duldet.

Tag 2
Da Tara mit ihren Herren, so heißt das bei Hunden, glaube ich, im Gästezimmer nächtigt und die Türe zu ist, benimmt sich Minka völlig normal, was heißt, sie schlendert im Haus herum, hopst mir auf den Schoß und wieder hinunter, frisst und geht auf die Mäusejagd. Narses Verhalten unterscheidet sich nur dadurch von dem Üblichen, dass ich ihn in der Küche über dem enorm großen Hundefutternapf vorfinde, seinen kleinen Kopf in diesem überdimensionierten Futtergefäß verschwinden sehe und bei genauerer Betrachtung feststelle, dass er nun offenbar nur noch geneigt

ist, Hundefutter zu fressen. Nichtsdestotrotz fülle ich alle Katzennäpfe auf, vom letztmaligen Besuch wohlwissend, dass Tara bei uns nur noch geneigt ist Katzenfutter zu fressen. Ich mache mir Kaffee, streichle Narses, sehe ihn durch die Klappe verschwinden, Minka durch dieselbe zurückkehren, glücklich feststellend, dass Minka bei ihrem Katzenfutter bleibt. Ich atme auf, doch nicht für lange, denn Geräusche aus der Diele lassen auf ein Erwachen des Besuches schließen, was wenig
später durch Steffis Erscheinen in der Küche bestätigt wird, wedelnderweise begleitet von Tara, die liebend gerne Katzenfutter fräße, doch von Minkas unbeirrtem Weiterfressen am Zugang zu den klitzekleinen Näpfen gehindert wird. Steffi versucht weitgehend erfolglos ihren Hund mit dem ihm zugedachten Futter aus dem ihm zugedachten Napf zu füttern. Jedoch Tara verharrt, sieht gar leidend aus, derweil sie Minka beim unverdrossenen Spachteln beobachtet. Wir hocken inzwischen herum und stieren grübelnd in die Schwärze unseres Kaffees, als ein Geistesblitz mein morgendlich trübes Hirn erhellt. Ich krame im Müll nach einer leeren Katzenfutterdose, spüle sie aus, wobei ich mich selbstverständlich am scharfen Rand schneide, und fülle sie mit Hundefutter, nachdem Steffi meine blutenden Wunden verarztet hatte. Dann macht sie Tara auf sich aufmerksam und deutet auf mich.
"Guck mal, was dir Christiane da schönes zu fressen gibt."
Und Tara guckt zu, wie ich das Pseudokatzenfutter in einen Katzennapf fülle und ihn ihr vor die große Nase stelle.
Sofort beginnt das Wedeln von neuem, die Nahrungsaufnahme wird aufgenommen, Minka verzieht sich auf ihren/ Narses Sessel, wo sie eine schmollende Diva-Miene aufsetzt. (Jetzt kriegt die Töle auch noch unsere Futter)
Bezüglich der Tiere ereignet sich an diesem Tag nichts mehr.

Tag 3

Im Verlaufe des Vormittags sehen wir Tara wedelnd hinter Minka her rennen, die von einem Schrank auf den nächsten flieht. Wir rufen sie bei Fuß und ich erfreue mich der Tatsache des Hundegehorsams, das seinerseits nicht lange vorhält, um genau zu sein nur so lange, bis der Hund Narses sichtet, der gemächlich aus dem Badezimmer schlendert und sich einer Tara gegenüber findet, die offenbar alle Erziehungsversuche, die er ihr hat im Vorjahre angedeihen ließ vergessen hat. Wir schieben das auf den Neujahrsmorgen, denn unserer Zusprüche und unseres Trostes zum Trotz, scheinen alle anwesenden Tiere von der Böllerei und der übermäßig langen Nacht ein wenig gestresst zu sein. Narses gar zeigt Anzeichen von schlechter Laune, als Tara ihm nicht, wie sonst üblich, Platz macht. Er drückt dies mit folgenden Worten aus: Miiiiiiaaaaaairrrgh!!! (Ach, hau doch ab, du bescheuertes Vieh)

Doch Tara haut nicht ab, denkt nicht einmal daran, kommt gar todesmutig ein Stück näher, um es sofort zu bereuen, denn Narses, übernächtigt, wohl auch verkatert, wobei dem Wort hier eine andere Bedeutung zukommt, stöhnt resigniert auf (ehrlich!) und holt aus. Tara erhält den Schlag in die Flanke, da sie sich rechtzeitig genug, um einem Hieb auf die Nase zu entgehen, umdreht, um ins Wohnzimmer zu fliehen, dicht gefolgt von Narses, der nun alle Gelassenheit fahren lässt und ihr auf den Hinterbeinen laufend, mit den Vorderpfoten dreschend, folgt bis ich dem Intermezzo Einhalt gebiete. Beglückt stelle ich fest, Minka war die aufmerksame Beobachterin dieses Ereignisses, aus dem sie offenbar verdammt schnell zu lernen bereit ist, denn sie hopst frohen Mutes vor den Augen Taras vom Sessel und mir auf den Schoß.

Brrrtlmek! (Wenn der Narses das kann, kann ich das dann

auch?)
"Aber ja doch", entgegne ich und wie durch ein Wunder, oder als sprächen
beide Katzen miteinander, verliert Minka an diesem Tag die Angst vor Tara vollständig.
In den nächsten beiden Tagen ereignet sich nichts mehr bezüglich der Tiere, einzig Thomas, ein leidenschaftlicher Hundehalter und überzeugt von der Intelligenz dieser Hunde, weil sie ja immer so gehorsam sind, wobei sich mir entzieht, was Klugheit mit Gehorsam zu tun hat, sorgt noch einmal für ein herzhaftes Auflachen meinerseits. Thomas, noch am Abendbrottisch sitzend, entdeckt nämlich Narses in der Küchentür stehend, wo der sich satt über das Mäulchen schleckt. Und Thomas ruft, eine Spur zu herrisch: „Narses komm her!"
Dabei auf den Boden neben sich deutend, kein sonderlich kluges Gesicht machend, als Narses sich erhebt, an ihm vorbei in Richtung Schlafzimmer geht, wobei er „Iiiiiiirrggghh!" sagt, was so viel heißt wie: Sonst geht es dir noch gut, oder?
Das war Sylvester mit Tara. Nun sind alle wieder weg und Minka fällt ein Stein vom Herzen.

Entspannungsbad

Hallo Zusammen
Nach langer Zeit melde ich mich mal wieder mit einer Story von Narses
und Minka, die ein Bad nehmen mussten, sollten, wollten? Denn sie hatten Flöhe, die mit nichts zu bewegen waren, unsere lieben Fellmöppe zu
verlassen, um sich auf einem anderen Tier eine neue Bleibe zum Schmarotzen zu suchen. Sicher, an die Möglichkeit eines Bades mit Antiflohshampoo hatten wir auch schon

gedacht, aber auf meine Bedenken hin wieder verworfen, denn Narses wurde in seinen nun schon sieben Jahren noch nie gebadet und von Minka, die ja erst seinem einem Jahr bei uns ist, wussten wir es nicht, dennoch: Überzeugt davon, dass sie uns ein solches Unterfangen niemals und nie wieder verziehen, riet ich Tom davon ab.

Nun jedoch wurde ein Freund von uns auf die Flohhalsbänder aufmerksam, erklärte sie zum Firlefanz und empfahl ein Bad. Meinen Argumenten hatte er bewiesene Gegenargumente entgegenzusetzen, denn sein Kater liebe ihn noch immer, käme noch immer jedes Mal heim, schmuste noch mit ihm und kam sogar am Tage des Bades nach seiner Outdoortätigkeit wieder nach Hause. Zwar war ich noch immer nicht wirklich überzeugt, aber Tom brachte anderntags vom Einkauf das Shampoo mit, schwieg und wedelte nur mit der Flasche. Ich schaue entsetzt von meinen Italienischhausaufgaben auf. (Fernstudium)

"Ja, aber ......"

Weiter komme ich nicht, denn ich höre, wie er im Bad herumräumt und alte Handtücher heraussucht, also klettere ich vom Sofa in meinen Rolli, um den armen Tieren wenigstens tröstende Worte und Durchhalteparolen zuzurufen. Leider fordert Tom stattdessen meine aktive Mithilfe, was heißt, er hält den jeweiligen Patienten fest, derweil ich shampooniere und als er das so erklärt, breitet sich bares Entsetzen in meinen Zügen aus.

Ich??? Wo ich Tom doch immer mit den Katzen zum Tierarzt schicke, weil ich sie im Auto nicht schreien hören kann?

Es hilft alles nichts, ich erkläre mich widerwillig zur Assistenz bereit, versuche aber noch während der Vorbereitungen herauszufinden, wie wir an die Telefonnummer des hiesigen Fechtclubs kommen sollen, denn angesichts Narses Wildheit erscheint mir der Schutz unserer Gesichter zuerst einmal vorrangig. Doch ich

verwerfe den Fechtclub aufgrund einer besseren Idee und weise Tom auf die zwei auf dem Dachboden befindlichen Footballhelme aus seiner aktiven Zeit hin. Er schaut mich an, als wäre ich bar jeden Verstandes, tätschelt mir die Wange sanft und holt Minka, derweil ich mit Narses im Bad warte. Narses nämlich liegt auf dem Boden der Duschtasse, döst und blinzelt nur mal müde, als Minka herbeigeschleppt wird, schließt sogar wieder die Lider, als Minka zu zetern beginnt. Und das, obwohl sie noch nicht nass ist, allein die Platzierung auf meinem Badewannenlift reicht dazu aus. Das Gebrüll steigert sich zum schier Unerträglichem und als sie nass vom Hals abwärts auf ihre neue Frisur wartet, zittern mir die Hände, während ich sie sanft shampooniere, was sie jämmerlich klagend über sich ergehen lässt. Doch anscheinend belässt sie es bei verbalem Protest.
Anscheinend gibt es Schlimmeres, denn sie macht keine Anstalten zu fliehen. das Shampoo ist lange genug eingewirkt, ich nehme die Brause wieder zur Hand, höre Tom fluchen, Minka schreien, Tom noch lauter fluchen und sehe nebenher einen großen Berg Schaum in die Diele entfliehen, Tom hinterher. Kurz darauf erscheinen Schaumberg und Gatte erneut im Bad, inzwischen mit großem aber emotionslosem Interesse von Kater Narses beäugt, der sich aus seiner Schlafposition in die Haltung "Beobachtungsposten" begeben hat. Lässig, mit einer eingeklappten und einer weit ausgestreckten Pfote und mit einer Miene, als ginge ihn all das nichts an. Minka landet wieder auf dem Badelift, ich brause sie unter sanftem Zureden ab, sie zetert nicht mehr, knurrt dafür rottweilergleich. Toms Versuche, sie abzufrottieren scheitern an einer erneuten Flucht, dieses Mal unter das Bett, wo es kein Rankommen gibt, also wird das Unternehmen "Flohfreie Minka" zuerst auf Wiedervorlage gelegt.
Ehe wir uns Narses zuwenden, hole ich meinem Gemahl ein

Pflaster, pappe es auf den rechten Unterarm, untersuche ihn auf weitere Verletzungen, kann aber bis auf zwei Löcher im T-Shirt nichts weiter finden. Meinen Vorschlag, eine Zigarette zu rauchen, ehe wir uns dem Projekt "Flohfreier Narses" zuwenden, lehnt er mit dem Hinweis, es schnell hinter sich haben zu wollen ab. Narses, noch immer entspannt und nichtsahnend, beguckt uns mit mittlerweile verlustig gegangenem Interesse und ist gerade wieder im Begriffe, sich einzurollen, um weiter zu pennen, als er vom Boden gepflückt und ebenfalls auf dem Duschsitz postiert wird.

Ich male mir Weiteres in den dramatischsten Farben aus. Narses, der bis jetzt unbesiegte Revierkater unseres Dorfes, kastriert aber dies stets ignorierend, der, der den Spitznamen Kampfkater trägt, Held über die unüberschaubaren Weiten seines Reviers, der Unbestechliche.......nanu?

Nass gebraust glotzt er uns lediglich mit kaum verhohlener Gereiztheit entgegen, beschenkt mich mit zusammengekniffenen Augen und einem unmissverständlichen Miauen, das so viel heißt wie: „Was ist nun? Shampoonier endlich!"

Recht hast du, antworte ich, verreibe das Shampoo in meinen Handflächen, um es dann in sein Fell einzumassieren, was er schweigend, und ohne Befreiungsversuche über sich ergehen lässt. Gemächlich befreit ihn die Brause vom Shampoo, gemächlich lässt er sich abrubbeln, gemächlich entschwindet er ins Wohnzimmer, wo er sich vor der Heizung platziert und sich zu putzen beginnt, was er innerhalb der nächsten zwei Stunden auch nicht einstellt.

Geschafft! Wir bleiben weitgehend unverletzt, die Katzen nass zurück.

Minka, so erinnere ich Tom, ist noch immer übermäßig nass und sollte wohl zwecks Vermeidung einer Erkältung ein bisschen abgetrocknet werden. Er also schnappt sich ein

Handtuch und verschwindet im Schlafzimmer, wo er längere Zeit nicht wieder hervorkommt, demnach entschließe ich mich, der Sache auf den Grund zu gehen, kehre dort auch ein und sehe ein Bett, unter dem zwei überaus lange Beine hervorschauen und höre nur sanfte, beruhigende Worte. Die Beine verschwinden noch ein Stückchen, die Worte klingen noch immer beruhigend, dann... Klong „Aaahh!" Die Beine schieben sich wieder ins Rauminnere, bis der ganze Mann auftaucht und sich den Kopf hält, den er sich beim immerhin erfolgreichen Versuch, sein Gesicht vor Minkas Tatzenhieben in Sicherheit zu bringen, am Metallträger der Wassermatratze gestoßen hat. Sein Gesichtsausdruck erklärt die Mission für beendet und damit sich Minka nicht vollends erkältet, drehe ich im Schlafzimmer die Heizung auf. Tom sieht genervt aus und irgendwie verstehe ich ihn, denn die Katzen scheinen ihn gerne verletzen zu wollen. Seine Stirn ziert eine lange Narbe von oben links bis unten rechts, nur bei Sonnenbräune gut erkennbar, weil die Narbe nicht mitbräunt. Diese Narbe entstand vor langer Zeit an einem Sonntagmorgen, als Tom im Bett liegend noch schlief, Narses auf dem zwei Meter hohen Kleiderschrank stand, heruntersprang und auf dem Wasserbett nicht den rechten Halt findend, irgendwie mitten in Toms Gesicht landete, der daraufhin mit Blut im Auge erwachte, aber das ist eine andere Geschichte.
Ich bringe ihm also einen Cognac und eine Zigarette, mache es mir dann wieder auf dem Sofa bequem, wo sich bald Narses zu mir gesellt und sich dort weiter putzt.
Zwei Stunden später hat er verziehen und schnurrt mich in Grund und Boden.
Minka schmollt noch zwei Tage, danach ist sie allerdings wieder unser bekanntes Katzemädchen. Jetzt strahlen und glänzen sie beide in nie gekannter Schönheit und alle Kontrollen mit dem Flohkamm zeigen uns, eine

Wiederholung des Bades wird

Grüße aus DK

Hallo Ihr Lieben
Nach langer Zeit melde ich mich mal wieder mit Nachrichten von Narses und Minka. Nur, weil ich keine Zeit hatte, den PC zu starten, heißt das nun noch lange nicht, Narses und Minka hätten keine Zeit gehabt, neue Erfahrungen zu sammeln, neue Macken zu kreieren, oder noch mehr Mäuse zu fangen. Nein, sie nahmen sich diese Zeit durchaus und sie erlebten was folgt:

Tara
Kürzlich hatten wir wieder Besuch von unseren liebsten Freunden aus Wuppertal, die den liebsten Hund Wuppertals besitzen, im Falle von Hunden heißt das wohl wirklich besitzen, oder? Nun, Tara ist ja bereits aus der Sylvestergeschichte bekannt und als Münsterländerin nicht gerade klein. Unsere Fellmüffe kennen Tara schon sehr lange und können sich inzwischen recht gut mit ihr arrangieren, jedoch tanzen sie bei ihren Besuchen nicht unbedingt vor Freude jauchzend auf den Tischen, das ist dem Tag ihrer Abreise vorbehalten. Als Tara aufkreuzt, nimmt Minka demonstrativ auf dem Gästebett Platz, um keinen Zweifel daran aufkommen zu lassen, wem hier *alles* gehört, derweil Narses aus seinem Tiefschlaf auf dem Terrassentisch erwacht, blinzelt, müde umherlinst und erkennt. Was immerhin nicht wie beim letzten Besuch Taras einen Wutausbruch zur Folge hat, sondern eher einen deutlich resignierten Gesichtsausdruck. Wir vermeinen ihn gar seufzen zu hören, aber sonst bleibt er friedlich, kehrt auf den Tisch zurück, um das Unterbrochene fortzusetzen.
Das zweiwöchige Zusammenleben bleibt soweit friedlich,

Narses und Minka behalten alle ihre üblichen Angewohnheiten, in manchen Fällen *leider,* bei, während die arme Münsterländerin vom permanenten Catwatching relativ früh Müdigkeitserscheinungen aufweist. Lediglich das gelegentliche „Narses- am- Hintern- Riechen" missfällt demselbigen massiv, was mit Nasenhieben beantwortet wird. Minka hingegen zeigt sich harmoniesüchtiger, sie duldet das Riechen zwar auch nicht, versetzt dem in ihren Augen unzweifelhaft dummen Hund aber lediglich Hiebe unter Verzicht des Kralleneinsatzes. Die erzieherischen Maßnahmen überlässt sie ganz dem katzischen Herrn im Haus. Jener allerdings beginnt nach nur fünf Tagen Minka ihrerseits am Po zu schnüffeln, als wolle er ausprobieren, was genau ein Hund damit eigentlich bezweckt. Dem kommt er nicht auf die Schliche, wohl aber der Tatsache, dass Minka sehr wohl Krallen besitzt, also wird dies auch schnellstmöglich eingestellt. Richtig verprügelt wird Tara nur einmal, und zwar auf dem Weg zu den Katzenfutternäpfen, just in dem Augenblick, in dem Narses gelassen dort hinschlendert, um sich etwas Leckeres zu Gemüte zu führen. Leider wird er dabei von einem großen Hund überholt, der mit Riesenzunge in Windeseile Katzenfutter in sich hineinstopft. Kater Narses, so erzürnt, dass er förmlich zur Bestie mutiert, muss von Menschhand vom Hund hinunter gepflückt werden, wobei es schwer ist, alle vier Pfoten auszuhaken. Immerhin stellt Tara ab hier das Katzenfutterfressen ein, was unsere aller Nasen danken, da sich auch ihre Blähungen einstellen. Tara liebt uns. Die Folge davon ist unsere Aufnahme in ihr Rudel, was wiederum das gnadenlose Ankläffen armer Nachbarn, Postboten, Handwerker und anderer Menschen, die einfach nur unser Haus betreten wollen, zur Folge hat. Und weil Tara uns liebt, springt sie auch schon mal auf das Sofa, in dem ich oder Tom gerade liegen, um von uns beschmust zu werden. Und weil sie uns liebt, ist sie so auch das eine oder andere Mal sehr eifersüchtig, wenn auf einem Sofa, auf dem ich gerade liege, Narses oder Minka beschmust werden. Immerhin, sie ist klug genug, auf eine sofortige Intervention zu verzichten, starrt stattdessen den an seiner Schmusedecke nuckelnden Narses mit erbärmlichstem Hundeblick an, kann es sich auch nicht nehmen lassen, es nach Narses Verschwinden selbst einmal zu probieren, doch offenbar verfügen Hunde nicht über die Fähigkeit zum Milchtritt und so bin ich nach diesem gescheiterten Versuch heilfroh, die Wolldecke, an der sie zu nuckeln versuchte, nicht dem Mülleimer zuführen zu müssen. Sonst versucht sie nichts Kätzisches.

Narses im Stress
Stress, ist wohl das Wort, mit dem Narses die Zeit dieses Besuches in Zusammenhang bringen würde, fragte man ihn, denn nach nur wenigen Tagen scheint er bereits die Verdoppelung seiner Familie zu verfluchen. Mit zwei zusätzlichen Menschen und einem Hund sind jäh so viele Esser im Hause, dass die morgendliche Anzahl der von uns gefundenen Mäuse von 2-4 auf 6-8 steigt. Nachts ist er demnach selten Zuhause.

Die Tierärztin
Sie kam, um die Katzen zu impfen und bei der Gelegenheit den Hund gegen eine Allergie zu behandeln. Narses schläft tief auf unserem Bett, wird vom selbigen gepflückt, in den Wirtschaftsraum getragen, geimpft und gegen die jüngste Verletzung aus einer Katzenschlägerei behandelt und rast nach überstandener Prozedur in einem Affenzahn zurück ins Schlafzimmer, um sich dort wieder auf dem Bette einzurollen und weiter zu pennen. Ich bin nach wie vor der Überzeugung, er hält dieses Intermezzo für einen Albtraum. Die TÄ vermag, was der Hund nicht zuwege gebracht hatte; Minka schmollt zwei Tage lang, was sich in ihrem Verzicht,

bei uns unter der Bettdecke zu schlafen, äußert.

Als Tara fort war, freuen sich die Katzen, von meiner Freundin jedoch erfahre ich von Taras tagelanger Suche in ihrer Wohnung nach den lustigen, spannenden, ach so tollen Katzen. Naja, Sylvester kommen sie ja wieder her.

Die Baustelle
Gegenüber von unserem Haus wird ein neues Einfamilienhaus gebaut. Weder Narses noch Minka treiben sich tagsüber auf der lärmenden Baustelle herum, doch Narses offenbar nachts, denn letzte Woche erlitt ich nach dem Aufstehen beinahe einen Schock. Nichtsahnend und müde blinzelnd, auf dem Weg in die Küche, mich nach Kaffee sehnend, entdecke ich im ganzen Haus Sand. Der schwarz-weiß karierte Küchenboden knirscht, um die Fressnäpfe herum ist es am schlimmsten, das schwarze Leder der Sofas ist ebenso verunziert wie sämtliche gläserne Tische, der Badenwannenrand, unser ehemals weißes Bettlaken und der Schreibtisch. Ich beginne sofort mit dem Hausputz.

Marianne
Unsere Nachbarn haben eine hellbeige Perserkatze, die auf den Namen Marianne eher nicht hört. Jedenfalls heißt sie so, was nichts heißen will, und gestern spät abends schien sie zu glauben, sie müsse mal wieder nachgucken, wie es in unserem Haus so beschaffen ist. Weit kommt sie nicht, denn Minka hält sich just zu dieser Zeit in der Zufahrt auf, sieht, faucht, kreischt, flieht, was klingt, als reiße sie die Katzenklappe aus ihrer Verankerung. Ich, die ich nichtsahnend mit Narses im Bett liege und lese, schrecke hoch. Leider erst nach Narses, der schon zur Klappe raus ist. Minka, nun mit Geleitschutz, hinterher. Ich öffne die Türe, lausche dem Armageddon und sehe beige, rote und graue

Fellflocken hinter der Tanne hervorwirbeln. Plötzlich schießen sie alle aus den Gebüschen hervor, Marianne vorneweg, Narses Pfoten fuchtelnd hinterher, gefolgt von Minka, die im Eifer des Gefechtes versehentlich auf Narses Rücken schlägt und sich sofort beschämt vom Acker, sprich ins Haus macht. Narses jedoch folgt Marianne bis an die Zufahrt ihres Grundstückes und hält dort die nächste Stunde Wache, um nochmalige Grenzüberschreitungen zu verhindern. Mir tut Marianne leid. Ich habe unseren Nachbarn, im Falle von behandlungsbedürftigen Verletzungen, die Übernahme der Tierarztrechnung angeboten, aber sie hat nur kleine Kratzer.

Mehr Außergewöhnliches ist glücklicherweise nicht passiert. Dass Minka mir immer ins Cabrio springt, wenn ich wegfahren will, ist zwar lästig, aber nicht eben neu. Ebenso, wie ihre leidige Angewohnheit, immer mitkommen zu wollen, wenn wir eine Radtour machen. Ich komme mit dem Rollibike stets nur bis zur Mitte unserer Straße, dann kehre ich freiwillig zurück, ehe ihr etwas passiert, und verschiebe die Tour auf später, wenn sie schläft. Und ich dann noch Zeit habe. Dieses Jahr wurden bis jetzt zum Glück keine Vögel gefangen. Nur einmal war der Wirtschaftsraum morgens voller Federn, aber wir fanden nach gründlichem Möbelrücken nichts. So haben wir die Hoffnung, der Vogel konnte durch die offene Terrassen flüchten.
Sodann, ich versuche mal wieder öfter bei euch allen reinzuschauen, sobald ich aus dem Urlaub zurück bin.
Liebe Grüße von
Tiane (die sich auf den Urlaub freut)
Narses (der immer froh ist, wenn ich am PC bin, weil er dann auf dem
Schreibtischstuhl schlafen kann, da ich meinen eigenen Stuhl, den Rolli

eben, immer dabei habe. Der Stuhl ist schwarz, weshalb immer eine
Fusselbürste daneben steht.)
Minka, (die im Bett ratzt)
und von Tom (der heute leider Nachtschicht hat, weshalb die Katzen mit Sicherheit wieder Dummheiten planen)

Zurück aus dem Urlaub II.

Frisch und munter melde ich mich zurück aus dem Urlaub in Florenz und da Tom die Katzen hütete, wie ich es in seinem Urlaub tat, dachte ich , ich hätte nichts Neues von Narses und Minka zu berichten, aber weit gefehlt.
Zunächst, gerade in Italien gelandet, erfuhr ich nichts Neues oder gar Besorgniserregendes über die zwei, im Gegenteil, es ging ihnen, wie ich es nicht anders erwartet hatte, sehr gut und ich hoffte, so bliebe es die nächsten zwei Wochen und ging frohen Mutes meinen Urlaubstätigkeiten nach.
Nach drei Tagen Extrem-Kunstwerke begucken, Extrem-Shopping und Extrem-Essen und Trinken ersehnte ich die Stimme meines Herzallerliebsten und ich rief Zuhause an.
Was ich aber auf die Frage nach den Katzen hörte, war nicht angetan, romantische Gefühle in mir zu wecken.
„Ach hör mir auf!", seufzte Tom, „Aber es ist schon wieder soweit alles in Ordnung"
relativierte er sofort, ehe er mir die gesamte Geschichte erzählte.
Protagonist der Geschichte war Narses. An einem ganz gewöhnlichen Wochentag entschließt sich jener nämlich nach seinem Mittagsschläfchen in den unendlichen Weiten seines Reviers zu entschwinden und taucht, was weiter nicht ungewöhnlich ist, _nicht_ auf, bis Tom etwa drei Stunden später zu seiner Nachtschicht aufbricht.

Die Tatsache, dass Narses anderntags gegen zehn Uhr früh gleichwohl nicht im Hause ist, beunruhigt Tom auch nicht weiter, wohl aber das Vermissen jeglicher Hinweise auf Narses Erscheinen irgendwann in der Nacht. Hinweise in der Art von roten Tigerhaaren auf den bevorzugten Schlafstätten wie Bett, Sofa, Bügelwäsche oder Computerstuhl, wie Trockenfutter, das auf eine Narses typische Art aus dem Napf gefressen wurde, nämlich immer gleich heraus aus der Mitte, so dass eine Kuhle im Trockenfutter zurückbleibt. Narses Wasserglas im Badezimmer ist auch nicht angerührt, also beginnt Tom sich zu sorgen. Die Sorge steigert sich stündlich. Um die Mittagszeit hat Tom bereits sämtliche Felder, Vorgärten und Straßen der Nachbarschaft durchkämmt, ohne fündig geworden zu sein. Zurück zuhause, bleibt ihm nichts anderes, als gemeinsam mit Minka weiter zu warten und sich zu überlegen, was er mir erzählen soll, wenn ich aus dem Urlaub zurückkomme. Und derweil er so Trübsal belässt, klappt die Katzenklappe, Narses rast herein, um sofort unter dem Bett zu entschwinden, was Tom aufatmen lassen sollte, wären da nicht die Bluttropfen auf dem Teppich. Demnach wird der verängstigte und nun plötzlich wieder kleine Kater mit viel Mühe unter dem Bett hervorgezaubert und nach Sichtung stehenden Fußes die Tierärztin angerufen, die glücklicherweise Kühe Kühe sein lässt und kurz drauf bei uns erscheint. Mit wem oder was Narses sich geschlagen hat, wird uns vermutlich auf ewig verschlossen bleiben. Die Kratzer und Schrammen an Ohren und Kopf sehen aus, wie nach jeder Katzenschlägerei, allerdings die große, klaffende Wunde unter dem Unterkiefer wirkt rätselhaft. Er wird gespritzt, verarztet und erhält Stubenarrest Ich bekomme zu hören, er benehme sich wie immer, habe kein Fieber und frisst tüchtig, also solle ich mich nicht weiter beunruhigen. Der Stubenarrest macht ihm nichts aus, denn er schläft viel, wohl aber macht er Minka

etwas, die des Nachts mehrmals versucht, die Katzenklappe auszubauen und das alles sehr ungerecht findet. Nachdem ihr Unterfangen in Sachen Gefängnisausbruch gelungen ist, die Klappe hängt schief in den Angeln, das rote Rädchen zum Verstellen ist schwer ramponiert und Minka befindet sich draußen, entschließt Tom sich die Klappe zu reparieren und den Stubenarrest zur Bewährung auszusetzen. Woran er gut tut, denn Narses lungert tagelang nur im eigenen Garten herum und befindet sich auf bestem Wege der Genesung.
Der vorletzte Morgen in Florenz, meine Mutter und ich leiden schon unter dem Stendal-Syndrom (Orientierungslosigkeit und sinnliche Überforderung angesichts der Kunstmassen. Eine nur in Florenz erscheinende Erkrankung), Nackenstarre wegen all der Deckenfresken, Übergewicht wegen der umwerfenden Pastagerichte und des göttlichen Weines. Ich befinde mich im Bad, als das Telefon klingelt, am anderen Ende der Leitung, völlig aufgelöst, mein Mann. Aus seinen gehetzten, aufgebrachten Äußerungen reime ich mir zunächst nur zusammen, dass alle Tiere gesund sind, er aber total aufgeregt sei, worauf ich natürlich nie gekommen wäre, und dass er nicht wisse, wem er das Folgende sonst erzählen solle, denn bei uns in DK gibt es in unserem Bekanntenkreis keine wirklich Feliden Menschen. Also zünde ich mir eine Zigarette an und höre zu:
Tom kam aus der Nachtschicht und ging ca. 5 Km vor unserer Ortschaft auf
Höhe eines kleinen Rastplatzes voll in die Bremsen, denn das dort liegende rötliche Fellbündel kam ihm leidlich bekannt vor. Auf dem Rastplatz sofort aus dem Wagen springend, auf das Fellbündel hechtend, dieses genauer betrachtend, festigte sich in ihm die Überzeugung, Narses sei überfahren worden. Es war natürlich vollkommen deprimierend, umso mehr, da er die Katze nicht vom Boden lösen konnte, da sie wohl auf der angefahrenen Seite liegend

gestorben ist. Er fuhr heim. Um einen Spaten zu holen. Weinend. Sich fragend, wie er mir das beibringen solle. Zuhause fand er Minka. Auf dem Bett. Schlafend. Den Spaten gerade griffbereit, fast schon raus aus dem Haus, kam ihm müde und gähnend ein roter Kater Narses in der Diele entgegen. Ich kann nur erahnen, wie sich Tom in dem Moment fühlte. Ich wäre auf jeden Fall vor Freude hysterisch geworden.
Seitdem trägt Narses ein Halsband, gegen das er sich nicht wie früher wehrt. Ein solches, das reflektiert, angeblich, damit er nicht überfahren wird, doch in Wahrheit wohl, damit Tom eine solche Verwechslung nicht mehr unterläuft. Seither kriegt der Kater auch dauernd Rinderherz und andere Leckerlies. Die hatte er zuvor von mir auch immer bekommen, aber Tom war früher stets der Meinung gewesen, ich würde ein viel zu großes Theater um den Kater machen. Mittlerweile bin ich Zuhause und konnte Narses Verwundungen in Augenschein nehmen, und ja, sie verheilen gut. Ich glaube, er hatte sich mit einem Marder angelegt und Tom hält die Vermutung für nicht abwegig. Das Halsband trägt er nun nicht mehr, weil er offenbar eine Kunststoffallergie hat, denn darunter hatten sich kleine Pickelchen gebildet, die er sich schorfig gekratzt hatte. Narses und Minka sind also gesund und munter, schmollen nicht über meine Abwesenheit, sondern benehmen sich auch mir gegenüber wie immer. Nur Tom wünscht sich wahrscheinlich, dass ich so schnell nicht mehr wegfahre.
In diesem Sinne viele liebe Grüße
Tiane (mit Erkältung wegen des Klimawechsels)
Narses (der gerade versucht hatte, die Katzenklappe trotz des
Gegenwindes zu öffnen und daran scheiterte)
Minka (die bei dem Sturm gar nicht erst raus will)
Tom (Nachtschicht)

Der Sturm

Hallo Mitdosis
Passend zu Halloween sucht uns in Dänemark ausgesprochen gruseliges Wetter in Form eines Sturmes, nein eigentlich Orkanes heim. Zwar erlitten hier weder Haus, Katzen, noch Dosis wirklich Schiffbruch, doch zeigte Narses bei dieser Gelegenheit sein wahres Gesicht. Narses, der Held, der Unbesiegbare, den nichts so leicht erschrecken kann. So scheint es, denn Image ist alles und Monsieur ist sein eigener PR-Manager. Vielfach aus Schlägereien als Sieger heimgekehrter Held, selbstredend mit stolzgeschwellter Brust die Einfahrt auf Patrouille auf und ab marschierend, hat er jeden uns bekannten Hund, jede Art fremder Tiere, uns und natürlich auch Minka bestens im Griff. Und höchstselbstverständlich gehen wir von seiner naturgegebenen Klugheit, Erhabenheit; Gelassenheit aus. Seine Klugheit offenbarte er zuerst auch gestern. Seit den frühen Mittagsstunden nämlich geht die Welt unter, so sieht es zumindest aus, da sich der Horizont wegen Nebels verkürzt, darüber der Himmel sich in unendlicher Schwärze präsentieren würde, sähe man ihn des Regens wegen, der sintflutartig hernieder prasselt, überhaupt. Ich, inzwischen ob des Sturmes genervt auf dem Sofa sitzend, betrachte gemeinsam mit Minka die windgepeitschten Büsche und Bäume unseres und des Nachbars Garten, um dann Narses beim Schlafen auf dem Sessel zuzuschauen, denn anders als Minka hat er in seiner Weisheit von Beginn an das Zuhause bleiben beschlossen und rührt sich bestenfalls zum Fressen vom Fleck. Sie hingegen äußert mitunter lautstark Protest und versucht gegen besseren Wissens das Draußen aufzusuchen, indem sie ihren großen Kopf angelegentlich durch die Katzenklappe schiebt, nass zurückzuckt und noch lauter protestierend das Wohnzimmer aufsucht, um sich mit verdrossener Miene erneut auf dem Sofa zu platzieren, nur

um es eine halbe Stunde später erneut zu versuchen. Narses, in seiner königlichen Pracht, schläft, neidvoll von mir betrachtet, die nun das Büro aufsucht, um lange liegengebliebenen Papierkram zu erledigen. So ändert sich in den nächsten Stunden nichts. Narses erwacht nicht, Minka jammert depressiv das Wetter an, derweil ich fleißig meine Arbeit tue, bis Tom vom Dienst kommt, was ich am Aufstöhnen und hundegleichem Schütteln im Wirtschaftsraum vernehme, ebenso wie das Wort " Sauwetter" und die Frage, ob ich die Katzenklappe verschlossen habe.

„Nein", rufe ich fröhlich dahin", „unsere Katzen sind mehr (Narses) oder weniger (Minka) klug und gehen schon freiwillig nicht raus."

Und während ich diese Worte dahin plappere, erwacht Narses und fordert Futter ein. Da sich Tom just als Dosenöffner zur Verfügung stellt, beschließe ich, meine Arbeit wegzupacken und gemütlich mit meinem Göttergatten zu plauschen. Inzwischen hat sich der Sturm-Regen-Finsternis die normale Zeitfinsternis hinzugesellt, der Sturm legt an Tempo zu und Narses ist weg, was wir erst eine halbe Stunde später bemerken. Sofort äußere ich Besorgnis, aber noch wiegelt Tom mit dem Hinweis auf Narses Tapferkeit und Klugheit ab, denn Narses, nicht dumm, wird sich schon in irgendeinem Carport unterstellen. Eine weitere halbe Stunde später findet Tom mich in Anorak gewandet und mit Taschenlampe ausstaffiert gegen den Sturm in unserer kleinen Straße ankämpfend, seltsam anmutend, mit den Händen ständig an den klatschnassen Greifringen meines Rollstuhles abrutschend, und wegen des Windes, der mir ins Gesicht bläst, kaum vom Fleck kommend, dabei unaufhörlich „Männlein" rufend, denn auf Narses hat Narses noch nie gehört. Tom, ebenfalls plötzlich in wetterfeste Kleidung gehüllt, hechtet rettend herbei, und entschwindet, mir die Taschenlampe entreißend, um die

nächste Ecke, ausdauernd mit Narses und Männlein brüllen beschäftig, aber nichts passiert. Ich, mittlerweile in unsere Zufahrt zurückgekehrt, finde Minka neben dem Briefkasten stehend, mit sichtbar verständnislosem Blick, als wollte sie fragen, was das nun bitte wieder zu bedeuten hat. Weil ich mir Handschuhe holen will, locke ich sie mit ins Haus, was ausnahmsweise von Erfolg gekrönt ist. Mit Handschuhen und leider auch mit Minka wieder draußen, die sofort den Ehrenplatz neben dem Briefkasten aufsucht, höre ich Toms Verdrossenheit in Form eines überdeutlichen Seufzers.
„Hol was zum Rappeln!", ruft er, „ ich habe Ihn gefunden, aber er kommt nicht aus dem Gebüsch raus und ich komm nicht dran!"
„Aber der mag doch nichts!", plärre ich einigermaßen verständlich gegen den Wind, rase aber dennoch rein, um eine Dose Bonbons für Katzen zu holen. Mit der in der Hand, an einer sichtbar irritierten und nassen Minka und dem gleichgültigen, weil bewusstseinslosen Briefkasten vorbeiflitzend, tauche ich ca. einen Kilometer von unserem Haus entfernt auf der Höhe einer Gartenhecke eines fremden Gartens auf, wo mich die illustre Gesellschaft meines Mannes und des ach so heldenhaften Kater Narses erwartet und letzterer ist mehr zu hören als zu sehen, denn eigentlich sehen wir lediglich leuchtende Augen in einer Höhe, die angstvolles Zusammenkauern auf dem Boden impliziert lässt. Wir hören ein unverkennbar von Narses stammendes Miiiiiiiiiiiiiaaaaauuuuuuuu!!!!!!!!!!
„Wie übersetzen wir das nun?", frage ich Tom, der nur ratlos die Schulter hebt.
„Vielleicht mit Haut ab! Ich bin erwachsen?"
Der Vorschlag, mit wenig Überzeugung dargebracht, wird von mir abgelehnt, da ich eher mit *Helft mir!! Ich habe AAAAnnnggsstt!!!* übersetzen würde.
Unter Begleitung des den Regen kaum übertönenden Rappelns mit der Leckerlidose rufe ich erneut Narses

Namen und wir verharren und warten. Leider geschieht zunächst nichts, der Versuch geht in seine zweite Phase.
"Männlein!" Rappel Rappel.
Verharren, warten und......... Eine Bewegung! Kommt er weiter aus der Hecke raus? Könnten wir ihn nun packen und heimführen?
Leider nein, denn herbeigelockt vom süßen Ton der Leckerchendose steht sie neben mir. Hellwache Augen und ein zuckersüßes Katzengesicht leuchten in der Dunkelheit zu mir empor, so dass ich nur noch *auch das noch* denke und Minka wenig motiviert ein paar Bonbons hinlege, denen sie sich auch sofort zuwendet.
Hiernach beginnt die dritte Phase des Versuches
"Männlein!" Rappel Rappel!
Neben mir ertönt ein "Mek!" was von Minka stammt und so viel heißt wie "Mehr!"
Tom und ich erklären dies Unterfangen für hoffnungslos und zum Scheitern verurteilt und beschließen Minka erst einmal zurückzubringen. Rappelnd latschen wir einen guten Kilometer zurück, begleitet von einer stetig zur Dose glotzenden Minka, die nach Heimkehr in der Küche belohnt wird. Unsere Regenjacken lassen wir an, die Dose lasse ich Zuhause und weil das so ist, finden wir Minka hiernach auch wieder nur neben dem Briefkasten hocken. Kaum draußen, hören wir Narses wieder von der Ferne, aber näher am Haus, was uns neu motiviert. Stärker noch motiviert es uns, dass wir ihn auf unserem Weg zu ihm hin panisch in den übernächsten Garten unseres Haus preschen sehen, wo er aber leider wieder erneut hockt und nun noch lauter, wegen zunehmenden Niederschlages, vor sich hin kreischt.
„Miiiiiiiiiiiiiiiii!!!!! (Rettet mich!!!)
„Tun wir ja.", murmelt Tom ungehalten, „Du könntest uns nur etwas helfen. Weißt du, es ist nicht ungefährlich mit einer Taschenlampe in fremde Leute Garten umher zu latschen."

„Mii!" (Bitte!)
Ich versuche mich noch einmal im Männlein rufen und wie durch ein Wunder flitzt er in den nächsten Garten. Immerhin. Nun nur einen Garten von der Katzenklappe entfernt, schöpfen wir alle neuen Mut und derweil ich ein weiteres honigtriefendes „Männlein" mit „Mein Süßer kleiner Katzenmann" garniert rufe, werden Minka und der Briefkasten immer genervter. Ein weiteres "Männlein" und er tauch in seiner Einfahrt auf, begleitet von einem Stöhnen Toms, Freudenrufen meinerseits und eines reichlich pikierten Geschichtsausdruckes Minkas, die jäh durch die offenen Haustür im Inneren entschwindet. Und wie wir es nicht anders erwartet hatten, schleicht er uns nicht jammernd um die Füße und Rolliräder, nein. Raus aus dem Gebüsch, plötzlich im eigenen Revier und in Geleitschutz, richtet sich sein Körper immer weiter auf, der Schweif hebt sich stolz in die Höhe, und mit geschwellter Brust kommt er uns schnurrend entgegen, derweil der Regen auf ihn, der ohnehin gebadet aussieht, hinabprasselt. Von Angst keine Spur mehr, muss Tom ihn vom Boden pflücken und ins Haus tragen, wo er zuerst abgetrocknet und dann gefüttert wird.
Wenig später schläft er in der Dusche, da dies der einzige Raum mit Fußbodenheizung ist.
Seither sind wir uns nicht ganz sicher, ob Narses immer jammernd in der
relativen Nähe hockt, oder wirklich auf Tour ist. Auf jeden Fall ist ihm
für die nächste Zeit unser Spott gewiss, der bereits heute Morgen auf ihn niederging. Unsere Nacht war unruhig, wegen einer verschlossenen und mit Kartons verbauten Katzenklappe. Die Kartons dienen dem Schutz der Klappe, da Minka sie auszubauen vermag. Minka schmollte ein bisschen, weil wir in den letzten Stunden definitiv ein wenig zu häufig "Männlein" gerufen haben, aber mittlerweile hat

sie meinen Schmusetrost angenommen. Narses war heute Abend, noch immer im Sturm, wieder draußen, aber weil wir ihn bereits nach einer Minute Suchens auf dem Autodach im Carport gefunden haben, wo er nicht jammerte, war das eigentlich egal.
Eben ist er reingekommen und war nur ein kleines bisschen feucht.
So, das war wieder neues aus Dänemark.

Oh Schreck

Gestern, bzw. heute Morgen versetzte Narses mich zutiefst in Panik, denn er war weg. Zwar ist er schon mal morgens nicht Zuhause, wenn ich erwache, aber immerhin ist dann wenigstens der Trockenfutternapf leer, was ein deutliches Indiz für seine nächtliche Anwesenheit ist; genauso so wie sein regelmäßiges Erscheinen zwischen 2.00 und 4 Uhr morgens schreiend in unserem Bett. Zunächst glaubte ich nur, besonders gut geschlafen, ihn also nicht bemerkt zu haben, dann, in der Küche, glaubte ich, er habe diese Nacht keinen Hunger gehabt, blieb nur minimal besorgt, öffnete die Türe und spähte die Einfahrt hoch und runter, ihn selbstverständlich nicht findend, also verschwand ich im Bad, um mich erst einmal meiner Morgenhygiene zu widmen. Meistens taucht er aus dem Nichts auf, um lautstark Futter einzufordern wenn er irgendwie mitbekommt, dass einer von uns beiden erwacht ist, aber auch das blieb aus, was dazu führte, dass ich meinen Morgenkaffe auf der Terrasse trank, um den Garten und die dahinterliegende Wildnis in Augenschein zu nehmen, doch von Narses keine Spur. Als ich die leere Tasse zurückbrachte und Minka frisches Futter einforderte, entdeckte ich etwas, was mich dann doch langsam in Angst und Schrecken versetzte, nämlichen einen halbvollen Napf mit von mir vergessenem, am Abend zuvor für Narses dort platziertem Rinderherz. Wenn er Rinderherz nicht frisst, kann etwas nicht in Ordnung sein, wenn der Napf nicht angerührt war, muss etwas passiert sein, demnach schmiss ich mich in die erstbesten Klamotten und raste mit pochendem Herzen zur Dorfhauptstraße, hoffend und bangend, dort keinen überfahrenen Narses vorzufinden. Dieses Unterfangen wurde durch Minka erheblich erschwert, da sie mir wegen leider meistens nachrennt und ich wollte sie nun wirklich nicht in der Nähe der

Hauptstraße haben. Der Hauptstraße, wo ich glücklicherweise gar nichts fand. Also kehrte ich leicht beruhigt zurück, goss mir neuen Kaffe ein und grübelte, doch mir wollte eine Erklärung nicht einfallen. Schließlich öffnete ich erneut die Haustüre, spähte hinaus, sah nichts und rief zum ersten Mal: „Männlein!!! (Auf Narses hat er noch nie gehört) und unmittelbar danach, eigentlich schon bei "....lein!" hörte ich es.
MIIIIIIAAAAUUUUU!!!!!!!!! (Hilferufe)
Ja, das war deutlich als Hilfeschrei zu identifizieren und mein Herz pochte laut genug, um als Rhythmusinstrument eingesetzt werden zu können. Ich rief noch einmal, weil ich den Ursprung des Schreis nicht verorten konnte und wieder schallte es laut und erbärmlich: *Miiiiaaauuu!!!!* (Hilfeee!)
Mein Herz rast, Minka steht planlos neben mir und glotzt genauso hilflos in der Gegend herum wie ich. Es kommt von irgendwoher in der Nähe des Carports, aber da ist nichts, außer dem Dach desselben und da war er oft genug und kam immer von selbst wieder hinunter und was soll ihm denn auf dieser glatten Fläche ohne Fallen schon passiert sein?
Vollkommen aufgelöst rase ich zurück ins Haus und zerre Tom unsanft, ja brutal, aus dem Tiefschlaf, weil er derjenige ist, der hinter dem Carport im wilden Garten gucken muss, da mein Roll so geländegängig nun auch nicht ist. Er versteht nur Fetzen (.....Narses.... Carport,....schreit... hab` Angst...... nicht wo), dann stürzt er in seine herumliegende Short, schleicht kommentarlos durchs Haus zur Türe. guckt mich aus müde verquollenen Augen an und murmelt: „Da ist doch nichts."
Nein da ist nichts, Narses schweigt. Ich rufe. Narses kreischt. Tom erwacht schlagartig und entschwindet hinter dem Carport, wo..... nun fällt es mir endlich ein, der Schuppen ist. Und als sich die Schuppentüre von Menschenhand öffnet, entspringt ihm ein wild motzender, sichtlich entnervter roter Kater, der noch eine geschlagene

halbe Stunde weiter textet, was wir frei übersetzen mit:
Idioten! Ich hab` da drin geschlafen, als du Blödmann den Rasenmäher reingestellt hast! Kannst du nicht gucken, ehe du eine Tür schließt...... und so weiter und so fort, aber ich lasse ihn meckern, da ich wahnsinnig glücklich über sein Wiederauftauchen bin.

Später, als Tom noch einmal in den Schuppen geht, macht er eine Bestandsaufnahme zerstörter Gegenstände und streicht anschließend mit Farbresten den zerfetzten Innenrahmen der Tür. Selbstredend sehen wir davon ab, Narses Vorwürfe zu machen, überhäufen uns eher noch mit Selbstvorwürfen und nehmen uns feste vor, die Schuppentüre nie wieder ohne eingehende vorhergegangene Kontrolle des Schuppens zu schließen.

Liebe Grüße
Tiane

Und wieder eine Maus

Lange sind wir verschont geblieben von Mäusegeschenken o.ä. Gar der Sommer verlief diesbezüglich, verglichen mit dem vergangenen Sommer, relativ harmlos, einzig, als wir Besuch hatten, von einem befreundeten Paar mit Hund, legte Narses Zusatzschichten ein, da er offenbar glaubte, wir würden mit der üblichen Ration alleine verhungern. Ich war froh, vor allem hinsichtlich der Vögel, die dieses Jahr komplett verschont blieben, und irgendwann begann ich mich an diesen mauslosen Zustand zu gewönnen, bis vorgestern Nacht.

In jener nämlich liege ich alleine, weil Tom auf Nachtschicht, in unserem wohlig warmen Bette und schlafe tief und fest und vor allem nichtsahnend vor mich hin, bis sich seltsame Geräusche in meinen Traum schleichen, die auf unbestimmte Art fipsig klingen und begleitet werden

von deutlichen Krallengeräuschen auf dem Teppich. Leider findet dies im Schlafzimmer statt und leider erwache ich zuerst halbwegs. Vollständig dann, als sich die Jagd unter das Bett verlagert. An den katzigen Tönen erkenne ich schnell Minka als die Jägerin, denn die Jagd pflegt sie stets mit ausdauernden Kommentaren zu versehen. (bbbrrrrtbrrttmek. Was so viel heißt wie: Ich kriegdichichkriegdichichkriegdich usw.)
Leider befinden sich unter unserem Bett eine Reisetasche, leer versteht sich, aber mit vielfältigen immer geöffneten Fächern und eine Blechdose mit alten Fotos und derweil ich mittlerweile aufrecht im Bett sitze, gesellt sich Minkas Text (Brrrtlmek), dem Fipsen (Hilfe!) und den Krallenaufdemteppichgeräuschen (krtkrtkrrtkrt) noch weiteres unsanftes Gepolter (dengeldengel) hinzu. Ich kann nicht mehr! Ich bin hundemüde! Es ist drei Uhr in der Nacht!
Ich rolle mich vollständig unter die Decke, presse das linke Ohr feste auf das Kopfkissen und weil ich sofort wieder einschlafe, weiß ich, wie vollständig k.o. ich sein muss. Anderntags, unmittelbar nach dem Erwachen, schleicht sich die Erinnerung in mein Denken und ich rechne fest mit einer zu entsorgenden Mäuseleiche, da sie merkwürdigerweise selten gefressen werden. Da ich aber kurz darauf nirgends absolut gar nichts finde, bin ich doch ein kleines bisschen verwundert. Die Verwunderung wird zur höchstmöglichen Verwirrung, als ich einen auf dem Sessel schlafenden Narses, aber auch nirgendwo eine Minka finde, wo es doch normalerweise umgekehrt ist. Tom, inzwischen von der Nachtschicht zurück, sieht mich im Bademantel in der Zufahrt stehen und besorgt Minka rufen, was natürlich erfolglos bleibt, denn Madame liegt unter dem Bett, wie Tom später feststellt. Und zwar liegt sie dort vollständig übernächtigt, mit kleinen Augen und zu Tode erschöpft, so dass wir ein plötzliches Ermüden und Zusammenbrechen

inmitten der Jagd vermuten. Das heißt mit anderen Worten, die Maus ist noch im Haus, weshalb wir stehende Fußes die Terrassentüre und die Haustüre öffnen. Was wir eine Stunde später wieder wegen Kälte ändern. Gegen Mittag sieht Tom die Maus plötzlich neben seinem Computerstuhl stehen und ihn betrachten, als würde sie wissen wollen, was er Interessantes macht. Tom also sperrt die Tür zu, zwecks Rettung der Maus, jedoch beim Möbelrücken fördert er lediglich ein paar überdimensionierte Spinnen zutage, die er auf mein Toben hin sofort aus dem Fenster in die Freiheit entlässt. Die Maus ihrerseits bleibt von Freiheit lange entfernt, denn wir geben das Unternehmen Rettung resigniert auf.

Am frühen Abend erwische ich die Maus flüchtig beim Nassfutter spachteln, von den Katzen allerdings unbehelligt, so dass Tom meint, sie habe gute Chancen, solange Minka sie nicht sichtet. Diese Gefahr scheint erstaunlich gering, da Minka die Maus noch immer unter dem Bett vermutet und dieses belagert, dabei angelegentlich eindösend.

In der Nacht erahne ich im Halbschlaf nur kurz eine Geräuschkulisse wie folgt; dengelbrrtmeklfipskrtkrrt, aber bin mir nicht sicher, ob es sich um einen Traum handelt. Gewiss ist, dass wir am Morgen keine Maus finden, weder tot noch lebendig, wohl aber am Abend des gestrigen Tages, an dem ich am Rechner hocke und Tom vor dem Fernseher sitzt. Bei geöffneten Türen hat man von unserem Büro in das Wohnzimmer einen hervorragenden Blick auf Toms Hinterkopf und die Sofas und irgendwann höre ich während des Schreibens bekannte Akustik, wobei Minka dieses Mal erheblich fordernder klingt und die Maus erschöpfter.

Ich blicke nur auf, sehe die Tiere in Richtung Wohnzimmer davonjagen und kommentiere das wie folgt:

"Tom! Die Maus! Die Minka! Maus unterm Esstisch, Minka folgt dichtauf, Maus unter dem Sofa, nun neben dem Tisch, Minka holt aus, schlägt; verfehlt. Maus unterm Fernsehtisch,

Maus unterm Sofa!"
Was außer kommentieren, soll ich auch machen? Vom Rollstuhl aus sind eigene Rettungsversuche zwar amüsant anzusehen, aber doch anstrengend.
Amüsant ist auch das Bild, das sich mir bietet. Tom mit Klappkiste! Was hat er vor? Maus wieder neben dem Tisch. Wird er? Ja! Er wird die Klappkiste über die Maus stülpen, Maus entwischt, Maus neben dem Bodenkerzenständer und? Und Maus unter dem Phonomöbel.
Nun, da ist kein Rankommen, jedoch liegt dieses Möbel in relativer Nähe zur Terrassentüre, demnach verbringen wir den Rest des Abends in Rollkragenpullovern und in Wolldecken gehüllt.
Die Maus ist noch immer da. Leider. Hunger muss sie nicht leiden, da sie sich offenbar ausreichend von Katzenfutter ernähren kann, aber ich wüsste sie lieber in Sicherheit.
Sicher ist sie, solange Minka schläft oder ihre Anwesenheit vergisst, denn Narses hat sich innerhalb des Hauses nie für Mäuse interessiert. Er pflegt sie nur lebend in den Futternapf zu legen, um sie dann ihrem Schicksal und Minka zu überlassen.
Ich hoffe unsere Hausmaus findet einen Ausweg.
Viele Grüße aus DK
Tiane

Billund

Hallo und frohe Weihnachten im Nachhinein
Billund ist eine Stadt, ca. 80 Km südlich unseres Dorfes, die sich nicht nur durch Legoland auszeichnet, sondern auch durch die Existenz eines Flughafens.
Billund ist auch der Name unserer *neuen* und damit dritten Katze und weshalb sie diesen ausgesprochen merkwürdigen Namen hat, erklärt sich wie folgt;
Gestern, am zweiten Weihnachtsfeiertag, fuhr Tom nach Billund, um einen Freund vom dortigen Flughafen abzuholen und kaum angekommen, wurde er von einer kleinen, klapprigen weil dünnen, hinkenden, und wahnsinnig schnurrenden Katze überfallen. Dieses kleine dürre Häufchen Elend beschmuste die Beine des Richtigen und vermutlich hatte Tom, noch ehe er Klein-Billund entdeckt hatte, bereits folgenden Satz in Leuchtschrift auf der Stirne stehen:
Alle streunenden, heimatlosen Katzen zu mir!
Eine folgte der Aufforderung. Tom also, mit dem abgeholten Freund im Schlepptau, fragte im Flughafen herum, ob das Tierchen vielleicht doch jemanden gehöre, erhielt eine verneinende Antwort und die Auskunft, sie lebe im Parkhaus und sei wild, was ihn ziemlich schnell veranlasste, sein Handy zu zücken, um mir über Netz mitzuteilen, er bringe eine Katze mit nach Hause und wir hätten jetzt drei.
Mich versetzte das zunächst in Panik, denn ich dachte an Minka, die selbst bei einem schmusenden Narses die leibhaftig gewordene Missgunst ist. An Narses, der jeden Reviereindringling bereits 500 Meter vor dem Haus in die Flucht schlägt und an etwas, das Tom offenbar vergessen hatte, nämlich an den Hund, der Morgen zusammen mit seinen " Herren" , namentlich Stephanie und Thomas, für eine Woche zu Besuch kommt. Meine Haare wurden grau

und ich richtete mich schon einmal auf das erste Drama ein, von dessen Beginn ich just im Moment der Heimkehr Toms mit Billund rechnete.
Und da kamen sie.
Ich sah sie zuerst schlafend auf dem Beifahrersitz von Toms Wagen, denn im Gegensatz zu unseren Großen, die zu schreien pflegen, als wollte man ihnen ans Fell, wenn sie Auto fahren müssen, fand Billund einzig, dass es in diesem merkwürdigen Gefährt sehr warm ist. Also wurde sie ins Haus getragen, wo sie zuallererst die Fressnäpfe fand, einen leerte, ins Wohnzimmer humpelte, sich von einem vollkommen entspannten Narses (?) beriechen ließ, um dann stehenden Fußes auf der Sofawolldecke einzuschlafen. Wo sie die nächsten Stunden blieb. Gelegentlich unterbrochen von einem vagen Hungergefühl, das sie erneut in die Küche führte, wo sie fraß, um dann wieder zur Schlafstätte zurückzukehren.
Minka allerdings schlief auch. Sie verpennte Billunds Ankunft geschlagene dreieinhalb Stunden und wurde hiernach unsanft von der "Neuen" geweckt. Weil diese nämlich, verwundert, dass wir Menschen nicht mehr im Wohnzimmer waren, ins Arbeitszimmer lief, auf den Computerstuhl hopste,(Tom sitzt natürlich auf einem Küchenstuhl am PC) wo sie auf die schlafenden Madame traf, die sofort fauchte und das wahrscheinlich für einen Albtraum hielt.
Das ist soweit die ganze Geschichte. Billund nennen wir der Einfachheit halber Billi. Billi ist ca. 6 Monate alt und ein Mädel, das noch nie ein Haus von innen gesehen, auf einem Bett geschlafen oder gewöhnliches Katzenfutter gefressen hat, bis sie die Beine des Richtigen umschnurrt hatte und ins Paradies verschleppt wurde. Die Tierärztin kam heute und stellte fest, dass Billis Hinken lediglich auf einen Krallenriss zurückzuführen ist, und nicht auf einen Bruch, wie wir befürchtet hatten. Billund hat momentan auch keine

Würmer, kriegt aber dennoch eine Prophylaxe, man weiß ja nie.
Flohfrei ist sie auch, lediglich viel zu mager, weshalb wir sie erst kastrieren lassen sollten, wenn sie ein bisschen zu Kräften gekommen ist.
Gestern zitterte sie noch dauernd, entweder, weil sie ihr Glück nicht fassen konnte, oder aber, weil sie viel zu schwach war. Nun hat sie sechs Nassfutternäpfe immer in kleinen Happen geleert, unendlich viel geschlafen und geschmust und zittert nicht mehr ein Deut. Narses ist das alles egal. Er riecht manchmal an Billi herum, ist aber keinesfalls beleidigt, benimmt sich also wie immer. Nur Minka ist stinksauer und schmollt, was sie allerdings nicht davon abhält auch gestern Abend, wie jeden Abend, unter meine Bettdecke zu kriechen und irrsinnig abzuschmusen. Allerdings prügelt sie den Katzenwurm nicht. Generell haben wir eher den Eindruck, sie richtet ihre Wut auf uns, denn als ich diese Nacht erwachte, so gegen halb drei, lag Billi im Bett und Minka auf meinem Rollstuhl neben demselben. Sie dachte sich wohl, da wir schlafen, bekämen wir das nicht mit. Es sieht also alles erstaunlich unproblematisch aus, so dass ich überzeugt bin, dass sie alle diese eine Woche mit dem Hund Tara, der ja ohnehin bereits von Narses erzogen wurde, überstehen.
Billi ist unendlich anhänglich und dankbar, was sich u.a. darin äußert, dass sie uns auf Schritt und Tritt folgt, sogar zu schnurren beginnt, wenn man sie nur anschaut.
Ich für meinen Teil pflege mich seit gestern Nachmittag in drei Teile zu schneiden, um allen gerecht zu werden, da die "Großen" gezeigt bekommen müssen, dass für sie nichts anders ist, als zuvor.
Das also zu unserem Neuzugang
Liebe Grüße
Tiane

Neues aus Løvel

Wie ihr euch sicher erinnert, brachte Tom am 26.12. eine ihm zugelaufene, hinkende und halbverhungerte Katze mit nach Hause, der wir den Namen des Fundortes (Billund) gaben und die uns zu glücklichen Sklaven dreier Katzen machte. Sie war müde, krank, klapprig und hungrig. Heute, beinahe zwei Wochen später ist sie nur noch hungrig, von klapprig keine Spur mehr, denn sie hat sich in der relativ kurzen Zeit gewissermaßen verdreifacht und es erscheint nun beinahe als Humbug, sie noch zärtlich *"Kleinkatz"* zu rufen, aber wir tun das trotzdem noch.
Einen Tag nach Billunds Hiereintreffen kam Besuch, in Form unserer engsten Freunde und deren Hund Tara. Seit gestern ist der Besuch wieder weg und somit auch die stressige Zeit mit den lieben Tierchen. Zwar sind Narses und Minka den Hund gewöhnt, aber Minka mochte ihn noch nie und Billund wird von Minka auch nicht gemocht, was mich eine Zeit des "Tiane muss sich in Scheiben schneiden" erwarten ließ und von dieser Zeit möchte ich euch nun so kurz, wie es mein Hang zum Schwadronieren zulässt, erzählen. Was bedeutet, es wird leider immer noch lang genug.
Voraussetzung der Erzählung sind die unterschiedlichsten Charaktereigenschaften unserer Fellrollen. Minka mag niemanden außer sich selbst, mich, aber nur weil ich permanent um ihre Liebe kämpfe und Tom ein bisschen. Sie findet Narses auch nicht grade übermäßig berauschend, duldet ihn aber, weil er ältere Rechte hat. Sie hat sehr schnell verstanden, dass er vor ihr hier war und ihn deshalb gerade so akzeptiert.
Narses mag alle oder sie sind ihm egal, was er durch konsequentes Ignorieren deutlich macht.
Billund? Ja, über sie wissen wir irgendwie noch nicht genug, da sie die ersten Tage ihres Hierseins nur mit

Fressen, Schlafen und Genesen beschäftigt war. Aber langsam zeigt sie Charakter und der ist gerade in Bezug auf den Hund Tara sehr erstaunlich.
Der Tag, an dem Tara kam, gestaltete sich unproblematisch, was heißt, Narses gab ihr zur Begrüßung erst einmal einen Hieb auf die Nase, um sie an die Grenzen zu erinnern, die er vor zwei Jahren gesteckt hatte. Minka sprang zwecks zweistündigen Aufenthalts auf das Phonomöbel und verharrte dort glotzenderweise und Billund tat nichts.
Gar nichts, denn sie schlief. Zwar erwachte sie durch eine schnüffelnd-forschende Hundenase, beschränkte ihre Reaktion aber lediglich auf ein müdes Aufschauen, zusammenrollen und weiterschlafen, was Tara überaus irritierte, denn sie ist entnervtes Fauchen und Wegrennen gewöhnt, was sie immerhin zum Hinterherrennen veranlasst, bis sie nicht mehr drankommt (Minka), oder aber gelangweiltes Umherschlendern, vergrätzt, mit gelegentlichen Nasenstümpern. (Narses).
So also weiß Tara nichts so recht mit Billund anzufangen, was sich in den nächsten Tagen darin äußert, dass sie immer wilder an Billund riecht, bis sie endlich zurückkriecht, sich wieder einrollt und pennt. Die Steigerung hiervon erlebte sie, Tara, als sie eines Abends jäh erwacht und erstaunt feststellen muss, dass auf ihrem Rücken eine Katze schläft.
Ab diesem Zeitpunkt ist ihr Billund weitgehend egal, weil sie nichts spannendes tut und sogar die Hundesprache versteht, denn zusammen spielend, pflegt Billund sich immer auf den Rücken zu schmeißen, was für Tara so viel heißt wie; *Ich ergebe mich.* Billund jedoch meint definitiv etwas anderes, nämlich: *Na komm schon her! Spiel mit mir!* Billund reagiert auf dieses sprachlich Missverständnis aber eher wohlwollend, da ihr sehr schnell bewusst ist, welche Tierart hier die klügere ist und so duldet sie stoisch, dass ihr aufs Katzenklo, zum Fressnapf und in jeden Raum ein unglaublich erstaunt dreinblickender Hund folgt.

Leider ist Minka permanent beleidigt. Zwar verlässt sie nach relativ kurzer Zeit ihren Hochsitz, kann sich aber nicht dazu durchringen, zu irgendjemandem nett zu sein. Tara wird ebenso häufig angefaucht wie Billund, Narses, Stefanie, Thomas, Tom und ich. Die Zeit des "In Scheibenschneidens" beginnt für mich sehr deprimierend, weil Minka unversöhnlich scheint. In einem Zeitraum über mehrere Tage liege ich abends im Bett und höre mich unaufhörlich „Minka", „Minkelmädchen", „Meine Süße", „Komm kleine Minkemaus", rufen, dabei immer die Schlafdecke in die Luft haltend, weil sie normalerweise darunter zu schlafen pflegt, dabei Krämpfe im Arm bekommend und mich als Bestandteil eines absurden Theaterstückes fühlend. Am ersten Abend dieser Einleitung springt sie nach nur zwanzig Minuten auf das Bett, beißt mich in den Kopf und geht wieder.
Am zweiten Tag, erscheint nach nur zwei Minuten des Rufens und Haltens Narses, Held des Nordens, und überrascht mich mit seinen seltenen Schmuseattacken. Der dritte Abend führt ihn erneut in Begleitung Billunds zu mir, die innerhalb kürzester Zeit auf meinem Oberarm einschlummert, mit dem ich in verkrampfter Weise Narses kraule. Noch ehe ich meinerseits einschlafen kann, erblicke ich Madame Missgunst im Türrahmen, mit überaus konsterniertem Gesichtsausdruck und mit beleidigt wippenden Hüften davon marschieren.
„Na Klasse", denke ich, und schlafe ein.
Der vierte Abend gestaltet sich, was meine Bemühungen bezüglich des *Minka-Versöhnungsversuches* betrifft, ähnlich und wundersamerweise erscheint sie, hopst trötend zu Bett, lässt sich aber zu meinem Verdruss nicht schmusend unter der Decke nieder, nein, sie platziert sich als Wachposten am Fußende des Bettes, das am nahesten zur Tür liegt.
„Minka, was soll das denn nun?" frage ich freudlos und erhalte gleichwohl entnervt die Antwort, dieses sei ihr Bett,

sie komme schmusen wann sie wolle, aber wenn sie nicht wolle, hieße das noch lange nicht, dass sie das andere Katzengesocks in ihrem heiligen Bette dulde.
Ich habe verstanden und schlafe ein. Am nächsten Morgen erwachend, finden Tom und ich Narses auf dem allerheiligsten Bett, von Minka keine Spur.
Ich gebe meinen Versuch auf und beschränke mich darauf, Madame nur noch an ihren selbst gewählten Schlafstätten mit Zuneigung zu überschütten, was erschwert wird durch Billunds Neugier, die sie stets zu mir führt, was wiederum bei Minka wildes Gefauche und keinesfalls Schnurren hervorruft. Nur gelegentlich bleiben wir ungestört und nach nur halbstündigem Kraulen erinnert sie sich ihres Schnurrapparates. Ich danke allen überirdischen Mächten für die Gelassenheit Narses`, der noch immer ganz der alte ist.
Seltsam nur, dass von der Angst Minkas vor dem Hund, dem Hass Minkas auf Billund und die ganze Welt keine Spur mehr ist, als Narses gestern in der Frühe eine leibhaftige und quietschfidele Maus mit nach Hause bringt, die, einmal im Futternapf abgelegt, stehenden Fußes hinter den Wohnzimmerschrank entfleucht. Ich fühle mich ein wenig überfordert, die Maus zu retten und gebe im Verhältnis zu sonst relativ früh auf, wundere mich aber doch sehr, als ich Minka vor dem Schrank lauernd erblicke, wo sie bleibt. Auch als der Hund unter dem Esstisch und alle Menschen am Esstisch sitzen. Steffi, die die Maus im Gegensatz zu mir noch nicht gesehen hat, meint, Minka habe eine Mäuse-Morgana, ist aber doch erstaunt, dass Minka sich an der Anwesenheit Aller nicht zu stören scheint. Sogar Billund darf sich neben sie hocken und zehn Minuten mitlauern, was jedoch auch erfolglos bleibt. Als der Besuch mit Hund abreist, Minka das Lauern eingestellt hat, sich also nun schlafend auf dem PC-Stuhl befindet, Narses auf Tour ist und Billund auf dem Sofa ratzt, beginne ich mit

dem Hausputz und irgendwann, als ich das Wohnzimmer staubsauge, fängt Billund die Maus neben dem Sofa und schleppt sie in den Wirtschaftsraum, wo sie sie zu meinem Verdruss ins Katzenklo legt, selbst hinein steigt und mit ihr zu toben beginnt. Ein einziger Blick sagt mir, die Maus ist tot, doch Billund, exzessiv tobend, scheint hiervon nicht das geringste mitzubekommen und verteilt den Inhalt der Katzenkiste mit viel Präzision im Wirtschaftsraum, den ich selbstredend bereits gestaubsaugt habe. Innerhalb der nächsten fünf Minuten hat sie zwei kätzische Zuschauer, die dem Schauspiel mit sehr viel Interesse folgen, derweil ich auf Anfeuerungsrufe warte, aber diesbezüglich geschieht nichts. Nach viertelstündigem Kampf mit einer toten Maus verlässt der Ringer Billund die Arena, um sich am Futternapf zu stärken, die Zuschauer zerstreuen sich, ich schaufele den toten Zweikämpfer aus dem Katzenstreu frei und hole ihn aus der Arena, um ihn in den Garten Richtung Gartenabfälle zu tragen, wobei Feldherr Narses ihm das Ehrengeleit stellt.

Minka hat sehr schnell verstanden, dass der „doofe" Hund weg ist und findet Billund jetzt nur noch halb so dämlich. Als ich gestern Nachmittag unser Bett frisch bezog, reichte sogar mein Betreten des Schlafzimmers für Minka aus, um sofort aufs Bett zu hopsen. Also legte ich mich nieder, eine noch nicht wieder bezogene Decke hoch haltend, woraufhin sich Madame Missgunst wunderbarerweise wieder in Minkelmäuschen verwandelte, sich an meinen Bauch kuschelte und wenigstens eine halbe Stunde selbstvergessen schmuste. Danach durfte ich weiter arbeiten und es wurde geduldet, dass sich abends im Bett Narses zu uns gesellte. Als ich vergangene Nacht aufwachte, um das Bad aufzusuchen, dabei Minkas Abwesenheit im Haus und Anwesenheit draußen schreiend vor der verschlossenen Terrassentüre feststellte, wo ich sie einließ, obwohl die Katzenklappe innen weder von Narses noch von Billund belagert wurde, stellte ich erleichtert fest, dass Minka wieder ganz die Alte ist und nun die Fortsetzung ihrer eigentlichen Tyrannei auslebt. Das beruhigt mich. Billund übrigens will überhaupt nicht raus. Zwar beobachtet sie gelegentlich Narses oder Minkas Entweichen durch die Klappe, aber das initiiert sie nicht, es ihnen gleichzutun. Diese eine Sorge wenigstens scheint sich noch ein wenig aufzuschieben. Billund scheint niemals woanders als bei uns gewesen zu sein, wenn man bedenkt, wie sie sich hier aufführt. Nicht ein einziges Mal ist sie forschend durchs Haus gelaufen, wie ich es von anderen Katzen kenne. Sie läuft in neue Räume, als kenne sie diese schon in und auswendig. Das Futter allerdings will sie nur an der Stelle zu sich nehmen, an der sie den ersten Napf von uns bekommen hat und wenn dort gerade mal keiner steht, pflegt sie zu schreien, bis dort einer steht. Sie frisst nun auch nicht mehr alles, wie in den ersten zwei/drei Tagen, sondern ist inzwischen genauso wählerisch wie Minka, aber glücklicherweise noch weit von den nervenaufreibenden Fressgewohnheiten Narses` entfernt.

Bald, so gegen Ende Januar, Anfang Februar wird sie kastriert, denn dann dürfte sie vollständig genesen sein. Das wird noch einmal eine stressige Zeit für sie, aber ihre Wesensart stimmt mich auch diesbezüglich zuversichtlich. Im Augenblick ratzen alle drei Fellwesen selbstzufrieden auf ihren Lieblingsschlafplätzen.

Das war das neueste aus Løvel/DK

Vollmondnacht

Hallo, hier bin ich schon wieder und zwar vollständig entnervt.
Der heutige gemütliche Abend gestaltete sich recht dramatisch, was ausging von Minkas deutlich zur Schau gestellten Abneigung gegenüber Billund, ihrer Zickerei, die sich u.a. darin zeigt, dass sie so tut, als habe sie Angst vor ihr. Vor ca. drei Stunden erwachte Minka aus einer ihrer zahlreichen Schmollpahsen und schien sehr geneigt, sich Futter zu Gemüte zu führen, was allerdings nur erfolgreich vollbracht werden kann, wenn sie das ach so enorme Risiko einginge, an Billund vorbei zu gehen, doch dazu war sie keinesfalls bereit. Sie wollte also ihren kleinen, aber in ihren Augen gefahrlosen Umweg nehmen, und zu diesem Zwecke musste sie die Katzenklappe neben der eigentlichen Haustüre benutzen, an der Längsseite des Hauses entlanggehen, um an der Wirtschaftsraumtüre (zweite Haustüre) von mir, die ihr stets zu Diensten ist, wieder eingelassen zu werden. Doch innen vor der Klappe lag Narses und schlief. Ich bekam von dem ganzen Intermezzo nur mit, weil mich wildes Minkagefauche an die Katzenklappe lockte, wo ich Narses müde blinzelnd entdeckte, dicht neben ihm Minka, mit vorwurfsvollem Blick und zur Seite geneigten Ohren. Damit begann das Drama.
Narses beguckt Minka sichtliche konsterniert, weicht nicht vom Fleck, was Madame noch mehr erzürnt, woraufhin sie noch wilder faucht, was Narses noch immer wenig beeindruckt. Nach ihm zu schlagen, traut sie sich nicht. Ich gehe zurück ins Wohnzimmer, da ich erkenne, wie mir Billund folgt und ich möchte das Drama ungern in diesem Akt schon seinem Höhepunkt zuführen. Irgendwann allerdings höre ich die Klappe sanft zuschlagen, was auf Narses Entschwinden hindeutet, und kurz darauf erkenne ich

akustisch Minkas Entfleuchen, was immer klingt, als reiße sie die Klappe aus sämtlichen Befestigungen. Demnach mache ich mich schleunigst auf dem Weg in den Wirtschaftsraum, weil ich weiß, Madame begehrt dort von draußen Einlass, was erschwert wird, da Billund mir auf Schritt und Tritt folgt. Also versuche ich die Türe zwischen Küche und Wirtschaftsraum zu schließen, damit Minka sie nicht sieht und noch an der Türschwelle wendet, doch der Versuch kann nur halbherzig ausgeführt werden, weil über dieser Türe, eine Autoabdeckplane zum Trocknen aufgehängt ist. Ich verstelle die halb geschlossene Türe also mit Toms festen Outdoorstiefeln (So etwas braucht man in Skandinavien), damit Billi nicht folgt, erreiche damit aber nur, dass eben diese durch den Schlitz zuguckt, was da nun bitte mit Minka geschieht. Ich lasse Minka ein, sie sieht Billi und entschwindet wieder nach draußen. Ich seufze und fahre zur Katzenklappe, beobachte, warte und als nichts geschieht, kehre ich im Wohnzimmer ein. Kaum dort angekommen, vernehme ich die Klappe scheppernd, also ist Minka heimgekehrt. Ich sehe sie gerade noch so ins Wohnzimmer pesen, Billund entdecken und erneut durch die Klappe flüchten, wiederum mit mehr Radau, als zum Durchschreiten einer Klappe notwendig erscheint und ich raufe mir die Haare. Wieder versuche ich Minka durch die Türe des Wirtschaftsraum hereinzulocken, doch diesmal scheitere ich an Narses, denn Monsieur, wo immer er auch gewesen sein mag, eilt herbei, hopst in eine leere Klappkiste und hat somit einen Platz in der ersten Reihe beim Besuch des Theaterstückes "Viel Lärm um nichts."
Minka, von dessen Erscheinen abgeschreckt, tritt die Flucht in den Carport an, um sich dort neben meinem Auto zu postieren und abzuwarten. Narses hat sich unterdessen einen Snack in Form eines Stückes Rinderherz in die Klappkiste geholt und wartet. Meine Versuche Minka rein zu locken, scheitern erneut an Billunds Auftauchen, die ich wahrhaftig

nicht auch noch draußen wissen möchte, also kehre ich um, um Billund im Arbeitszimmer einzusperren. Als ich zurückkehre in den Carport, finde ich diesen ebenso leer, wie die Klappkiste. Mit vollständig ergrautem Haarschopf befreie ich Klein-Billund, kehre auf das Sofa zurück und warte ab. Das Warten fällt mir denkbar schwer, weil ich mich so sehr um Minka sorge, aber diese Sorge wird abgelöst von der Sorge um einen kräftigen roten Kater, vormals Zuschauer des Stückes, nun glänzend in einer Nebenrolle als draufgängerischer Schläger, denn die von mir erlauschten Töne klingen unverkennbar nach einer Katzenschlägerei.

Ich also in gefühlter Überschallgeschwindigkeit zurück in den Rollstuhl, die Tür des Wirtschaftsraumes anpeilend, hinaus spähend, Narses erkennend, der soeben einen Reviereindringling beherzt in die Flucht schlägt, und mit stolz geschwellter Brust Einlass begehrt und erhält. Doch achtlos in meiner Aufregung, sehe ich Billund zu spät ins Grün entfliehen. Ich schreie entsetzt auf. Meine Haare stehen vollends zu Berge, in Panik eile ich nach, Narses folgt selbstredend, denn offenbar hat er viel Geld für die Karte bezahlt, doch von Billund keine Spur. Von Minka übrigens auch nicht, doch sie weiß immerhin wo sie wohnt und wo die verschiedenen Eingänge sind. Billund aber war, seit sie bei uns wohnt, nicht einen Schritt draußen und wie man eine Katzenklappe benutzt, weiß sie auch nicht. Ich hülle mich also in wetterfeste Kleidung, schnappe eine Taschenlampe und gehe in die Weite auf die beinahe hoffnungslose Suche nach Billund, unentwegt ihren Namen rufend. Doch weil sie auf diesen noch nicht hört, könnte ich genauso gut „Konfetti" schreien, denn mein Rufen
gilt einzig der Hoffnung, sie erkenne meine Stimme. Doch von Billund weit und breit keine Spur. Von Minka übrigens auch nicht und just in dieser Sekunde auch keine Spur mehr von Narses, aber um ihn mache ich mir die wenigsten

Sorgen.
Ich kehre ins Hausinnere zurück, lasse meine dicke Winterjacke an, öffne beide Haustüren, die Terrassentüre, das Schlafzimmerfenster (Schlechte Idee in Skandinavien/ bibber) und warte. Nach zwei Zigaretten finde ich mich erneut in der Zufahrt wieder und sehe Narses schemenhaft unsere kleine Straße entlang schlendern. Ihm geht's gut. Er ist satt, amüsiert, hat sich seiner Stärke vergewissert und er genießt sie, diese Nacht.
Diese Vollmondnacht!!!!, erkenne ich entsetzt. Das erklärt so einiges. Ich höre mich also wieder Billi rufen, finde sie natürlich nicht, von Minka auch keine Spur, kehre wieder ein, rauche noch mehr Zigaretten, gieße mir einen Cognac ein, weiß nicht mehr, wo mir der Kopf steht vor Sorge, heule kurz aber heftig vor Wut, beruhige mich wieder, schließe erneut den Reißverschluss meiner Jacke und sehe Minka fröhlich durch die offene Terrassentüre hineinhopsen, in die Küche eilen, munter Stärkung zu sich nehmen und durch die Haustüre wieder verschwinden. Ich atme kurz auf, denn ich habe eine Sorge weniger. Mehr als eine Stunde verbringe ich Billirufend und Leckerlidosenrappelnd im Nieselregen, verteile Leckerlis an Minka und Narses, die an der Begebenheit ihre wahre Freude haben, werfe verzweifelte Blicke auf den Mond und stelle mich auf eine schlaflose Nacht ein, weil man mit allen geöffneten Türen kaum ins Bett gehen kann. Ich fahre mal wieder zurück ins Haus, eine neue Zigarette anzündend, als sie jäh neben mir steht und leise "brr" sagt.
Billund ist zurück, mein Herz macht einen kleinen Freudenhüpfer, die Zigarette landete im Aschenbecher und Billund auf meinem Arm. Die Kleine zittert ein bisschen und schmust ausgiebig, doch jetzt leistet sie mir im Arbeitszimmer Gesellschaft. Minka war auch kurz wieder da, suchte die Küche auf, zwecks Nahrungsaufnahme und verließ wieder, an der Klappe randalierend, das Haus. Sie

und Narses sind noch draußen und meine Erfahrung sagt mir, bei Vollmond kann das lange dauern. Aber Billund ist wieder da und wie man eine Katzenklappe benutzt weiß sie noch immer nicht.

Ein ganz normaler Samstag

Es gibt Neuigkeiten von Narses, Minka und Billund. Zwar zickt Minka noch immer herum, begrüßt mich demnach meist mit dem Knurren eines Rottweilers, wenn ich sie zwecks Streicheleinheiten aufsuche, benimmt sich, als wäre Klein-Billund ein Gepard, so ängstlich gebärdet sich diese große graue Katze in der Nähe des kleinen Minitigers, aber manchmal, nur manchmal macht sie mir doch Mut. Mitunter nämlich vergisst Minka, wie böse sie auf mich, ganz besonders auf mich ist, wenn ich sie streichele und dann schnurrt sie so hingebungsvoll wie vor Billunds Auftauchen, rollt sich gar auf den Rücken, um mir ihren runden Bauch zwecks Kraulens hinzuhalten, aber leider erinnert sie sich dann doch immer ihres Zorns, der sie zwingt, mich mit Knurren, Beißen und Schlagen dafür zu bestrafen, dass ich sie liebkose. Jetzt, ganz neu, schlägt sie allerdings ohne Krallen, was meiner Haut sehr wohl gut tut und mir Hoffnung macht.
Also gestaltete sich dieser Samstag zunächst nicht sehr abweichend von den letzten Tagen, sieht man davon ab, dass Tom heute Tagdienst hat, also leider nicht mal mit Billund spielen kann, damit ich wenigstens in Ruhe auf die Toilette gehen kann. Denn Billund spielt ununterbrochen, wenn sie nicht gerade schläft und leider kommt sie mit zwei Stunden Schlaf am Tage aus. Sie beginnt mit dem Spiel, bzw. der Forderung nach Spiel, sobald sie das Erwachen eines Menschen oder Narses mitbekommt, denn er eignet sich hervorragend als Spielkamerad, besser noch als die

blöden Zweibeiner, da er nicht auf einen solchen Blödsinn wie Kordeln, Plüschmäuse oder Bälle zurückgreifen muss, sondern einzig abwechselnd mit ihr Nachlaufen, Anhopsen und Verstecken spielt. Doch leider ist Narses schon alt, respektive acht Lenze, was in Billunds Augen dem Greisenalter nahe kommt, demzufolge schläft er viel, von ihr immer mal beäugt, ob er nicht jetzt bitte doch aufstehen mag. Das tut er nicht, ihn zu wecken traut sie sich nicht, also muss wohl oder übel ein Mensch zur Bespaßung her. Ich trinke also meinen Morgenkaffee, dabei mit einem orange-schwarz gemusterten Stofffisch an einer Schnur wedelnd, der bei uns allgemein der "Möhrenfisch" genannt wird, da er dank Minkas fleißiger Mithilfe weder Augen noch Flossen hat und somit einer Möhre mehr ähnelt als einem Fisch. Dabei begaffen meine Augen noch halbgeschlossen das Innere der Kaffeetasse. Hiernach eile ich ins Gästezimmer, seit Billunds Hierwohnen auch das "Minkaschmollzimmer" genannt, streichele Madame Minka, rede ihr gut zu und werde selbstverständlich mit Hieben und Fauchen belohnt. Seufzend stelle ich fest, hier ist keine Besserung in Sicht. Während ich dusche, schreit Billund vor Langeweile vor dem Badezimmer herum, bis ich sie einlasse, ihr eine alte Bürste gebe, mit der sie spielt, bis ich mich gecremt und geföhnt habe. Den Möhrenfisch hinter mir her schleifend, widme ich mich der Hausarbeit, die billibedingt eine bis drei Stunden später fertig ist, als für gewöhnlich, aber das nehme ich mit stoischer Geduld.
Nicht aber Minkas Ich will jetzt aufs Katzenklo-Theater, das sich wie neuerdings immer dramatisch gestaltet, da sie ja irgendwie, möglichst unbeschadet an dem elefantengroßen Raubtier mit reißenden Fangzähnen und der puren Aggression im Gesicht (Billund aus Minkas Sicht) vorbei muss. Durch meine eifrige Mithilfe, ich trage Billund ins Schlafzimmer und schließe die Türe, gelingt es Madame nach der Morgentoilette sogar etwas Nahrung zu sich zu

nehmen, doch als ich die Rivalin wieder befreie, beantwortet Minka dies mit Fauchen, Davonrennen und ein hohes Möbel-Aufsuchen, von dem sie sich nicht wieder hinuntertraut, weil Billund es belauert. Unterdessen glänzt Narses mit Anwesenheit, das Intermezzo desinteressiert im Vorbeigehen beäugt und Futter einfordernd. Dies ihm vor die edle Nase gestellt, wird von Billund, derweil Minka vom Phonomöbel springt, gefressen, also stelle ich Narses einen neuen Napf vor die Füße, der zuerst ausreichend mit Luft zugescharrt, dann aber von Billund entdeckt wird, und so tauschen beide die Näpfe, fröhlich fressend, ignorierend, dass in beiden Näpfen dasselbe drin ist. Ich meinerseits höre Minka in den Garten entschwinden, sehe kurz darauf Billund mit Narses spielen, danke allen übernatürlichen Mächten für diese Pause und mache die Minestrone für den Abend. Nur gelegentlich unterbrochen von Billunds Schreien nach Spaß, weil Narses sich nach nur einer kurzen Weile erschöpft schlafen gelegt hat. Nach der erfolgreichen Fertigstellung der Suppe, suche ich das Gästezimmer auf, den Möhrenfisch hinter mir her schleifend, um zu bügeln, wobei ich nach jedem Kleidungsstück ein paar Minuten antriebslos mit dem Fisch wedele. Hiernach suche ich Minka, finde sie nicht, spiele eine halbe Stunde voller Motivation mit Billund, in der Hoffnung, sie schlafe bald, wenigstens nur eine Stunde, denn es ist schon 14 Uhr und ich möchte sehr gerne ausgiebiger nach Minka suchen, doch Billund ist nicht müde zu kriegen. Narses ist selbiges glücklicherweise nicht mehr, so dass er mich ablösen kann, derweil ich mich in dicke Klamotten gewande, um mich wenige Zeit später "Minka!" plärrend im Garten wiederzufinden. Im Sommer, die Betonung liegt auf Sommer, spielt Minka gerne mit mir ein geliebtes Spiel, welches ich hier mal "Tiane durch den Garten jagen" nenne, das ich immer gerne und fleißig mitspiele, das sich durch Durchqueren des Gartens auszeichnet, wobei ich immer von

Minka überholt werde, sie an einer Ecke wartet, bis ich dort mit meinem Rollstuhl angekommen bin, ich in eine andere Richtung davon fahre und sich das ganze endlos wiederholt. Gekrönt wird das Ganze durch Minkas fröhliches Umherhopsen auf allen Vieren, ihr Geplapper und ihr gelegentliches mir auf den Schoß springen und schnurren, und offenbar hat sie zu genau diesem Spiel jetzt, auf der Stelle, sofort, Lust. Ich stöhne angesichts des Gartens auf. Denn es ist Winter, es liegt Schnee und mein Rolli ist kein Schneemobil, aber weil es sich um Minka handelt, die schon so lange schmollt, fasse ich mir ein Herz und spiele mit. Mit nassen Fingern stets an meinen Greifringen abrutschend, so kaum vom Fleck kommend, keuchend und ächzend. Nach nur einer Stunde zeigt sie leise Ermüdungserscheinungen, ich hingegen vollständige und wir kehren ins Haus ein, wo sie sich sofort und stehenden Fußes wieder in „Madame-beleidigte Leberwurst- Minka" verwandelt, auf ein Schränkchen springt und dort verweilt. Ratlos schaue ich ihr nach, derweil Billund vor dem Möhrenfisch stehend plärrend Spiel, Spaß und Unterhaltung einfordert und erhält. Unterbrochen von Narses, der im Türrahmen steht und auffordernde Blicke an mich richtet, was mich zum Folgen veranlasst, bis wir vor seiner Schmusedecke stehen und ich ihn die nächste halbe Stunde ausgiebig beknuddele. Ich fühle mich müde und darf es nicht sein, da ich mir heute, wie gestern noch etwas Weihnachtsspeck abtrainieren wollte, und also gleich mein Rollibike besteigen werde. Also werden alle drei Katzen Katzen sein gelassen, und ich entschwinde herzlos für eine längere Radtour.
Nach mehr als eine Stunde betrete ich erneut unser Haus, sofort nach den Katzen suchend, rechne dabei mit Narses-auf-Tour, Minka schmollend auf dem Möbel und Billund schreiend neben dem Möhrenfisch, staune nicht schlecht, bei dem was ich sehe. Narses, ganz normal, schläft in der Duschtasse, aber Billund..... Billund liegt schlafend auf dem

Bett und neben ihr liegt, man glaubt es kaum, Minka und schläft ihrerseits. Ich habe es fotografiert, weil Tom es mir sonst nicht glauben würde, wenn er heim kommt. Irgendwie bin ich sicher, Minka verzeiht der Neuen schneller als mir und wahrscheinlich schlafen sie bald alle übereinandergestapelt, aber ich werde von Minka noch immer angefaucht.
Mit großer Hoffnung auf ein bald wieder friedliches Katzenzuhause

Billund rollt

Über Billunds Rolligkeit hatte Tom ja nun schon einen Hilferuf abgesetzt und auch ich möchte mich noch einmal für die reichlichen Antworten bedanken. Inzwischen haben wir hier einen neuen Zustand erreicht. Ob Billund oder wir, also der ganze Rest namentlich, Tom, Narses, Minka und ich, diesen Zustand erreicht hat, vermag ich nicht zu sagen, denn es gibt zwei Möglichkeiten; entweder die Pille hat Billi etwas ruhiger gemacht, oder wir haben uns an ihr Dauergebrüll gewöhnt und leben jetzt besser damit. Ich weiß es nicht, wohl aber weiß ich, dass ich müde bin, gestern müde war und vermutlich die nächsten Tage müde sein werde, denn an ruhige Nächte ist wahrlich nicht zu denken. Ich weiß auch nicht, warum ich nie auf den Gedanken kam, dass wir dies mitmachen würden. Ich wusste nur, dass Billund im Februar kastriert werden soll und ahnte nicht einmal etwas, als ich verschiedentliche Threads zum Thema augenblickliche Rolligkeit in dieser NG las. Ich las sie am betreffenden Tag, sprich vergangenen Donnerstag mittags auch noch und verblieb dennoch in Ahnungslosigkeit, bis... ja, bis es begann.
Es ist Donnerstagmittag und alle felligen Mitbewohner unseres bescheidenen Heimes frönen dem Schlaf an ihren

derzeit beliebtesten Schlafstätten, in ihren beliebtesten Schlafhaltungen, demnach Narses zusammengerollt auf dem Gästebett, Minka ausgestreckt auf einem Korbschränkchen, gleichwohl im Gästezimmer und Billund auf einem der mit Stoff bezogenen Stühle um unseren Esstisch, über deren Stoffbezug ich mich übrigens häufig genug schon freuen konnte, da sie mehr als mir lieb ist in der Waschmaschine landen. Warum das so ist, weiß jeder Katzenlakai.
Nun, sie schlafen stundenlang, erwachen gelegentlich, nur um sich zu strecken, wieder einzurollen und weiter zu pennen, bis die erste erwacht, namentlich Billund, die sich erhebt, katzbuckelt, ausstreckt, auf den Boden hopst und.....
Sich dort sofort wieder fallen lässt, wobei sie das alles mit einem klar artikulierten Kommentar versieht. pppprrrrppprrrrppppprrrppppprrrr!!!! Ab jetzt ohne Punkt, Strich, Komma und Unterlass.
Tom, erfahrungslos im Umgang mit ganz jungen weiblichen Katzen, betrachtet erst Billund, dann mich mit sichtbar über seinem Haupt schwebenden Fragezeichen. Die Frage *Was soll das?* lese ich an seiner ausdrucksstarken Stirne ab und beantworte sie schnell: Billund ist rollig.
Den Ausdruck barer Empörung auf seinem Gesicht werde ich so schnell nicht vergessen. "Was? Ist sie da nicht ein bisschen jung zu?"
Schnell krame in meiner Erinnerung an Klein-Fritzi, was nicht leicht ist, denn ihre Rolligkeit ist schon 23 Jahre her, werde schließlich fündig, bringe Tom schonend die bittere Wahrheit bei, was er so richtig anscheinend noch nicht wahrhaben will, denn er reagiert eigentlich zu gelassen.
Mit Narses Gelassenheit indes ist es dahin, als er eine halbe Stunde später nichtsahnend unsere Gesellschaft aufsucht, zuerst nur müde auf Billund blinzelt, Richtung Küche weiter schlendert und jäh entsetzt am Flecke angewachsen zu sein scheint, in seinen Augen nackte Panik, denn mit seinem plötzlichen Erscheinen stimmt Billund einen anderen Text

an, wechselt also von pprrppprrrp zu "jaaaaaaaaauuuuuummiiiiiauuuuuja" Gleichwohl ohne Punkt und Komma und von uns mit "Hurra ein Mann!!!!!" übersetzt. Und da sie es bei diesem ohrenbetäubenden Crescendo nicht belässt, sondern sich auch noch beinahe rollend auf eben jenen armen Katzenmann zubewegt, richten sich seine sämtlichen Nackenhaare auf und er sucht das Weite. Wir bleiben zurück, hoffend, er möge draußen nicht der schwarzen Katzenschönheit unserer Nachbarschaft begegnen, die ihn gleichwohl heimzusuchen pflegt, wenn sie rollig ist.

Der Abend gestaltet sich qualvoll für die arme unbefriedigte Billund, gestresst für uns, genervt für Minka, die aber immerhin plötzlich keine Angst mehr vor Billund hat und sie lediglich etwas konsterniert betrachtet, abgehetzt für Narses, der, sobald er heimkommt, überschwänglich kreischend begrüßt wird, was er mit hektischem Futter in sich schaufeln plus sofortiger Flucht beantwortet.

Irgendwann aber döst Billund ein wenig, eine Gelegenheit, die Narses zum gemütlichen pausieren in der Wärme seines Heims nutzt, wohlwissend vor der Katzenklappe, sich so jeden Fluchtweg offen haltend.

Als Tom den Müll heraus bringt, gelingt Billund allerdings die Flucht und derweil ich telefoniere, bemerke ich meinen geplagten Gatten leise fluchend, lauter Billund rufend und noch lauter mit einer Leckerlidose rappelnd im Garten in der Dunkelheit umherschleichen, also beschließe ich, das Telefonat zu beenden und zu erfragen, wie weit Billund schon weg ist.

Noch gar nicht weit, sagt er, aber er käme nicht dran, weil er sie nicht sehen könne. Nur hören könne er sie.

Das ohne Zweifel und noch während ich mich für meinen Versuch präpariere, höre ich Töne, die eindeutig nicht auf Billund zurückzuführen sind, weil sie im Haus erschallen.

Die Taschenlampe von mir schmeißend hetze ich mit Tom zur Türe, wo wir Narses, vor Aufregung jaulend, vor der Katzenklappe finden. Erleichtert, da kein Unfall in Sicht, schnappe ich mir erneut die Taschenlampe und verschwinde nach draußen, wo ich glücklicherweise nicht lange brauche, um Billund heimführen zu können, derweil Tom auf Narses aufpasst. Da dies nun nicht mehr nötig ist, rufe ich: „Du kannst den Narses wieder raus lassen!", und gehe sogleich gucken, nur um Zeugin eines Narses unwürdigen Verhaltens zu werden. Der nämlich alle Viere an den Rahmen der Katzenklappe krallt, um sich gegen Toms motivierendes Hinausschieben zu wehren und seinerseits kreischt. MMMMMaaaauuuoooowwww!!! (Ich gehe da nicht raus!!!! Da ist die Bekloppte!!!!!)
Erst als Billund sich ihm innen nähert, robbend, mit oben genanntem Text, flieht er vollständig geschockt. Tom erwägt, ihm eine alte Decke in den Carport zu legen.
Des Nachts schlafen wir. Bzw. wir wünschen im Grunde weiterzuschlafen, und ausdauerndes ppprrrppprrr würde uns auch schlafen lassen, nicht aber
"JAAAAAAAAUUUIIIIIIJJAAAA!!!!" in den höchsten Tonlagen und sonderbarerweise erwacht sogar Tom, der in der Regel des Nachts nichts mitzubekommen pflegt. Noch ehe er eine Frage stellen kann, erkläre ich ihm, wo sich die Ohrstöpsel befinden, die wir uns kurz darauf hoffnungsfroh in die Gehörgänge pressen. Es ist erstaunlich, denn diese Teile sind offenbar Tornadogeprüft, nicht aber Billundsicher, denn auch unter ihrer Zuhilfenahme entschwindet der Gedanke an Schlaf in weite Ferne, so dass Tom schließlich die Wohnzimmertüre schließt und wieder ins Bett klettert. Kaum wieder zugedeckt, ist ein zuerst leises Scharren an der Innenseite der Türe vernehmlich, später untermalt von einem zaghaften "Miiiih!", was mich aufspringen lässt, da es nach Narses klingt. Es ist Narses, der seiner Empörung ob des Einschließens mit einer

permanent Sex einfordernden Billund mit zaghaftem Klagen Ausdruck verleiht und erneut verschwindet.
Minka hingegen schläft. Sie schläft so tief und selig, dass ich wünschte, ich könnte Minka sein, wenigstens für diese eine Nacht. Ich finde es überhaupt nicht sonderbar, dass sie sich nicht wie sonst die Augen mit ihren Pfoten bedeckt, sondern die Ohren, ich wünschte nur, ich könnte tauschen. Eine Stunde später, wir schlafen noch immer nicht, sperrt Tom, der in drei Stunden mit mir nach Flensburg fahren möchte, Billund mit Futter, Wasser, Schlafstelle und Katzenklo im Wirtschaftsraum ein, denn es ist der Raum, der am weitesten von unserem Schlafzimmer entfernt liegt. Als schließlich meine Müdigkeit über mein schlechtes Gewissen obsiegt, schlafe ich weiter.
Gestern, also dem Tag danach, gaben wir nach tierärztlichem Rat noch eine Tablette an Billund und wir verließen das Haus Richtung Deutschland. Hoffend und bangend, alles möge gut gehen. Es ist gut gegangen. Als wir zurückkamen, waren alle Katzen Zuhause und Billund etwas ruhiger. Seit heute darf Narses in Ruhe fressen, schlafen und im Haus herumlaufen, Billunds Aufdringlichkeit ist zwar nicht ganz verschwunden, aber er hat offenbar seine alte Form wieder gefunden. Minka ist das alles fürchterlich egal. Aber an Narses nehmen wir uns ein Beispiel bis das Drama vorbei ist. Das müssen wir auch, denn auch diese Nacht unterschied sich nicht sehr von der vorherigen.

Hurra 1

Wir können wieder schlafen, denn Billunds Rolligkeit ist vorbei!
Jetzt wird eiligst ein Termin mit der Tierärztin vereinbart, damit wir diesen Spuk nicht noch einmal erleben müssen, denn wir sind wirklich ziemlich übernächtigt.

Leider bedeutet das aber wieder auch, das Billund erneut permanent mit allen Anwesenden spielen will, was grundsätzlich kein Problem ist, aber es heißt, sie rennt wieder dauernd hinter Minka her. Minka hat sich also ins Katzenschmollzimmer (eigentlich Gästezimmer) zurückgezogen und zickt wieder herum.
Und damit ist diesbezüglich mein Pessimismus zurückgekehrt.
Billund ist jetzt fast einen Monat bei uns und Minka hat sich noch immer nicht an sie gewöhnt. Bin ich zu ungeduldig?
Aber abgesehen davon, haben Tom, ich und vor allem der von der liebessüchtigen Billund so geplagte Kater Narses wieder unsere nächtliche Ruhe.
In diesem Sinne
Grüße
Tiane (mit ultimativen Schatten unter den Augen)

Hurra 2

Seit wir Billund haben, so seit ca. zwei Monaten, haben wir eben Billund, Kater Narses und eine fremde große graue Katze, die nur noch äußerlich mit Minka Gemeinsamkeiten aufweist. Minka nämlich ist ein leibhaftiger Schmusetiger, mit besonderer Vorliebe für das *unter der Zudecke an Tianes Bauch kuscheln und die Bude zusammenschnurren*, das sie auch tagsüber plärrend einfordert, indem sie einfach aufs Bett hopst und wartet, bis ich hinzukomme und die Decke hoch halte. Außerdem ist Minka lustig. Sie hopst mit Vorliebe auf allen Vieren gleichzeitig in die Höhe, plappert ohne Unterlass, und rupft Sofas von unten kaputt, was man zwar nicht sieht, einen aber doch befürchten lässt, das Sofa bräche irgendwann einmal unter einem zusammen. Sie ist auch sehr aktiv, schläft nicht einmal halb so viel wie Narses, doch diese Minka war mit Billunds Auftauchen plötzlich verschwunden und an ihrer statt wohnte eine graue Hexe bei

uns, die den ganzen Tag schlief, massive Gewalt ausübte, wenn man sie zu streicheln versuchte, hysterisch keifte, wenn man sie im Vorbeigehen nur berührte, jede andere Katze anfauchte, inklusive Narses, der eigentlich nichts damit zu tun hat, und selbstverständlich nie ins Bett kam. Nun ist Minka zurück! Seit gestern!
Schon am Vormittag war mir klar, irgendetwas ist anders, als es die letzten zwei Monate war. Zwar galoppierten Billund und Minka wie immer durchs Haus, nur diesmal war Minka nicht die Verfolgte, sondern die Verfolgerin, was mir allerdings erst auf den zweiten Blick auffiel. Da sie Billund nicht verprügelte, sondern nur herumscheuchte und Billund das anscheinend auch noch Spaß zu machen schien, schritt ich nicht ein, sondern ermunterte Minka in ihrer wieder entdeckten Aktivität.
Als ich am Nachtmittag von der Physiotherapie zurück komme, entdecke ich Minka im Schlafzimmer auf dem Bett schlafend, setze mich schüchtern dazu und erwarte eigentlich das übliche Gefauche und Gezeter gemäß Madame Rühr mich nicht an, erhalte stattdessen aber ein monatelang nicht mehr gehörtes "Brrrtlmek." Was so viel heißt wie: *Schön dass du da bist*, und mich ermuntert, unter die Decke zu kriechen, dieselbe hoch zu halten und leise "Minka" zu rufen. Nie hätte ich erwartet, dass sie käme, aber sie kam. Nicht zögerlich, vielmehr forsch, um sich sofort an mich zu schmiegen und darauf los zu schnurren. Ich habe mehr als eine halbe Stunde ihre kleine Wampe gekrabbelt und es sehr genossen, wie sie sich endlich wieder auf den Rücken drehte und mit allen Vieren den Milchtritt auf der Decke über ihr vollführte. Minka ist wieder da! Ich bin außer mir vor Freude, zumal ich gar nicht mehr damit gerechnet hatte!
Seitdem ist sie wirklich wieder die Alte, plappert wieder, hopst wieder und lässt sich von Billund überhaupt nicht mehr beeindrucken. Ist das nicht schön?

Darüber hinaus gibt es nichts Neues, sieht man mal davon ab, dass Narses mich wirklich perfekt konditioniert hat, denn gestern früh um halb fünf scharrte er wie immer besessen am Türrahmen, um Futter einzufordern. Warte ich normalerweise immer mindestens eine halbe Stunde, in der Hoffnung, er hörte auf, stand ich diesmal so schnell in der Küche, dass ich mich fragte, wie ich hierhergekommen war. Vermutlich Schlafwandelnd, denn klar denken konnte ich erst, als ich die Dose Katzenfutter bereits in der Hand hatte. Tom erzählte mir später, ich hätte auf dem Weg in die Küche zu ihm gesagt: Ich gehe den Narses nicht füttern. So als wollte ich mein frühes Aufstehen rechtfertigen, ohne den Eindruck zu hinterlassen, die Katzen hätten mich versklavt. Ich allerdings kann mich weder an die Bemerkung, noch an den Vorgang erinnern. So viel also dazu.

Ich fürchte, Narses wird alt, da er nur noch ganz kurz draußen ist, selbst wenn die Sonne scheint.

Und Billund? Billund geht mit bester Gesundheit ihrer destruktiven Leidenschaft nach, alles zu zerstören, was ihr in die Quere kommt. Wir erwägen, um unseren größten Zimmerbaum ein Schutzgitter zu ziehen und haben heute festgestellt, dass das Vogelhaus auf der Terrasse krumm und schief ist, da sie das Korbdach als Kratzdach verwendet. Sie scheint an Vögeln kein Interesse zu haben, lediglich an deren Häusern.

An dieser Stelle möchte ich nicht unterschlagen, dass Vogelhaus auf Dänisch Traevogelhuset heißt. (Ich finde das Wort witzig)

Und natürlich suchen wir seit Neuestem alle verlustig gegangenen Gegenstände unter den Sofas, wo wir das, was wir suchen selten finden, wohl aber eine Reihe anderer noch nicht vermisster Dinge. Die gestrige Ausbeute belief sich auf einen Flaschenöffner, zwei Feuerzeuge, eine Nagelfeile, eine Halskette, ein Paket Tempotaschentücher und man lese

und staune einen BH!!!! (?)
Die Tüte mit den Schräubchen, die Tom zum festschrauben der Haube seines neuen RC-Helikopters brauchte, ist natürlich nicht wieder aufgetaucht, obgleich wir unzählige Möbel abgerückt hatten.
So, ich gehe jetzt mal gucken, ob Minka vielleicht knuddeln will.
Viele Grüße
Eure sehr glückliche Tiane und drei kerngesunde Schlafmonster (Billund schläft! Ein Wunder!)
Tiane (mit noch mehr Schatten unter den Augen)

Morgen ist es soweit

Ein wenig aufgeregt bin ich schon, denn Billund wird morgen der Totaloperation unterzogen. Sie wird kastriert bzw. sterilisiert. (Ich habe mal gelesen, dass es auch bei den Mädels "kastriert" heißt.)
Unsere Tierärztin wohnt ja auch bei uns im Dorf, drei Straßen weiter, und sie wird morgen Mittag vorbeikommen, Billund hier narkotisieren, dann mitnehmen und nach der OP wieder bei uns vorbeibringen.
Aufgeregt bin ich, weil wir diese Erfahrung noch nicht hatten. Minka holten wir bereits kastriert zu uns und Narses ist ja ein "Mann" und die Kastration bei Katern ist ja nicht so furchtbar aufwendig. Am Übelsten finde ich, emotional, dass die arme Billund hier durchs Haus läuft und von all dem noch keine Ahnung hat. Das tut mir richtig leid.
Aber es wird schon alles gut gehen.

Was man so alles macht

Es ist Mittwochabend und ich sitze im dicken Pullover plus Schal am PC und will eigentlich etwas in dieser NG herumlesen und schreiben, doch mittlerweile sitze ich hier und wundere mich, was man als Katzenlakai so alles tut, denn meine Winteraufmachung ist einzig mit einer aushäusigen Billund und demnach zahlreichen, geöffneten Türen zu erklären. Denn eine halbe Stunde zuvor öffnete ich das Arbeitszimmerfenster, um den Zigarettenqualm zu vertreiben, derweil Narses und Minka durch eben dieses nach draußen hopsten. Kein Problem, denn sie wissen, wie man eine Katzenklappe benutz und kommen durch diese ohne weiteres wieder hinein.
Nicht aber Billund, die von mir schon des Öfteren mit ratlosem Blick dabei beobachtet wurde, wie sie selbst ihrerseits verständnislos den Großen beim Entfleuchen durch die Klappe zusah. Manchmal guckt sie sogar noch durch die Klappe hinterher und über ihrem Köpfle steht die überdeutliche Frage: Wie machen die das?
Nun, ich erkläre es Billund nicht. Nicht nur nicht, weil sie erst morgen kastriert wird, sondern auch deshalb nicht, weil mir jede Zuhausegebliebene Katze die Liebste ist. Eben eine Sorge weniger, denke ich. Billund aber ist entwischt. Durch das geöffnete Fenster. Und da sie selbstverständlich nicht davor verharrt und zurückspringt, wenn ich gedenke, selbiges zu schließen, sie also auch nicht durch die Klappe zurück kann, staffiere ich mich mit Winterbekleidung aus, suche unsere Zufahrt auf, plärre zur Irritation unserer Nachbarn den Namen einer Stadt (Billund= liegt in Südjütland) und verschwende keinerlei Gedanken daran, von ihnen des Verstandes verlustig gegangen erklärt zu werden. Unsere Nachbarn sind toll, sie integrieren uns in jeder Hinsicht, obschon ich oftmals denke, dass sie unser

mitunter merkwürdiges Verhalten weniger den Katzen zuschreiben, als vielmehr unserer nationalen Zugehörigkeit. Natürlich kommt Billund nicht, wohl aber Minka und Narses, die mich bei der weiteren, allerdings erfolglosen Suche begleiten. Ich kehre also wieder ein, öffne alle Türen und friere ein wenig. Glücklicherweise nicht lange, denn Billund ist schnell zurück, so dass ich bald wieder normal bekleidet am PC sitze.

Kurz darauf stelle ich fest, dass ich kein Sprudelwasser mehr habe, suche die Küche auf, schraube die Sodaflasche in den Wassersprudler und sehe im Augenwinkel Narses beim Wahllos-Futter-in-sich-hineinstopfen. Ich seufze, schleppe das komplette Gerät ins Wohnzimmer, schließe die Türe und sprudele dort. Man muss nämlich wissen, dass die Geräusche des Sprudlers bei Narses Panikreaktionen auslösen, die meistens zur Verteilung des Nassfutters in der gesamten Küche führen. Der Tag, an dem ich dies zum ersten Mal feststellen konnte, endete mit einer vollständigen Reinigung einer mit Nassfutter versauten Kaffeemaschine und eines ebenso verhunzten Eiscrashers. (Ja, er hat das Futter auf der Arbeitsplatte zu sich nehmen dürfen. Ein Zugeständnis an seine Fressgewohnheiten. Ich bin ja froh, wenn er überhaupt frisst. Das Wo spielt dann eine sehr untergeordnete Rolle)

Vor wenigen Stunden brachte Narses eine leider lebende Maus mit nach Hause, die er wie üblich im Napf deponierte, und, wie ebenfalls üblich, um sie herum Trockenfutter zu sich nahm, dabei immer darauf bedacht, mit der Nase die Maus zu berühren, damit er ja das Gefühl hat, Maus zu fressen. Offenbar schmeckt ihm Tunfischgeschmack momentan nicht sonderlich und er simuliert eine andere Geschmacksrichtung. Es erstaunt mich schon nicht mehr, dass die Mäuse mit ihrer Flucht erstarrt warten, bis Monsieur fertig gespeist hat, aber seit wir Billund haben, habe ich aufgegeben, Mäuse retten zu wollen. Ist es schon

schwer genug Minka eine Maus zu entreißen, so ist es bei Billund ein Ding der Unmöglichkeit. An der Geräuschkulisse erahne ich, dass Billund die Maus mal wieder ins Katzenklo geschleppt hat und sie dort jagt, was nicht sehr lange dauert, denn bald ist es still. Da ich sie auch jagenderweise im Wohnzimmer sehe, die Maus nach der Jagd allerdings nirgends entdecke, weiß ich nicht, ob Billund sie nun gefressen hat oder nicht. Was macht das Katzenpersonal?
Natürlich die Maus suchen. Im Rahmen meiner Möglichkeiten, denn vom Rollstuhl aus, kann man nicht allzu viele Möbel verrücken. Ich finde also die Mäuseleiche hinter einer kleinen Vitrine und entsorge sie. Natürlich entferne ich auch die Blutflecke auf dem Teppich, am Katzenklorand und auf dem Küchenboden.
Augenblicklich ist Billund damit beschäftigt, Minka zu jagen, was zum wiederholten Verlassen des Hauses durch Minka führt. Leider möchte sie anschließend immer wieder durch andere Hausöffnungen eingelassen werden, demnach unterbreche ich meinen Internetabend relativ häufig, um hinter diversen Fensterscheiben nach schreienden Minkaköpfen Ausschau zu halten.
Ich beginne mich zu fragen, warum sie nicht einfach die Klappe benutzt, kenne
die Antwort aber; Es wäre zu einfach und bedürfte nicht meines Zutuns. Ich beende die wilde Jagd, indem ich die Klappe versperre, wohlwissend, dass sie bald von Minkapfoten ausgebaut wird.
Aber bis dahin warte ich ab und lese hier weiter.
Einen schönen Abend wünsche ich euch

Es ist vollbracht

Billund ist jetzt kastriert. Heute Mittag um 13 Uhr kam unsere TÄ, betäubte Billund hier Zuhause und nahm das schlafende "Kleinchen" mit.
Wir blieben daheim und ich war nervös. Anderthalb Stunden später brachte unsere TÄ Billund wieder zurück, wir legten sie auf eine Wolldecke, die wir auf den Boden neben die Heizung gelegt hatten, lehnten Kissen gegen den Durchzug an die verschlossene Terrassentüre und warteten. Natürlich beguckten wir uns auch die Narbe und sie ist erstaunlich klein. Gegen halb fünf hat sich Billund zum ersten Mal wankend vorwärts bewegt, ein bisschen Schaum gebrochen (ganz wenig), ist wundersamerweise ins Klo gegangen, um zu pinkeln und brach anschließend auf dem Boden unseres Badezimmers zusammen, wo wir sie liegen ließen, weil der Boden beheizt ist. Ein Stunde später wollte sie ins Bett, ich half ihr, es zu erreichen, schnappte mir ein Buch und leistete ihr Gesellschaft, weil sie immer weiter herum talpte und ich verhindern wollte, dass sie fällt. Demnach aß ich auch meine Pizza im Bett und beschmuste Kater Narses dort. Mittlerweile schläft sie wieder tief und fest, so dass ich mich frei im Haus bewegen kann und nur gelegentlich nach ihr sehen muss. Tom ist auf der Nachtschicht, also muss ich allein aufpassen, aber bis jetzt läuft alles ganz unproblematisch. Ich hoffe, das bleibt so.
Grüße
Tiane

Neuigkeiten aus Lovel

Hallo Zusammen
Fünf Tage nach Billunds erfolgreicher Kastration melde ich mich mal wieder. Sie hat den Eingriff sehr gut überstanden, wurde sofort danach zu uns zurückgebracht, wo sie stundenlang auf einer von uns für sie gemütlich hergerichteten Stelle auf dem Fußboden schlief, bis sie die ersten Schritte taumelnd versuchte, die sie ins Badezimmer führten, wo sie sofort wieder zusammenbrach und weiter ratzte. Was wir sie ließen, denn dort ist es schön warm. Einige Zeit später wollte sie unbedingt aufs Bett, wobei wir ihr halfen, doch leider nutzte sie es nicht zum Schlafen, sondern meinte, darauf herumtaumeln zu müssen, was dazu führte, dass ich mein Abendessen im Bett zu mir nahm, ebenso wie die darauf folgende Zigarette, es war ja eine Ausnahmesituation. Danach las ich stundenlang in eben diesem, lediglich unterbrochen von meinen verschiedentlichen erfolgreichen Versuchen, Billund am Hinunterspringen zu hindern. Nachts dann, als wir schliefen, muss sie doch umher gehüpft sein, denn den ganzen Freitag über bewegte sie sich humpelnd vorwärts.
Wir nahmen uns vor, das zu beobachten und ggf. am nächsten Tag die Tierärztin anzurufen, aber das erwies sich als höchstüberflüssig, denn die Stelle, an der ich Billund Samstag früh fand, war die Spitze unseres bis zur Zimmerdecke reichenden Zimmerbaumes. Es geht ihr also wieder blendend, sie nagt nicht an ihren Fäden, liebt es, an der kahlgeschorenen Stelle am Bauch gekrault zu werden und benimmt sich wie immer. Nicht wie immer benimmt sich Minka. Glücklicherweise will man meinen, denn seit wir Billund haben, schmollt Minka wie erwähnt. Dies tut sie nun erstaunlicherweise gar nicht mehr, sondern übt sich vielmehr darin, Billund vollständig zu ignorieren, was diese ihrerseits irritiert, da die große graue Katze ja plötzlich

keine Angst mehr vor ihr hat.

Seit Freitag schneit es hier in Dänemark und zwar mit solcher Wucht, dass Katzen das Haus nicht mehr verlassen können, da der Schnee an den meisten Stellen höher liegt, als sie groß sind. Aber bis er so hoch lag, genoss Minka den Aufenthalt im Freien sichtlich, womit sie wieder neue Züge an sich offenbart hatte. Der Kälte zum Trotz, befand sie sich mehr draußen als drinnen, pflügte große Schneisen in den Schnee und wurde von mir mehrfach bei glückloser Vogeljagd beobachtet. Narses seinerseits findet Schnee nicht so umwerfend und begab sich nur noch zwecks Verrichtung seiner Notdurft nach draußen, da er Katzenklos hasst und für Frauenkram hält. Kaum wieder drinnen, bezieht er frustriert dreinblickend Position vor der Katzenklappe und verwünscht das Wetter und gelegentlich Minka, der er beim fröhlichen Umherhopsen zuschauen kann. Und die sich sicherlich ihren Teil zum Thema *verweichlicht* denkt.

Doch seit gestern früh ist auch damit Schluss, wegen der oben erwähnten durchschnittlichen Höhe des Schnees. Als ich am frühen Nachmittag dennoch die Katzenklappe höre, schaue ich auf und beschließe, nachzusehen, da ich mich nun doch sorge, die Katzen könnten im Schnee verschwinden und es nicht mehr raus schaffen. Alles was ich sehe, ist Narses, der sich lahm und antriebslose an der Hauswand entlangschiebt, da der Schnee dort am niedrigsten ist, schließlich den Carport erreicht und glotzt. Ich möchte ihn nicht draußen wissen, also öffne ich die andere Haustüre, die näher zum Carport liegt, rufe ihn rein, er kommt, hockt sich im Wirtschaftsraum nieder und glotzt unvermindert weiter. Ich widme mich meiner zuvor unterbrochenen Arbeit und vernehme kurz darauf unsäglich wildes Herumscharren im Katzenklo. Ich richte mich darauf ein, die von Billund nach ihrem Geschäft stets heraus geschleuderten Scheißeklümpchen wieder einzusammeln und die Hälfte des Streu, sich nun auf dem Boden befindlich, aufzusaugen, als ich am Ziel angekommen, Narses entdecke, wie er das Klo umgräbt und in diese Arbeit seine ganze Wut und seinen gesamten Zorn auf das Wetter, den Schnee, die doofen Menschen, die das natürlich schuld sind, ja auf die ganze Welt generell hineinlegt, sich nach langem Radau und Streugeschleuder niederlässt, einen Haufen fabriziert, um diesen mit noch mehr Energie wutentbrannt zuzuscharren, um anschließend mit zorniger Miene den Frustplatz vor der Katzenklappe erneut einzunehmen. Außer Streu ist nichts danebengegangen, aber das ändert Billund stehenden Fußes, indem sie sofort weiterscharrt und sämtlichen Inhalt im Wirtschaftsraum verteilt.

Scharren scheint ohnehin ihre liebste Beschäftigung zu sein, denn auch die großen Blumenkübel erfreuen sich ungeteilter Aufmerksamkeit und müssen von mir regelmäßig mit Erde nachgefüllt werden. Mäuse übrigens trägt sie stets ins Katzenklo, wo sie gejagt und zugescharrt werden, noch ehe sie tot sind. Eine sehr merkwürdige Angewohnheit. Den heutigen Vormittag brachte sie damit zu, sämtliche Zierbäume des Hauses zu erklimmen und eine Birkenfeige damit halb zu zerstören, wobei sie von Narses höchst interessiert beobachtet wird. Das erkennend, fällt sie statt des Baumes, ihn an, der nicht vom Fleck weicht, noch irritierter dreinblickt und ihr einen beinahe zärtlichen, krallenlosen Hieb zwischen die Ohren mitten auf den Kopf versetzt und gelangweilt davon schlendert. Mangels eines besseren Gegners fällt sie daraufhin mutwillig ein herumliegendes Lesezeichen an, das mit viertelstündiger Bearbeitung zu Konfetti gemacht wird. Einer mittendrin auftauchenden Minka wird kurz katzbuckelig entgegen gehopst, da dies aber zu null Reaktion führt, beschließt Billund, es sei vielleicht doch spannender, einen Kaffeelöffel aus einer halbvollen Tasse hinauszuprügeln und

ihn Kaffeeflecken hinterlassend durch die Küche ins Wohnzimmer zu katapultieren. In diesem wird ein herumstehendes Dekor-Lamm auf Rädern malträtiert. Und so weiter, dabei beobachtet von Minka, dem Burgfräulein, denn sie hat den Turm von Kater-Narses Ritterburg zu ihrer liebsten Dösstelle auserkoren. Mittags sauge ich Katzenstreu, Konfetti, Blumenerde und die verloren gegangenen Fussel des Dekor-Lammes mit dem Staubsauger fort, schnappe mir Billunds liebstes Spielzeug, den ollen Möhrenfisch und hoffe, sie in wenigstens einer halben Stunde müde gespielt zu haben. Jetzt schläft sogar Billund, was an ein Wunder grenzt. Narses schläft auch, natürlich vor der Katzenklappe, davon träumend, der Schnee möge sich nach seinem Erwachen in Luft aufgelöst haben. Vielleicht hat er Glück, denn es taut.
Tiane

5 Minuten

Billund hat ihre "5-Minuten", was nur eine mangelhafte Kurzumschreibung ihrer wilden Phasen ist, die täglich zweimal stattfinden, vormittags und abends, und in Wahrheit ca. ein bis anderthalbstunden dauern. Die "5-Minuten" zeichnen sich durch stets wiederkehrende Verhaltensweisen aus:

Phase 1 oder auch "Aufwachphase"

-dehnen, strecken, Schlafplatz verlassen, Dosi suchen und diesem wie ein Schatten folgen, dabei unaufhörliches Ausstoßen von Trötlaute
-bei der Dosiverfolgung auf herumliegendes Katzenspielzeug aufmerksam machen, indem dieses leicht mit der Pfote berührt wird, bis Dosi das Spielzeug in Bewegung setzt und ein halbe Stunde mit Billund spielt.

Phase 2 "Höhepunkt"

Das vormals noch normal bespielte Katzenspielzeug wird in der Luft zerfetzt und liegengelassen. Es folgt ein Durchqueren aller Wohnräume in gefühlter Überschallgeschwindigkeit, und mit leicht gebuckeltem Rücken, wobei höher gelegene Möbel erklettert und sofort wieder verlassen werden.
Eventuell vorüberkommende Narses und/oder Minkas werden seitlich mit aufgeplüschtem Schweif angehopst und stehen gelassen, weil es plötzlich besser scheint, eine Birkenfeige zu erklimmen und mitsamt dieser umzustürzen, meine Brille vom Tisch zu schleudern, die unters Sofa rutscht, und von mir mindestens drei Stunden erfolglos gesucht wird.
Minka, die gemächlich in die Küche schlendert, wird

solange zugesetzt, bis diese sofort durch die Klappe nach draußen flieht. Der Versuch selbiges mit Narses zu veranstalten, scheitert an seiner Dominanz. Sein Hieb auf Billunds Kopf soll sie zur Besinnung bringen, führt aber lediglich zu einer Steigerung ihres Irrsinns, den sie durch sofortiges Aufsuchen des Katzenklos zum Ausdruck bringt. Nicht etwa wegen eines natürlichen Bedürfnisses, vielmehr hält sie es für eine gute Idee, sämtlichen Inhalt aus der Kiste zu schleudern und hiernach zurück ins Wohnzimmer zu pesen, wo plötzlich wieder Minka steht, die auf einen Tisch gescheucht wird, wobei sie natürlich einen Kerzenständer umwirft und erschrickt, derweil Narses das Spektakel vom Türrahmen aus beobachtet. Während Billund überlegt, ob sie die Lavalampe umwerfen soll, oder doch lieber alle Dekor-Kätzchen auf allen Fensterbänken, sich für Letzteres entscheidet und dabei einen kleinen Blumentopf gleichwohl auf den Teppich befördert, versucht Minka erneut, die Küche aufzusuchen und scheitert an Billund, die sie durch das Haus zur Katzenklappe jagt, wo sie eindeutig die Nase voll hat und den Spieß herumdreht. Die Jagd durch Minka kühlt Billunds Mut jedoch nicht, stattdessen wird nach Minkas Einkehr in der Küche (endlich!) das Ablagekörbchen Toms auf eine Art geleert, die er nicht gemeint hatte, als er meinte, er müsste es mal wieder ausleeren. Auf mein zwischenzeitliches Nachsehen hin, entdecke ich Billunds Qualitäten als Bibliothekarin, da sie die Bücher im Regal neu sortieren möchte, aber sie nur aussortiert und nicht wieder zurückstellt. Ich behalte meinen Verdacht, Narses könne ihr das beigebracht haben, für mich, da es sich um eine Spezialität aus seiner "Kindheit" handelt und sortiere selbst, derweil ich merkwürdige Geräusche aus dem Schlafzimmer vernehme, wo ich Billund als Gespenst verkleidet vorfinde, indem sie unter der Zudecke, für mich als Billund nicht erkennbar, Bocksprünge veranstaltet und nach Beendigung dieses Intermezzos ein Buch und die

Lampe vom Nachtisch schleudert. Da ich nur einen schnellen Schatten ins Wohnzimmer huschen sehe, folge ich zuerst nicht, finde aber später nach dem Betreten des Wohnzimmers eine Tulpe zerpflückt neben der Blumenvase vor und freue mich, dass wenigstens die Vase noch steht. Billund, nirgends mehr zu sehen, spielt unterdessen im Badezimmer mit meiner Augencreme und rollt anschließend das Klopapier ab. Sie würde in diesem Raum noch mehr finden, würde Narses, bis dahin in der Duschtasse dösend, nicht vielsagende und sichtlich entnervte Blicke auf sie werfen, die sie veranlassen, das Bad schleunigst zu verlassen. Es zeichnen sich erste Ermüdungsanzeichen ab, die sich u.a. darin äußern, dass Minka unbelästigt das Wohnzimmer durchqueren und die Burg aufsuchen darf. Das Schlossgespenst der selbigen, das sieben Jahre lang im Burgeingang befestigt war, finde ich auseinandergerupft unter dem Esstisch.

Phase 3 Erschöpfungszustand

Zeichnet sich aus durch:
antriebsloses bepfoteln einiger Gegenstände
langsamere Bewegungen
In Ruhelassen Minkas
Anschließendem Dösen auf dem Sofa

Phase 4 "Dosiphase" oder hektische Aktivitäten Tianes

Einsammeln aller Blätter und abgeknickter Birkenfeigenzweige
Auffüllen der Blumentöpfe mit Erde
Aufstellen aller umgestürzter Dekorgegenstände
Bettenmachen
Herausgeschleuderte Katzenkacke aufsammeln und die

durch das ungesehene Hindurchfahren durch Kacke mit meinem Rollstuhl entstandenen Flecken auf dem Teppich entfernen.
Rolliräder saubermachen
Fluchen
Erde und Katzenstreu aufsaugen
Ausgiebig mit Minka schmusen, um sie zu trösten und meinerseits getröstet zu werden. In den meisten Fällen jedoch Ausstaffieren mit Taschenlampe und Minka suchen, ihr versichern, dass es vorbei ist und sie hineinlocken.
Tom verwünschen, weil er bei so was immer auf Nachtschicht ist
Nachsehen, ob angesichts meines ergrauten Schopfes noch Haarfärbemittel im Spint ist, falls nicht, einen Termin beim Friseur vornotieren.
Erschöpftes Niederlassen auf dem Sofa neben Billund, wo ich sie zärtlich streichele.
Leise in mich hinein lächelnd, erinnere ich mich an Tom, wie er damals, als Narses noch klein war und wir unsere Wohnung mit Rauputz versahen, zu mir sagte, er wolle nie wieder eine junge Katze haben, und dass es sowieso viel sinnvoller wäre, alte Katzen zu nehmen, weil sie schwerer vermittelbar seien. Was wir in Minkas Fall ja auch getan hatten. Was für eine Katze wir haben wollen, interessiert die Katze aber nicht, sie kommt einfach zu uns.
In diesem Sinne
Gute Nacht

Die alte Minka und anderes

Dass Minka seit einiger Zeit wieder ganz die Alte ist, sich also von einer zickigen Hexe in Minka zurückverwandelt hat, erzählte ich bereits, nicht aber, was das für Auswirkungen hat.

Vorhin z.B. erblickte ich etwas, höchst amüsant, nämlich zuerst Billund, die selbstvergessen mit einem Katzenspielzeug spielt, das wir vor ca. 7 Jahren für Narses gekauft haben, das aber von ihm und später Minka völlig unbeachtet geblieben war. Minka weilte zu diesem Zeitpunkt noch Outdoor und untermalte ihre Heimkehr mit einem Geräusch, das bei ihr stets nach einem Ausbau der Katzenklappe klingt. Meistens bedeutet diese Art Radau, dass sie ihre minkaeigenen 5-Minuten draußen hat und von Narses ins Haus gescheucht wird, weil er den Anblick einer etwas molligen Katze mit imaginären Sprungfedern unter allen vier Pfoten in *seinem* Revier für imageschädigend hält. Also flitzt sie ins Wohnzimmer, welches genügend Raum für ziegenbockähnliches, planloses Umherhopsen bietet, was Billund jäh veranlasst ihr überaus wildes Spiel zu beenden und......
Nein, nicht um mitzuspielen, wie ich zuerst dachte. Vielmehr, um vollständig irritiert Minka zu betrachten. Nach einer Weile des absonderlichen Hüpfens kehrt Narses auch Zuhause ein, verharrt neben dem halb von Billund zerstörten Zimmerbaum und guckt seinerseits zu, was er aber immer macht. Nicht irritiert, vielmehr abwertend, als wolle er sie für verrückt erklären. Minka hopst weiter, ab und zu auf Narses zu, der sekundenlang mit hopst, als wolle er sie parodieren und dann wieder nach draußen verschwindet. Dann hopst Minka wieder ziellos um die Möbel, dann zu nahe an Billund, die nicht mit hopst, sondern sich platt auf den Boden drückt und unter dem Sofa verschwindet. Seitdem hat sie Angst vor Minka, jedenfalls in der einen Stunde, die seitdem vergangen ist. Vermutlich wird sie bald wieder furchtlos sein, aber offenbar bedeutet es doch, dass Minkas Verhalten in Katzenaugen irgendwie absurd ist. Zumal sie das auch immer mit wildem Text untermalt, den zu übersetzen ich bisher nie imstande war, und der etwa wie "brrrtbrrrrrrttttbrtt" klingt, was sie auch

sagt, wenn sie Mäuse jagt oder mit dem Plüschfisch spielt. Und wahrscheinlich heißt es nur: Ich bin glücklich. Ich bin sehr, sehr glücklich, o.ä.

Also Minka ist auch in dieser Hinsicht wieder ganz die Alte. Heute Nachmittag waren Tom und ich im Carport, um etwas an meinem Auto zu schrauben, derweil Billund draußen herum stromerte und jäh mit einer Maus im Mäulchen vor uns auftauchte, die sehr tot aussah. Vorsichtshalber verschloss Tom doch die Haustüre, damit die Maus, falls sie doch noch leben sollte, nicht durchs Haus gejagt wird. Billund also versuchte die Maus draußen zu verspeisen, aber bei genauerer Betrachtung kam mir die Maus doch äußerst tot und vor allem auch steif gefroren vor, worauf ich Tom hinwies, was er mit den zuerst erfolglosen Versuchen, Billund die Maus zu entreißen, beantwortete. Als es ihm schließlich doch gelang, stellte er leicht angeekelt fest, wie ganz besonders tot diese Maus schon war, die Billund wahrscheinlich in der Nähe der Katzenklappe gefunden hatte, und die ebenso höchstwahrscheinlich ein Opfer von Narses war. Vor wie vielen Tagen oder Stunden bleibt unbekannt.

Narses seinerseits hat eine besondere Vorliebe für einen flachen Karton entwickelt, welcher in etwa die Größe eines Schuhkartons für Stiefel hat und der eigentlich Billund gehört, denn seit seines plötzlichen Hierauftauchens durch die Post, ist er Billunds allerliebster Schlaf und Spielplatz. Dies betrachtete sich Narses ca. zwei Tage lang ohne erkennbare Anzeichen von Neid oder Missgunst. Als er beides dann doch an den Tag legte, war es zu einem Zeitpunkt, an dem ich eine Kordel über den Karton zog, mit der Billund wie eine Irre, also auch nicht viel erhabener aussehend als Minka, herumfuchtelte, pfotelte, also spielte. Narses, mit herausgestrecktem Brustkorb und in eleganter Pose das Schauspiel zuerst beobachtend, interveniert schließlich, indem er sich, Billund beiseite schiebend, in

dem Karton niederlässt. Da Billund darob leise trötend Protest einlegt, ich auch nicht begeistert aussehe, zumal er nur döst, entfleucht seinen Lippen ein leiser Seufzer und ein etwas lauteres und entnervt klingendes " miiiieeeww": Meine Güte, dann spiele ich eben!
Was er tut und zwar eine Spur wilder und vor allem aggressiver als Billund es zuvor getan hat. Das erstaunt mich zutiefst. Narses spielt nie! Das hat er nicht nötig, weil er ein starker, mächtiger Revierkater ist und seine Kraft und Energie anders umzusetzen pflegt. Lediglich zum beinahe gewalttätigen Balgen mit Tom lässt er sich hin und wieder hinab. Gewalttätig auf Narses Seite, da ich in diesen Phasen immer wenigstens einen Schmerzensschrei meines Mannes vernehme. Gut, ich spiele also mit Narses, derweil Billund schüchtern zuguckt und ich sie mit dem Hinweis tröste, dass Narses nicht mehr der Allerjüngste ist und gewiss bald einschläft. Was er prompt tut, leider im Karton. Ich bespiele Billund zum Trost im Wohnzimmer.
Narses Fressgewohnheiten rauben mir augenblicklich den letzten Nerv. Diesbezüglich war und ist er immer besonders schwierig, insbesondere da er auch des Lesens mächtig zu sein scheint, denn ein und dasselbe Katzenfutter pflegt er nie zu fressen, wenn es hier in Dänemark gekauft ist, also die Beschriftung dänisch ist. Dasselbe Futter in derselben Geschmacksrichtig in Flensburg gekauft, demzufolge mit deutscher Aufschrift, frisst er hingegen sehr gern.
Momentan frisst er leider nicht einmal das, aber da er permanent Futter einfordert, mit den üblichen Methoden, veranstalte ich ständig ein für mich nervenaufreibendes Theater und das mehrmals am Tag. Seine Methoden der Forderung fasse ich kurz zusammen:
Zwischen 4 und 6 Uhr morgens ausdauerndes Gekratze am Türrahmen der offenen Schlafzimmertüre, bis einer (meistens ich) aufsteht und füttert, obgleich immer wenigstens ein Napf noch voll ist, aber wegen

angetrockneter Oberfläche abgelehnt wird. Gerade während dieses morgendlichen Terrors ist es eine äußerst frustrierende Angelegenheit, zuschauen zu müssen, wie er alles Dargebotene mit Luft zuscharrt.
Am helllichten Tage verrücktes Kratzen an einer Küchenschublade. Auch hier sind alle Fütterungsversuche mit wildem Scharren des Katers auf dem Küchenboden beantwortet. Gestern scharrte er solange herum, bis der Napf auf dem Kopf, somit das Nassfutter auf dem Küchenboden lag. Heute Mittag bedeckte er tatsächlich das angebotene Futter mit einem Geschirrtuch. Da ich das gewöhnt bin, versuche ich einfach abzuwarten, bis diese Phase vorbei ist, doch leider hat sich Billund den Kater zum Vorbild genommen. Noch frisst sie alles Dargereichte, aber, wie er, muss sie inzwischen Zeuge des Einfüllens in den Napf sein. Herumstehendes, durchaus noch frisches Futter wird nicht mehr angerührt. Ich bin froh, dass Minka diesbezüglich die einzige normale Katze hier zu sein scheint.
So, das waren Neuigkeiten aus Løvel
Viele Grüße
Tiane

Minka, Narses und Billund

Zunächst einmal lieben Dank für die hilfreichen Tipps zur Milbenbekämpfung. Wir haben uns inzwischen eines der empfohlenen Medikamente von unserer TÄ geben lassen und die Milben sind nun unter Kontrolle. Ganz im Gegensatz zu den Katzen, die seit Minkas Verwandlung zurück in sich selbst durch nichts mehr zu kontrollieren sind. Minka, die sich monatelang verweigert hatte, schmust jetzt nicht nur wieder ausführlich, nein, sie kommuniziert wieder mit mir und das ausführlicher denn je, als müsse sie zweimonatiges Schweigen durch Dauertexten

kompensieren. Ich habe glücklicherweise meistens
verstanden, was sie mir jeweils sagen will, doch mittlerweile
führt meine Befähigung, Minkas Sprache zu verstehen, zu
dauerndem Umhereilen meinerseits im Haus, um auch ja auf
jeden ihrer Wünsche einzugehen, damit sie sich nun ja nicht
erneut ins Schmollzimmer zurückzieht und wieder zur Hexe
mutiert. Ihr Wortschatz ist groß genug, dass ich nur
Weniges wiedergeben kann, was sie täglich mitteilt: Da
hätten wir:
Meow! (mit lieblichstem Minkablick) Streichle mich
Meoooowww! Noch mehr
IIIIrggghh! Futter! Jetzt!
brrrt! Besing mich!
Letzteres mag hier Verwirrung stiften, doch Minka gehört
zu jenen Miezen, die einen täglichen Bedarf an den
zweifelhaften Sangeskünsten ihrer Zweibeiner zu haben
scheinen, was mein Repertoire erheblich erschöpft, da ich
ihr nicht jeden Tag denselben Text zumuten möchte. Nun,
jedenfalls haben mich ihre Imperative erheblich im Griff
und führen zu Verhaltensweisen meinerseits, bei denen ich
nicht unbedingt von katzenlosen Nachbarn gesehen werden
möchte. Sie finden es seltsam genug, mich Winters sinnlos
im Schnee herumkurven zu sehen. Immer den Garten von
Norden nach Süden und dann von Osten nach Westen
durchquerend, weil sie Minka, die mir folgt und manchmal
vorauseilt, weil das zu ihrem Spiel gehört, wegen der hohen
Hecken nicht sehen können. Es ist sicherlich auch schwer
genug, nachzuvollziehen, warum ich bisweilen mit
Taschenlampe ausgerüstet in der Zufahrt stehe und den
Namen einer dänischen Stadt plärre (Billund) und sie das
vermutlich einer Sehnsucht meinerseits zuschreiben, die
Legolandsaison möge doch wieder beginnen. (Legoland ist
in Billund)
Seit der Verwandlung Minkas beginnen die Katzentage im
Haus stets mit Verfolgungsjagden Minkas und Billunds,

wobei sie sich in der Rolle des Verfolgers abwechseln, was so lange anhält, bis Minka ihren hopsenden 5-Minuten freien Lauf lässt, was Billund noch immer sehr verwirrt, da Minkas 5- Minuten offenbar doch im normalen Katzenverhalten nicht vorgesehen sind. Nach der ersten Schreckminute unter dem Sofa wendet sich Billund Narses zu und lässt Minka ohne Anwendung ihres Verstandes planlos umherspringen, bis diese Phase wegen Erschöpfung erlischt, denn schließlich ist Minka schon 10 Jahre alt. Verstand ist so eine Sache. Billund scheint mit nicht sonderlich viel davon ausgestattet zu sein, da sie seit Monaten beobachtet, wie Narses und Minka das Haus durch die Katzenklappe verlassen, ihnen bis zur Plastikscheibe folgt und dann ratlos davor verharrt. Ich fürchte den Tag, an dem sie das Rätsel löst, da mir ein Verschwinden Billunds noch immer nicht versichert, dass sie den Rückweg findet. Narses, der so seine Schwierigkeiten mit der neu entfachten Aktivität Minkas in Kombination mit Billunds Daueraktionismus hat, definiert sich neu in der Rolle des Polizisten. Sobald ihm das Gehopse zu bunt, die Kommentare seiner Weiber zu laut werden, eilt er in machohafter Pose herbei und sorgt für Ruhe, indem er die Party mit gezielten Hieben an die wildeste der beiden beendet. Die Damen wehren sich nur kurz, alles andere als heftig pflegt Minka ihn kurz anzuhopsen, um knapp vor ihm abzubremsen und unter das Sofa zu fliehen, derweil Billund, ein wenig mutiger, ihr Narses- Anhopsen mit einem Hieb kombiniert. Wobei sie allerdings der Mut sofort verlässt, wenn sich der Polizist ein wenig durch Fellaufplüschung vergrößert, dann nämlich ist sie geneigt, es Minka unter dem Sofa gleichzutun und abzuwarten. Verlässt der Ordnungshüter das Haus wieder schnell, beginnen die Damen, wo sie aufgehört haben. Dauert das etwas länger, würde Billund das Begonnene gerne weiterführen, muss aber in 9 von 10 Fällen feststellen, dass Minka an Ort und

Stelle eingeschlafen ist, womit sie ihre Aufmerksamkeit dem Nächstbesten Menschen zuwendet, der sofort verzweifelt das Lieblingsspielzeug zu suchen beginnt, um Schaden von allen Einrichtungsgegenständen abzuwenden.
Billund ihrerseits verfügt seit ihrer Kastration sehr wohl über einen eigenen Dauertext, der aber nicht variabel ist. Zu allem und jedem sagt sie bbrrröööö und das stets in unveränderlicher Lautstärke. Der restringierte Code macht die Verständigung nur deswegen nicht schwer, da es sich ausschließlich um eine Aufforderung zum Spiel, Schmusen, oder Futter reichen handelt.
Narses und Billund wechseln sich des Weiteren darin ab, mir erfolgreich den Schlaf zu entziehen. Narses in seinen bekannten Varianten, möglichst früh möglichst viel frisches Dosenfutter einzufordern, welches ich im Halbschlaf an ihn zu verabreichen pflege, und das er in den seltensten Fällen frisst, so dass ich mittlerweile zu der Überzeugung gelangt bin, es handelt sich hier um bewussten Terror. Tut er dies nicht, vollführt Billund anderes.
Die letzten Nächte endeten wie folgt, immer ausgehend von tief und fest schlafenden Menschen.

Donnerstag (ca. 4 Uhr)
Erwachen meinerseits durch schmerzhaft in meine rechte Hand verbissene Billund. Das Theater dauert mehrere Minuten an, da auch mein komplettes Verschwinden unter der Decke nicht sofort zu einem sofortigen Ende führt.

Freitag (ca. 2 Uhr)
Narses kommt ins Bett und möchte in meiner Kopfhöhe schlafen, kann sich aber nicht recht für die richtige Position entscheiden. Demnach einrollen links neben meinem Kopf, aufstehen, unter die Decke kriechen, wieder rauskriechen, einrollen rechts neben meinem Kopf usw. Etwa eine halbe Stunde später scheint er sich für die richtige Stelle

entschieden zu haben und entschlummert, was ich versuche ihm gleichzutun, was aber nicht lange währt, da (ca. 5 Uhr) Billund mit meinem herausschauenden Oberschenkel kämpft.

Samstag (ca. 6 Uhr)
Narses scharrt wie ein Irrer am Türrahmen, will aber nicht gefüttert werden, da er, sobald er sich meines Erwachens versichert hat, gehässig durch die Katzenklappe verschwindet. Da ich einmal wach bin, kommt Minka unter die Decke und rollt sich an meinem Bauch ein, wo sie lange schnurrend verweilt. Billund entdeckt das Wachsein des hörigsten Dienstboten, äußert ihren einzigen Kommentar, springt aufs Bett, um dort eine gemütliche Schlafstelle zu finden, wobei sie leider auf Minka herumtrampelt. Folge: Massive Katzenschlägerei auf Kopfhöhe.
Entschwinden Billunds unter dem Bett, wo sie verstohlen mit einer darunter stehenden Fotobox aus Blech pfotelt (dengeldengeldengel) was mich zur Verwendung von Ohrenstöpsel verleitet.
Am Sonntagmorgen durfte ich ausschlafen, wofür ich sehr dankbar bin
In diesem Sinne
Gute Nacht
Tiane

Betreff: Wieder da

Hallo
Wegen chronischen Zeitmangels gelingt es mir erst jetzt, nach langer Abwesenheit hier mal wieder reinzuschauen. Natürlich konnte ich nicht alle Beiträge nachlesen, wohl aber den über Pauls Tod. Es tut mir sehr leid, Tanja, ich denke, jetzt ist es noch sehr schwer, damit fertig zu werden, aber es wird mal eine Zeit geben, in der du über Pauls

Marotten, seine Sperenzchen und Sonderheiten lachen kannst, so wie wir heute über Fritzis seltsame Anwandlungen leise lachen, und dann ist es ein bisschen so, als wäre er nicht tot, sondern lebt noch in unserer Erinnerung weiter. Also Kopf hoch!

Von unseren drei Fellrollen gäbe es eigentlich nichts Neues zu berichten. Täglich stattfindende Verfolgungsjagden zwischen Minka und Billund werden von mir nur im Augenwinkel wahrgenommen, klirrende, dengelnde, plumpsende Geräusche irgendwelcher umstürzender Gegenstände haben sich der normalen, alltäglichen Geräuschkulisse hinzugefügt und veranlassen lange niemanden mehr, sofort aufzuspringen und nachzusehen. Dass alle Drei gleichzeitig gefüttert werden zu wünschen, versetzt mich nicht mehr in Stress und alle zwei Tage wird das Sofa abgerückt, um Billunds Schatz zu heben, sprich, verlustig gegangenen Wert und andere Gegenstände einzusammeln und zu ihrem ursprünglichen Platz zurück zu bringen. Gelegentlich liegen tote Mäuse im Haus. Die toten im Fressnapf gehören Narses, die toten im Katzenklo Billund, und die, von denen nur noch ein Schwanz oder Organ im Wohnzimmer liegen, in der Regel Minka, weil sie als einzige ihre Beute regelmäßig frisst und für den Spielkram der andern nur ein müdes Lächeln übrig hat. Vor zwei Wochen waren Toms Eltern zu Besuch und da sie zu dem einzigen, selbst katzenlosen Besuch gehören, der des Nachts die Türe zum Gästezimmer verschließt, wurden sie von drei Katzen innerhalb von zwei Tagen umerzogen, da diese zwei Nächte in Folge gleichzeitig und in halbstündigen Abständen wie die Irren an der geschlossenen Türe kratzten, rupften, klopften und randalierten, bis sich meine Schwiegereltern lieber Schlaf herbeisehnten, denn verschlossene Türen. Auch das Schließen der Badezimmertüre hat Narses ihnen abgewöhnt, nachdem er einmal, des Nachts von meinem Schwiegervater versehentlich im Bad eingesperrt wurde, erwachte und das Bad auseinander nahm. Da sich dieses gegenüber vom Gästezimmer befindet, bekamen wir von dieser Begebenheit nur die Folgen mit und mussten andertags nur lächeln, als uns davon übernächtigt erzählt wurde. Das wäre es auch schon, wäre der gestrige Abend nicht gewesen. Narses, Billund und Minka sind seit Stunden im Garten, tatsächlich im Garten, und nicht wie sonst in unendlichen Weiten des katereigenen Reviers, wobei Minka gelegentlich zurück ins Wohnzimmer hopst und wieder hinaus, Narses und Billund wechselseitig Nachlaufen spielen und dabei von uns gelegentlich als vorbeihuschende Schatten gesichtet werden. Gegen halb neun nehmen Tom und ich unsere Plätze vor dem Fernseher ein, was Minka für eine gute Idee hält, also hockt sie sich zu uns und die Abendidylle kann beginnen. Wir machen uns keinerlei Gedanken über Kleinbillunds Aushäusigkeit, weil ja Narses bei ihr ist, denn nicht nur in unseren Augen, auch tatsächlich hat er für Billund die Beschützerrolle übernommen. Ist sie draußen, pflegt sie ohnehin immer nur hinter ihm herzulaufen, und wenn sie beide nach stundenlanger Inspektion zurückkehren, kehren sie immer gemeinsam zurück. Erst wenn Narses alleine kommt, statten wir uns mit unserem "Katzen-Such-Rüstzeug" aus (Jacke, Regenschutz, Taschenlampe, Leckerli-Dose) und entschwinden einen beliebigen Namen brüllend in zwei verschiedene Himmelsrichtungen, aber so weit weg waren wir gestern Abend nicht. Wir sahen fern. Der Fernseher steht an der Schmalseite des Wohnzimmers, eine Längsseite ist verglast und hat den Durchgang zur Terrasse, der offen war, die Schmalseite des Wohnzimmers weist direkt neben dem Phonomöbel ein weiteres kleines Fenster auf, vom dem aus man auf ein kleines Stück unseres Gartens und die dahinter befindliche Dorfstraße blicken kann. Und durch dieses kleine Fenster erhasche ich jäh eine

hektisch, rasende Bewegung. Ein kleiner, gestreifter Schatten, der sich in Überschallgeschwindigkeit über die Dorfstraße bewegt, was mich sofort entsetzt aufschreien und panisch mit den Armen Richtung Fenster fuchteln lässt. "Billund!", keuche ich und mehr ist nicht nötig, da Tom an Ausdruck, Gestik und Mimik sehr wohl in der Lage ist zu erkennen, dass ich kaum ein solches Aufhebens machen würde, liefe Billund nur durch diesen Teil des Gartens. Er hechtet also sofort raus, und läuft die Strasse unter Herausrufens eines dänischen Städtenamens entlang, sich nicht einen Deut um das spazieren gehende dänische Paar mit Hund scherend, das ihm auf der gegenüberliegenden Straßenseite verwundert bei der Suche zuschaut. Ich klebe derweil mit meiner Nase am Fenster, der Film ist vergessen, meine ungeteilte Aufmerksamkeit dem Tatort draußen zugewandt. Minka, mit heller Wachsamkeit in den Augen neben mir, als ich die Katzenklappe scheppern höre, mich umdrehe und erleichtert feststelle, dass Billund aufgeregt und mit aufgeplüschtem Schwanz inmitten des Wohnzimmers steht. Ich flitze in den Garten und rufe Tom zurück, er kehrt erleichtert ein, das dänische Paar mit Hund guckt noch immer konsterniert, schüttelt, Unverständnis im Gesicht, leicht den Kopf und spaziert weiter. Tom erzählt, er nähme an, Billund habe sich so vor dem Hund erschreckt, dass sie in Panik geraten sei, wohingegen Narses im Gebüsch zur Straße hockt und noch immer in die Richtung glotzt, in die Billund verschwunden war.
"Gut", sage ich, „dann warten wir ein halbes Stündchen und wenn er dann noch immer auf Billund wartet, müssen wir uns etwas einfallen lassen."
Sprachen es und sahen weiter fern.
Nach dem "Tatort" also geht Tom nachsehen und derweil Billund es sich auf dem Sofa bequem gemacht hat und ratzt, wartet Narses noch immer im Gebüsch auf ihre unversehrte Heimkehr, und natürlich versucht Tom ihm mit

menschlichen Worten begreiflich zu machen, sein Warten sei nun unsinnig, da die kleine Madame längst zu Hause sei, aber leider beschließt er entweder uns nicht zu verstehen, oder aber es besser zu wissen, so jedenfalls blickt er Tom an; als habe er nicht mehr alle Nadeln an der Tanne und wisse nicht, was er rede. Also kehrt Tom wieder ein, froh, nicht mehr von besagtem Paar mit Hund in inniger Zwiesprache mit einem Gebüsch gesehen zu werden. Nach dem halbstündigen Betrachten einer Doku, mit der schlafenden Billund und der aufmerksam sich weiter bildenden Minka auf dem Sofa, beschließen wir beide noch einmal nach Narses zu sehen, öffnen die Haustüre und rufen im Chor: NARSES!

Zunächst geschieht nichts, nach Wiederholen einer seiner zahlreichen Spitznamen aber, flitzt Besagter eiligst an uns vorbei, peilt den Beginn der Zufahrt an, hopst auf den Briefkasten und späht also jetzt an der anderen Seite des Hauses nach Billund. Billund schläft auf dem Sofa.

Wir zucken die Achseln und beschließen, genug getan zu haben. Gegen Ende der Doku klappert die Katzenklappe, ein Katzenschatten entschwindet in der Küche, die daraus erlauschte Geräuschkulisse deutet auf den Verzehr von Trockenfutter hin.

Aha, denke ich; Narses ist zurück, also gehe ich mal nachschauen. Billund, erwacht wie immer, wenn jemand die Küche, Ausgabestelle aller Katzenfuttersorten betritt, mir dicht auf den Rollirädern und so sehen wir Narses ein paar Sekunden beim Fressen zu. Verdrießlich blickend, die Stirn gerunzelt, spachtelt er sich halb voll, schaut hoch, erkennt Billund, stutzt eine Schrecksekunde lang und langt ihr eine. Heftig, genau zwischen die Ohren. Ehe er empört Richtung Schlafzimmer verschwindet, sagt er noch *Maaanz!*, was wahrscheinlich das heißt, was wir alle ganz früher, in unseren wilden Teenagerjahren von unseren sich sorgenden Eltern gehört haben, wenn wir einfach nicht zur

verabredeten Uhrzeit nach Hause gekommen sind.
Heute früh scheint sie Stubenarrest zu haben, denn immer, wenn sie hinausgeht, jagt Narses sie kurz darauf wieder hinein, aber sie gibt nicht auf, was bedeutet, dass es hier heute früh ziemlich laut zugeht und Minka mal zur Abwechslung nicht verfolgt wird.
Narses übrigens übt seit geraumer Zeit die Katzenklappe zu benutzen, ohne sie mit dem Kopf aufzustoßen, denn offenbar scheint ihn das sehr zu stören. Bisher kann er sie zwar mit einer Kralle hochheben, schaffte es aber noch nicht, schnell genug den Kopf hindurch zu schieben. Ich drücke ihm die Daumen und wundere mich nicht wenig über seine Klugheit.
So, das war es dann aber auch aus Løvel.
Liebe Grüße
Tiane

Angewohnheiten

Dass sich Billund, als sie begann sich bei uns heimisch zu fühlen, Narses in allen Angewohnheiten zum Vorbild nahm, war ja abzusehen, allein schon weil Minka Monate brauchte, um die "Neue" halbwegs zu akzeptieren und sich daher fernhielt. Das hatte zu Minkas Glück, u.a. die Folge, dass sie die einzige war, die sich Billunds Ohrmilben nicht abholte, aber Narses als Billunds Vorbild hat leider andere Folgen. Schon sehr schnell guckte sie sich bei ihm ab, wie man bei uns, im Haushalt der ultradummen Tiane, also mir, Futter einfordert, nämlich an einer bestimmten Ecke der Küche stehend, mit Rücken zu mir, in abwartender Haltung, auch, was immer der Fall ist, wenn an der regulären Futterstelle ein voller Napf Trockenfutter und ein Napf, gefüllt mit gewiss nicht vergammeltem Nassfutter steht. Ja, gerade dann muss Neues erbettelt werden, also lernte Billund schnell, Narses Forderungsgebärden nicht nur zu imitieren, nein, gar zu steigern, indem sie bereits nach 2 Sekunden ergebnislosem Warten in dieser Haltung Kommentare hinzufügt. Etwa so:
MEAUW!!
Angesicht ihrer dabei leicht zur Seite geneigten Ohren kam ich schnell davon ab, dies mit "Bitte!!" zu übersetzen und neigte zu "Na wird's bald!"
Mir fällt sehr schwer in Billunds Verhalten noch irgendeinen Hauch von Dankbarkeit hinsichtlich ihrer Rettung zu erkennen. Was folgt, hat Narsesgeschichte; Einfüllen des Nassfutters in einen sauberen Napf vor Katzis Augen, Abstellen direkt vor ihrer Nase, was weit entfernt von der eigentlichen Futterstelle ist, abwarten, ggf. gut zureden.
Ich atme auf. Noch. Denn mehr hat sie bei ihm nicht abgeschaut, das heißt bei ihr gibt es keinerlei Zuscharren des

Futters mit Luft, Dekorieren des Futters mit einer Scheibe Aufschnitt durch mich, abwarten, noch besser zureden, gegebenenfalls zu Bastet beten, anschließend Stoßgebete der Dankbarkeit an alle zur Verfügung stehenden Götter. DIES ist noch immer allein Monsieur vorbehalten. Der allerdings betrachtet seine Verhaltenskopie mit allem anderen als Wohlwollen, da er einen Sonderstatus zu verlieren hat, den er sich bereits in jungen Jahren durch Futterverweigerung aneignete. Demnach fügte er seinem ursprünglichem, oben Genannten Verhalten eine neue Angewohnheit hinzu, nämlich solange die eigentliche Futterstelle mit Luft zuscharren, bis wenigstens der Wassernapf umgestürzt ist, am besten so, dass er nicht nur einen Teil der Küche flutet, sondern auch den Trockenfutternapf, aus dem ich späterhin genervt die eingeweichte Pampe entferne. Und natürlich mit neuem Trockenfutter auffülle. Das führt inzwischen zu einer grandiosen Konditionierung meinerseits, denn wann immer ich jene untrüglichen akustischen Signale vernehme, schmeiße ich alle angefangene Arbeit von mir und eile herbei, um vor Narses zu katzbuckeln.

Gut, dachte ich, ich werde mich an Narses neueste Marotte auch gewöhnen, wie ich mich an Billunds Undankbarkeit gewöhnt habe. Dachte ich, denn an Minka, die aller Minkamacken zum Trotz die unkomplizierteste Mieze in Alltagsdingen wie Fressen o.ä. ist, habe ich dabei nicht weiter gedacht, was sich als fataler Fehler erwies. Offenbar betrachtete sie sich Billunds Kopieverhalten und Narses Wiederherstellung des Sonderstatus eine Weile kommentarlos, bis sie sich beleidigt dachte, dass sie sehr wohl auch ein Anrecht darauf hat, den etwas breiteren Katzenhintern nachgetragen zu bekommen. Das war vor drei Tagen, seit drei Tagen also hat sie mich prächtig erzogen und meine frühen Morgenstunden sehen seither so aus:

Fütterung von Billund wie oben beschrieben.
Fütterung von Narses wie oben beschrieben.

Fütterung von Minka wie folgt;
Nachdem alle anderen gesättigt abgezogen sind, schreitet Madame Minka
in die Küche, wobei sie den Schweif hoch erhoben wie ihr Haupt trägt, hopst anmutig auf die Arbeitsplatte neben der Spüle, setzt ein zuckersüßes, ohnehin in Sachen Süße einzigartiges Minkagesicht auf und sagt dabei leise *"brrtl."*, was ich frei mit "Jetzt ich" übersetze. Ein vor ihren Augen gefüllter Napf steht Sekunden später vor ihrem hübschen Näschen auf der Arbeitsplatte, aber das alleine genügt nie, nein, ehe sie sich zu ernähren bemüht, zwinkert sie mich mehrmals an, lässt sich den Rücken streicheln, die Schwanzwurzel krabbeln und bequatschen. *(Das ist für dich Minkemaus. Mein Mäuschen. Nur für dich. etc.),* wobei sie mir gelegentlich Kopfnüsse verpasst. Dann endlich beginnt sie zaghaft, dann leidenschaftlicher zu fressen. Ist sie damit fertig, derweil ich noch in der Küche meinen Frühstückskaffee trinke, schmust sie ein Weilchen mit der Milchdose, bis sie auch daraus zu trinken erhält. Anschließend hopst sie, nun wieder ungraziös und daher minkatypischer, davon und widmet sich ihrem Tagesgeschäft. Ich kann von Glück reden, dass sie das nur einmal täglich veranstaltet. Den ganzen Rest des Tages frisst und trinkt sie, was an der Futterstelle steht, im Gegensatz zu den anderen beiden Tyrannen. Die anderen von Narses abgeguckten Billundangewohnheiten sind glücklicherweise nicht gar so anstrengend, z.B dass sie, nun wo sie weiß, wie die Katzenklappe funktioniert, bevorzugt nachts und irrsinnig lange draußen bleibt. Wenn sie sich ihr Draußen-Verhalten von Minka abgeguckt hätte, würde man sie leider in acht von zehn Fällen vor einem verschlossenem Fenster oder der gleichwohl verschlossenen Verandatüre sichten und einlassen. Ein sehr beliebter Minkazeitvertreib, den ich anfänglich noch mit dem lakonisch geäußerten Satz: „Du hast doch eine Katzenklappe", garniert habe. Als ich begriff,

dass ihre Antwort darauf „*Brrtmek!*" heißt; Na und, ich habe auch Personal, öffne ich nur noch kommentarlos.
In diesem Sinne einen sehr schönen Tag noch
Grüßle

Der Frühsommer

Der Frühsommer begann vor ca. 2 Wochen mit drei toten Mäusen im Wohnzimmer, einem nächtlich stets aushäusigen Narses, Flöhen auf allen drei Katzen, Schmutzflecken auf des Katers Fell und den ersten kleinen Anzeichen diverser Revierschlägereien bei eben diesem. Die ersten Mäuseleichen wurden stoisch entsorgt, versorgt wurden alle Katzen mit Medikamenten gegen Flöhe, Narses Miniwunden wurden verarztet, für die Reinigung seines Fellanzuges befanden wir ihn selbst verantwortlich und inzwischen gewöhne ich mich auch wieder an Narses nächtliches Abhanden sein, da er ja zum Ausgleich tagsüber nicht weit weg ist. Meist ist er auf einem Verandastuhl oder in einer Hecke schlafend vorzufinden. Weitaus mehr Schwierigkeiten habe ich mit der Wiedergewöhnung an die erbärmlichen Hilferufe nächtlich im Hause gejagter Mäuse. Tom seinerseits hat die meisten Probleme mit der Wiedergewöhnung an die von mir nächtlich für ihn gerufenen Übersetzungen dieser Hilfeschreie, mit dem Zweck, ihn zur Rettung der Nager zu bewegen, doch inzwischen befindet auch er sich wieder in seinem sommerlichen Rhythmus, sodass sich Vorfälle wie dieser im Alltag einfügen:
Nachts zwischen 2 und 5 Uhr erwache ich von den typischen akustischen Signalen einer Mäusejagd, die je Katze/ Jäger variieren. Während Billunds Jagd nur an den scharrenden Geräuschen in Teppichen verhakten Katzenkrallen (krtkrtkrrtkrt), umstürzender Dekorgegenstände (dengeldengeldengel) und den

mäusischen Hilferufen (fiiipsfiips) zu erkennen ist, fügt sich bei Minka dem Genannten noch ein unaufhörliches (*brtbrtbrrtlmekbrt etc.*) zu, was vermutlich „ichkriegdichichkriegdichichkriegdich" heißen soll und bis zur Stellung der Maus anhält.
Brachte Narses Mäuse früher kommentarlos und von uns des Nachts unbemerkt herbei, um sie dann lebend irgendwo niederzulegen, bis sie von Minka eher zufällig entdeckt und gejagt wurden, so hat er seit Billunds Anwesenheit bei uns seine soziale Ader entdeckt, und schreit sie nun gleich nach seiner Heimkehr von ihrem Schlafplatz, womit er leider auch uns von unseren Schlafplätzen schreit, was uns nicht beglückt. Oft verlegt Billund die Jagd ins Katzenklo, wo der Nager getötet und zugescharrt wird, was für mich beim morgendlichen Katzenkloreinigen häufig unangenehme Überraschungen bereithält. Bin ich also einmal erwacht und sitze aufrecht im Bett, pflegt Tom nur verschlafen "was ist?" zu murmeln, worauf ich erwidere, dass eine Mäusejagd stattfindet. Es entwickelt sich ein Kurzdialog nach dem Muster:
Tom: „Na und?" (umdrehen)
Tiane: „Die piepst so traurig." (unglücklichen Ton in die Stimme legend)
Ab hier gibt es zwei Möglichkeiten, die beide mit dem Versuch der Mäuserettung durch Tom enden. Entweder erhebt er sich sofort murrend und entwindet den Tigern die Beute, oder aber ich erhebe mich schimpfend über meine beschränkten Fähigkeiten vom Rollstuhl aus Mäuse zu retten, und gestalte meine Versuche so laut und entnervt, dass er baldigst hinzueilt und mich unterstützt, damit das Spiel bald ein Ende habe, und er zurücksinken kann in den Schlaf der Gerechten. Tote Mäuse des Morgens sind entweder von uns unbemerkte oder von den Katzen bereits tot ins Haus geschleppte.
Zu früh gefreut hatten wir uns, als wir feststellten, wie

Narses darauf zu verzichten begann, uns morgens zwischen 4 und 6 Uhr zwecks Füllung aller Katzenfutternäpfe wach zu randalieren, denn der Friede war ein Waffenstillstand und hielt nur wenige Tage an. Nach Ende des Waffenstillstandes änderte er die Kampfmethode. Pflegte er früher zur Erreichung seines Zieles die Kleiderschranktüren auf zu zerren und mit Gewalt wieder zuzuschlagen, kombiniert mit anschließendem Kratzen am Türrahmen zum Schlafzimmer, schreit er jetzt nur noch, was mich bei erster Anwendung zutiefst erschreckte, da ich damit rechnete, ihn nach meinem sofortigen Erwachen und Herbeieilen verletzt vorzufinden. Stattdessen finde ich ihn im Badezimmer neben dem Wasserhahn des Waschbeckens stehend, und bei meinem Erscheinen mit forderndem Blick, der erst weich wird, wenn ich den Hahn angestellt habe. Nachteilig dabei ist, dass ich mich dadurch früh morgens verquollen im Spiegel betrachten muss, von Vorteil hingegen, dass ich gleich auf die Toilette gehen kann. Eigentlich muss ich das alles nicht, da nicht nur der Wassernapf an der Futterstelle noch voll ist, sondern auch im Badezimmer ein für Narses stets gefülltes Wasserglas bereit steht.
Anfänglich fand ich es noch reichlich dreist, mich wegen des Wassers zu wecken, doch mittlerweile habe ich mich daran gewöhnt und sinke danach gleich wieder zu Bett.
Die Flöhe auf und in allen drei Katzen waren recht schnell beseitigt, sieht man mal von Narses ab, dem auch nach der Anwendung des ersten Medikamentes gelegentlich Flöhe vom Fell purzelten und von uns daher noch ein paar Tage weiter behandelt wurde. Wobei natürlich auch die eine oder andere Zecke entdeckt und entfernt wurde.
Eigentlich gibt es darüber hinaus nichts weiter zu erzählen. Billund und Narses spielen täglich im Garten Fangen und Verstecken, was besser anzusehen ist, als das beste Fernsehprogramm. Billund pflegt leider bevorzugt in den Blumenbeeten und damit auf dauerhaft in den Boden

gepressten Zierpflanzen zu schlafen und manchmal wird das erholsame Dösen meinerseits auf der Gartenliege dadurch unterbrochen, dass sie auch im Garten Mäuse findet, die gerettet werden müssen. Vögel fängt sie glücklicherweise nicht, was meine ärgste Befürchtung war, so dass wir insgesamt drei vogelfreundliche Katzen haben. (Minka hatte in ihrem ersten Jahr mit Freigang bei uns mal drei Tage einen Vogelfang-Exzess, der sich aber bald gelegt hatte) Minka, die mit den anderen Katzen ja nicht wirklich etwas zu tun haben will, hat bei gutem Wetter ihr Lieblingsspiel wieder entdeckt, nämlich mit mir im Garten Nachlaufen spielen. Natürlich dauerte es nicht lange bis sie wieder damit begann, mir bei der Gelegenheit überall hin nachzulaufen, auch wenn ich Haus und Grundstück verlassen möchte. Dies führt dazu, dass ich bei Besuchen bei einer befreundeten Nachbarin drei Häuser weiter auch immer gleich eine Minka mitbringe, sehr zur Freude deren Tochter, die daher in Minka ihre Lieblingskatze gefunden hat. Völliges Verlassen des Dorfes durch mich mit dem Auto gestaltet sich deshalb schwierig, da Minka bei heruntergelassenem Verdeck häufig auf die Persenning hüpft und mitgenommen zu werden wünscht. Meine Hinweise, sie würde bei steigender Fahrgeschwindigkeit hinunter purzeln und verletzt werden, missachtet sie, so dass ich meist damit beschäftigt bin, Minka wieder ins Haus zu locken und die Katzenklappe auf "Einweg" zu stellen.

Billund ist es bisher ebenso gleichgültig, wenn ich das Haus verlasse, wie Narses. Wahrscheinlich wissen sie, dass ich wieder zurückkomme.

Das war es eigentlich schon.

Gestern

GESTERN kam ein Karton mit der Post. Genauer gesagt kam ein neu gekauftes Telefon, welches in einen Karton

verpackt ist und zum Schutz des Gerätes sind auch viele Styroporkugeln um dieses Gerät herum, aber was Billunds Sichtweise der Dinge betrifft, kam gestern nur ein Karton. Diesen hatte ich geöffnet, um nachzusehen, ob alles in Ordnung ist. Ich tat alles wieder zurück in den Karton und stellte ihn im Arbeitszimmer auf den Boden.
HEUTE liegen alle Styroporkugeln in noch kleinere Stücke zerfetzt nicht nur im Arbeitszimmer, nein auch in der Diele, im Wohnzimmer und sogar im Bett. Billund hat sich sehr über die Post gefreut.......
Grüße von Tiane

Was für eine Nacht

Hallo
Ich fühle mich heute den ganzen Tag so unausgeschlafen, schon als ich heute früh in die Kaffeetasse glotze, lange, als erwarte ich von der Brühe eine Erklärung, sah ich nur schwarz, was sich nicht ändert, als ich im Badezimmer den Gesichtsbereich unter meinen Augen betrachte. Natürlich könnte es an dem gestrigen anstrengenden Tag gelegen haben, daran, dass ich nach einem solchen abends auch noch ins Schwimmbad fuhr, um meine Kondition aufzubauen, aber um der Wahrheit Genüge zu tun, ich weiß es besser, also lasse ich den Abend und die Nacht noch einmal Revue passieren;
Früh zu Bett gegangen, auf schnelles Entschlummern hoffend, scheint die Hoffnung beinahe erfüllt, schwebe ich mehr schon in schlafenden Sphären, als ich jäh aufschrecke, weil neben meinem rechten Ohr ein Missklang ertönt, der ohne Zweifel von Minka stammt und eine eindringliche Aufforderung enthält, doch bitte jetzt die Zudecke anzuheben, damit sie sich dort niederlassen kann, um die ihr gebührenden Streicheleinheiten abzuholen. Gefordert, getan, dies ist nicht ungewöhnlich, gewissermaßen ein Ritual, das sich, wenn ich viel Glück habe, allabendlich wiederholt, mit viel Pech auch mehrfach tagsüber eingefordert wird, indem Madame schreiend auf dem Bette vorzufinden ist bis ich gehorche. Minka also macht es sich derart bequem, dass keine Bequemlichkeit für mich übrig bleibt, positioniert sich selbstredend so, dass ich alle erdenklichen Verrenkungen aufbringen muss, um an ihre bevorzugte Streichelstelle, namentlich ihren Bauch, zu gelangen. Wie jeden Abend schnurrt sie übermäßig laut, redet ab und an ein wenig, döst zum Schluss ein wenig ein, erwacht mit einem Laut der Empörung, ob ihrer eigenen Dummheit, sich so wehrlos ausgeliefert zu haben (sie erschreckt sich immer vor sich

selbst) und geht dann, nicht ohne mich noch müder zurückzulassen. Ich genieße daraufhin ca. 45 Minuten, die ich gnädiger Weise schlafen darf, erwache durch eine Wiederholung des oben Genannten Vorganges, diesmal jedoch ein klein wenig variiert, da sie sich entschließt, sich nicht zu empören und in meinem Arm einzuschlafen. „Gut", denke ich, „dann kann ich ja auch schlafen." Diverse Versuche eine gemütliche Lage zu finden scheitern, weshalb es ein wenig länger dauert, bis ich eindöse, doch bald darauf wieder erwache, weil sich, den Geräuschen nach, ein ausgewachsener Rottweiler unter der Decke befindet. Mich noch in einem Albtraum wähnend, lupfe ich vorsichtig die Decke, meine angstgeweiteten Augen treffen auf die gelb glänzenden Minkas, ich atme auf, fühle aber vorsichtshalber noch nach, ehe ich mich aufmache die Ursache ihres Zornes zu ergründen. Ein Blick an das Fußende bringt die Gewissheit; dort liegt Billund, die sich augenscheinlich dachte, da Tom auf einer Schulung sei, sei in diesem Bett genügend Platz für alle Katzen. Vom Knurren unbeeindruckt und zusammengerollt schläft sie den Schlaf der glücklichen Katzen, derweil Minka angesichts dieser Schmach, das Bett mit einer anderen Katze teilen zum müssen, knurrend das Weite sucht und es vermutlich im Gästezimmer findet, das noch immer ihr bevorzugtes Schmollzimmer ist.

Auch Gut! Ich wickele mich wieder in die Decke, wünsche ab hier ungestört weiter zu schlafen, was ich auch darf und zwar, wie mir ein Blick auf die Uhr zeigt bis ca. 2 Uhr Nachts. Zu diesem Zeitpunkt muss ich mich schlafenderweise auf den Rücken gerollt haben, den piksende Vorgänge auf meinem oberen Brustkorb und seltsame Geräusche sorgen für das beinahe ungewollte Öffnen meiner Augen, die sofort Billund erkennen, wie sie freundlicherweise auf mir den Milchtritt vollführt. Mein Erwachen begrüßt sie mit einem Augenzwinkern, das ich

freundlich zurückgebe und weil ich ohnehin schon wach bin, streichele ich sie noch ein Weilchen, bis sie sich auf meinem Schlüsselbein links wieder zusammenrollt und döst. Für mich gestaltet sich das Einschlafen in dieser Haltung und mit dem Ballast ein wenig problematisch, doch schließlich gelingt es mir und ich erwache erst eine gute Stunde später erneut, da sich neben meinem Kopf eine Besitzstandsdebatte zwischen Narses und Billund abspielt, denn der Herr des Hauses ist endlich Heim gekommen, nur um dort Anarchie vorzufinden. Er weiß sehr wohl, was ihm gehört und ich gehöre eindeutig dazu. Er platziert sich neben meinem Kopf, nachdem Billund mit Protestgeschrei unter dem Bett verschwunden ist. Ich bin sauer. Natürlich auch genervt und müde, aber in erster Linie sauer auf den Kater, da ich weiß, wie oft er gewöhnlich das Bett mit Billund zu teilen bereit ist. Noch immer schimpfend, inzwischen hellwach, finde ich mich in der nächsten Sekunde bäuchlings quer im Bett liegend, den Kopf heraushängend mit Blick auf Billund, den Arm verrenkt als sei er aus Gummi, um ihr in irgendeiner Weise tröstende Streicheleinheiten und Worte zukommen zu lassen, und als ich mich scheinbar Stunden später wieder aufrichte, finde ich Minka skeptisch zuschauend im Türrahmen stehen. "Minka! Was möchtest du denn?" frage ich in dem Bemühen den genervten Unterton aus der Stimme zu nehmen, worauf sie ausführlich mit *„Brrttmeoww!"* antwortet, sich umdreht und mit wackelndem Hintern davon schlendert. Ich übersetze dies frei mit; Ich wollte nur mal gucken ob das Bett wieder frei ist.
Aus der Diele höre ich noch *"MeeeIIIooo!*
Irrenhaus heißt das und sicher hat sie damit Recht. Ich seufze, lege mich nieder und...... „AAAAIIIII!!!!"
Das bin ich. Man muss es nicht übersetzen. Es erklärt sich von selbst, begreift man, was Narses mit ins Bett gebracht hat. Eine Mäuseleiche liegt neben ihm, zwischen uns. Im

Bett. Blutflecken sind gleichwohl zu entdecken, offenbar aus der Halsader stammend. Das hat er noch nie getan!
"Narses! Warum machst du das?"
Eine Antwort erhalte ich nicht, wohl aber ein müdes Zwinkern. Wacher kann niemand sein, als ich das Bett verlasse, zuerst die Maus entsorge und dann den Kater zwecks abziehen des Bettes von eben diesem vertreiben möchte, was nicht so leicht ist. Die Nachtschicht war anstrengend, er hat nicht nur Mäuse gefangen, die er gefressen hat, sondern auch mir eine mitgebracht, die ich offenbar gar nicht zu schätzen weiß, daher murrt er seinen Protest zuerst leise, dann immer lauter heraus, derweil ich ihm erkläre, er könne wohl nicht erwarten, dass ich in diesem Bettzeug noch schlafe, und was er sich bei so etwas wohl denkt. Ob sie überhaupt alle verrückt geworden sind. Warum das jedes Mal ein solches Theater ist, wenn Tom nicht Zuhause ist. Ob ich Katzen bei mir wohnen habe, oder vielleicht doch Tyrannen, oder einfach nur Irre, und so weiter und so fort, und während ich so vor mich hin schimpfe, das Bett neu beziehe und mir gelegentlich dabei die Haare raufe, steht Minka erneut im Türrahmen
"Was gibt es da zu gucken?"
Beleidigtes Abdrehen. Dann erscheint Billund auf dem Bett, um unter dem neuen Laken zu spielen, was die Arbeit natürlich zeitaufwendiger gestaltet. Es steht Narses daneben und wartet ab, bis sein Bett neu gemacht ist. Ich bringe das Bettzeug direkt in die Waschmaschine, trinke auf diesem Weg gleich in der Küche ein Glas Wasser, nehme mir aus dem Wohnzimmer ein Buch mit, erwäge sogar kurz, eine nächtliche Radtour zu machen, was ich aber verwerfe, da Minka mir gewiss folgen würde, kehre zurück ins Schlafzimmer, wo ich Narses und Billund friedlich nebeneinander im Bett vorfinde, lasse die Nachtischlampe an und lese.
"Brrtt!"

Minka! Also wieder Decke lupfen und streicheln. Ich knipse das Licht aus und nach einer Weile schlafen auch wir ein. Tiane mit drei Katzen friedlich im Bett.
Warum nicht gleich so? Und immerhin, vier Stunden durfte ich dann noch schlafen.
Müde Grüße

Betreff: Putzsucht

Billund ist putzsüchtig, ehrlich. Ich habe noch nie eine Katze gekannt, die sich so oft und ausgiebig wäscht. Manchmal scheint es mir, als täte sie das den lieben langen Tag, was mich insofern erstaunt, da Narses das in diesem Alter nie gemacht hat. Die Welt galt es zu entdecken, was allemal spannender ist, als sich zu pflegen.
Anders Billund. Nicht nur sich selbst wäscht sie, am liebsten wäscht sie alle Lebewesen in ihrem Haus, also auch Narses, der das gelegentlich duldet. Bei Minka versucht sie es nur hin und wieder noch einmal, wird aber sofort vertrieben, woraufhin sie sich umdreht und woanders weiter putzt, denn hat sie einmal, bei sich selbst, angefangen, gibt es für sie kein Halten mehr. Manchmal springt sie aufs Sofa, wo ich lese und fängt an, meine Arme zu waschen. Ich frage mich wirklich was das soll?
Ist das eine Marotte? Eine Billund spezifische oder hat jemand anderes auch schon einmal Erfahrung mit einer solchen Katz` gemacht?
Das würde mich wirklich interessieren
Grüße
Tiane

Betreff: Radtour

Nach langer Abwesenheit melde ich mich kurz (na ja kurz...), nur um zu berichten, wie es Narses, Minka und Billund geht. Gut, glücklicherweise, bestens, um genau zu sein, denn auch der Besuch unserer Freunde aus Deutschland mit Hund Tara wurde so unproblematisch, dass es darüber überhaupt gar nichts zu erzählen gibt, sieht man davon ab, dass Narses den Hund einmal geschlagen hat. Nur einmal, eine Besserung zu sonst, und dass auch noch, man lese und staune, ohne Verwendung ausgefahrener Krallen. Narses, auf meinem Schoß liegend, tief und feste schlafend, brachte damit lediglich ausgesprochen gutmütig zum Ausdruck, dass diese Störung durch Beschnüffeln seines Hinterteiles jetzt nicht erwünscht war. In der Zeit dieses lieben Besuches gingen wir jeden Morgen vor dem Frühstück 6 Kilometer joggen. D.h. alle joggten, nur ich radelte mit meinem Rollstuhlbike, was kräftemäßig so ziemlich auf dasselbe hinausläuft, und natürlich lief Tara mit. Allmorgendlich. Das machte Spaß und war auch bezüglich der Figur sehr förderlich, weshalb ich das auch gerne nach der Abreise des Besuches weiterhin getan hätte, doch dies, das war mir klar, gestaltete sich wegen der Katzen, respektive der beiden Katzendamen sehr schwierig, da sie mir beide zu folgen pflegen, wenn sie auch nur entfernt mitbekommen, dass ich das Grundstück ohne Auto verlasse. Was sie in der Zeit des Besuches nicht taten, da ja der „doofe" Hund dabei war, doch nun aber war er wieder weg, was für mich ein Rückfall in die "Vorbesuchsära" bedeutete, sprich; Radeln nur möglich, wenn
a.) Minka und Billund feste schlafen
b.) Minka und Billund im Hause sind und von mir eingesperrt werden, oder
c.) Anschrauben des Handy-Bikes an den Rolli, Füllen der Wasserflasche mit isotonischem Getränk nebst Ablegen

derselben im Fahrradkorb, Sportkleidung anziehen, ins Haus zurückkehren und warten, bis sich eine Situation ergibt, in der ich schnell raus preschen, von einem Rollisitz in den anderen springen und davonjagen kann.
Solche Situationen sind z.B Minka im Nachbargarten und Billund, die gerade gefüttert worden ist, denn Essen hat bei ihr noch immer Priorität.
d.) Radeln, wenn Tom Schichtfrei hat, so dass er die Katzen aufhalten bzw. einfangen kann.
d.) traf zu an einem Tag in der letzten Woche und der Versuch einer Radtour gestaltete sich wie folgt:
Alles ist vorbereitet, das Rad und ich fahrbereit, mein suchender Blick schweift kurz über die Gebüsche der Zufahrt, findet nichts und also radele ich los, froh, wenigstens zweihundert Meter weit zu kommen, bis ich plötzlich von einer herbei preschenden Billund eingeholt werde. Billund und ich bremsen zeitgleich und während sie mich mit freudiger Erwartung anglotzt, wende ich mich um, nicht verstehend, warum Tom das nicht verhindert hat, denn dazu ist er ja schließlich mit raus gekommen. Der sich mir bietende Anblick erklärt diese Frage von selbst, denn mein Göttergatte, neben dem Briefkasten platziert, hält sich ein undefinierbares kleines Gerät vor das Auge, welches sich bei näherem Hinsehen als Videokamera entpuppt. Resigniert wende ich mich wieder der Fahrtrichtung zu und radele weitere 100 Meter, hoffend und bangend, Billund wäre dies nun zu weit und sie kehre um.
Ich kehre um. Billund natürlich mit. An der Abbiegung zur Dorfstraße bleiben wir beide stehen, sie noch immer fröhlich, ich immer gereizter, mit beiden Händen Richtung Tom wedelnd.
"Warum machst du nichts!!!?"
"Was denn?"
"Zum Beispiel aufhören zu filmen und Billi fangen!"
Natürlich tut er dies nicht, filmt lieber frohgemut weiter,

derweil ich die Abzweigung zur Dorfstraße entlang blicke und Narses aus einem dort gelegenen Gebüsch latschen sehe. Müde noch vom Outdoorschlaf, aber doch sehr interessiert ob unseres Geschreis.
"Nein", rufe, ich, „das auch noch!"
Dennoch entschließe ich mich zu wenden und es erneut zu versuchen. Immerhin kommt Billund lediglich die nächsten 100 Meter mit, wo sie sich unter einem geparkten Anhänger platziert und eine abwartende Haltung einnimmt. Ein Blick zurück, beschert mir Narses, immer noch vor dem Gebüsch stehend und die absurde Situation beäugend, meinen Mann, immer noch mit der Videokamera neben dem Briefkasten und Billund, noch immer unter dem Anhänger. Aha, atme ich auf und lege einen Zahn zu. Das aber muss Minka auch getan haben, sonst würde sie mich, die einen enormen Vorsprung hat, nicht so schnell eingeholt haben. Ich rufe „NEIN!", bremse mit quietschenden Reifen und kehre um. Zurück zum Haus, dabei nach wenigen Metern nicht nur von Minka, nein, auch noch von Billund und Narses begleitet. Ich fahre humorlos an Tom vorbei, der noch immer filmt und sich freut und beschließe die Radtour auf unbestimmte Zeit zu vertagen.
Das war alles. Ich fuhr dann gegen 21. Uhr, was wegen des schönen Wetters kein Problem war.
Vielmehr gibt es auch nicht zu erzählen, nur noch, dass Tom vor einiger Zeit eine Katzenbürste gekauft hatte, da Narses sich momentan so selten wäscht, dass er auszusehen begann, wie ein räudiger Straßenkater, von Tom "Krätze Luigi" genannt. Narses wird nun einmal täglich intensiv gebürstet und sieht seither wieder prächtig aus, darüber hinaus genießt er diese Prozedere sehr. Nichtsdestotrotz dachte sich Tom, jetzt wo wir die Bürste einmal haben, müsse er alle Katzen bürsten. Dies hat unter anderem zur Folge, dass Narses nicht nur schön ist, sondern auch nicht mehr fuselt, es sei denn er liegt auf schwarzer Bügelwäsche, Minka als Silvertabby

noch immer fuselt, aber nicht schöner geworden ist, weil das nicht mehr steigerungsfähig ist, Tom zerkratzte Arme hat, weil Minka die Bürste wirklich bescheuert findet und den "Bürstenhalter" gleich mit, und Billund....?
Tja, Billund. Nach zwanzigmaligen Streichen mit der Bürste über Billunds Fell erreichte Tom eine Ausbeute von drei einzelnen Billund-Haaren, die in der Bürste hängen blieben, womit sich bestätigte, dass sie Haare hat wie ein Dackel. Im Übrigen hat sie ihr Gewicht in dem halben Jahr ihres Hierseins rapide verdoppelt, so dass sie nun irgendwie quadratisch aussieht. Breit wie hoch eben, aber noch nicht dick.
Mäuse werden noch immer mit besonderer Vorliebe angeschleppt, was ja nun nichts Neues ist, lediglich gesteigert durch Billunds enorm ausgeprägten Jagdtrieb. Morgens ist sie immer weg. Man sieht sie mitunter bis zu drei Stunden nicht, so dass wir uns immer fragten, wo sie sich in dieser Zeit herumtreibt, doch diese Frage ist nun seit einiger Zeit geklärt. Denn vor ca. 2 Wochen, an einem Samstag, trug es sich zu, dass ich bereits um 11 Uhr früh auf der Gartenliege in der Sonne herum lungerte und seitdem leider weiß, dass Billund in dieser Zeit jagt. Ausschließlich. Stundenlang. Tom fand bei Gartenarbeiten eine Deponie zahlreicher toter Mäuse. Uns wundert ihr Erfolg, denn geschickt ist sie nicht. Definitiv nicht. So beobachteten wir eines schönen Sommerabends, wie sie in einer Tanne unseres Gartens herum kraxelte, was nicht nur nicht sehr grazil aussah, sondern vielmehr auch zum Scheitern verurteilt war, da sie nach einer Weile mit dem Bauch auf zwei Ästen zum Liegen kam, mit allen Vieren in der Luft hing und sehr lange darüber nachdachte, wie sie sich aus dieser erbärmlichen Lage wieder befreien solle. Dies taten wir für sie und suchen seitdem auch immer auf Bäumen, wenn Billund mal eine Zeit überfällig ist.
Überfällig war auch Minka vor einigen Wochen für mehrere

Stunde, für sie durch und durch untypisch, weshalb wir nicht bloß Minka-Schreiend durch Garten und über die Straße liefen, ich brach bei der Gelegenheit auch sofort in Tränen aus, da Minka kommt, wenn ich sie rufe, und zwar sofort, immer und mit Text. Als ich nach zwei Stunden Suche flennend im Wohnzimmer hockte, Tom und der zu Besuch weilende Freund weiter suchten und meine Freundin mich tröstete, war sie diejenige, die auf die Idee kam, mal in den Schuppen der Nachbarn zu gucken. Wir fanden Minka bereits im ersten Nachbarschuppen, aus dem sie leise schimpfend heraus marschierte. Minka war gar nicht, ich stark traumatisiert. Sie war sauer, weil das nicht schneller ging.
Und das war eigentlich schon alles Neue aus Løvel.
Bis bald und viele Grüße
Tiane, Billund (neben mir schlafend), Minka (im Bett schlafend) und
Narses (mal wieder aushäusig)

Impfen

Ich bin genervt! Minka! Sie schmollt mal wieder, ist zutiefst beleidigt, denkt nicht im entferntesten daran zu schnurren, wenn ich sie streichle und zu besänftigen versuche, knurrt vielmehr rottweilergleich und schlägt meine liebkosende Hand in die Flucht. Was passiert ist?
Nichts weiter, heute war lediglich Impftag, d.h. unsere Tierärztin kam um halb zwölf, der dösende Narses wurde vom Stuhl gepflückt, in die Küche getragen, geimpft, zurückgetragen, wo er prompt erneut einnickt und die Impfung nach zweistündigem Schlaf komplett vergessen hat. Hiernach sucht Tom Minka, findet sie, trägt sie herbei, ihre Augen weiten sich panisch, sie wird gegen jeden Widerstand geimpft, sie sprintet hinfort und beginnt zu schmollen. Ich hasse das! Das geht jetzt noch mindestens

drei Tage so, in denen ich stündlich mit besänftigen Worten um sie herumschleichen muss, immer wieder auf sie einredend, wenigstens versuchend sie zu streicheln, ihr Leckerlis mitbringend, mich dauernd verprügeln lassend, beruhigende Lieder mit irrem Text singend, in denen mindestens zehnmal das Wort Minka in allen Variationen vorkommt; von Minkamaus über Minkimäd, bis hin zu Minkelino. Oh ja, diese Katze ist musisch veranlagt. Nichts liebt sie mehr, als besungen zu werden und pflegt sie nach einigen Minuten meines liebevollen Gesanges für gewöhnlich laut schnurrend ihren Kopf an meinem Kopf zu reiben, so wird sie morgen darauf höchstens mit einem Minimalschnurr, recht leise von der Dauer von nur 5 Sekunden antworten, was ja schon ein ungeheurer Fortschritt zu heute wäre. Ach, was bleibt mir übrig als zu seufzen und traurige Lieder von verschmähter Liebe zu singen, in denen mindestens dreimal das Wort Minkahexe vorkommt.

Billund wurde nicht geimpft, das ist erst im Dezember fällig, aber Billund ist diejenige Katze, der man die OP-Fäden unter leichter (leicht, weil nicht lange andauernd) Vollnarkose ziehen musste, nachdem Versuche ohne Narkose an ihrer mehrmaligen Flucht und einer nicht enden wollenden Jagd durch das ganz Haus endeten. Billund ist jene unserer Katzen, die die Tierärztin hasst, abgrundtief verabscheut. So verschlief sie Narses und Minkas Impfung weitgehend, kam erst hinzu, als wir mit der TÄ noch ein Weilchen in der Küche standen, bewegte sich auch leise trötend in ihre Richtung, ließ sich gar streicheln, doch plötzlich setzt das Erkennen ein, ihr Fell sträubt sich und Billund entflieht unter das Bett, unter dem sie sofort wieder hervorkommt, nachdem die TÄ das Haus verlassen hat. Von uns wird sie noch eine halbe Stunde danach im Flur gesichtet, mit Blick zur Türe, dumm herum stehend und der deutlichen Frage im Gesicht, warum, oh warum nur diese

Frau gar nichts von ihr wollte. Bin ich geimpft? Habe ich es nicht gemerkt? Und warum habe ich es nicht gemerkt? Fragen, auf die sie die Antwort erst im Dezember erhalten wird, ein Ereignis, auf das ich mich nicht gerade freue und ich bin sicher, die TÄ auch nicht.
Wie auch immer, nun werde ich Minka suchen und ein wenig besänftigen.

Maus

Als ich heute Morgen nach dem Aufstehen das erste Mal das Wohnzimmer betrat, deuteten schon verschiedene Anzeichen auf den Aufenthalt einer Maus in eben diesem hin. Im Eingang lagen Gräser und Strohhalme in unterschiedlicher Größe. Selbiges befindet sich stets als Beilage im Maul der Katze, die die Maus nach Hause bringt. Darüber hinaus schlief Narses zwar auf dem Sofa, Minka und Billund allerdings in merkwürdiger Körperhaltung vor dem Wohnzimmerschrank, als wären sie während der Belagerung desselben eingeschlafen. Ich machte mir keine Sorgen, da die Maus entweder durch die Terrassentür fliehen könnte, dich ich sofort öffnete, oder sie aber gejagt würde, sobald sie wieder auftaucht, und ich spätestens dann versuchen könnte, sie zu retten. Ca. eine Stunde später erwischte ich Klein-Billund beim Herumturnen in den Gardinen, was ich durch Ablenkung mit einer Katzenangel unterbrach. Derweil ich mit ihr spielte, wunderte ich mich darüber sehr, da sie noch niemals zuvor an der Gardine getobt oder gerupft hatte, nicht einmal, wenn sich diese im Wind bewegt. Jetzt bin ich auch dem auf den Grund gekommen. Seit etwa einer Stunde schlafen Narses, Billund und Minka und da sie das nicht im Wohnzimmer tun, traute sich die Maus aus ihrem Versteck und dieses war/ist die Gardine, bzw. die Gardinenstange, auf der sie

augenblicklich von links nach rechts und wieder zurück herumrennt. Ich bin ratlos. Mäuschen wagt sich offenbar nicht an den Abstieg. Aufstiege sind immer einfacher, zumal sie bei dem auch noch von der Angst, gefressen zu werden getrieben war. Doch nun ist die Terrasse einladend, keine Katze rührt sich und sie würde gerne hinunter. Ich stehe ideenlos davor, da ich wegen meiner fehlender Beine bzw. des Aufenthalts im Rolli nicht helfend eingreifen kann. Und niemand der mir helfen könnte ist greifbar, lediglich ein paar Nachbarn sind offenbar Zuhause, aber mit keinem von denen bin ich befreundet und es ist in deren Fällen anzunehmen, sie dächten, ich fürchte die Maus (was man so von Frauen denkt) und sie würden sie töten statt retten. Selbst wenn man eine Fremdsprache recht gut beherrscht, sind Missverständnisse nicht auszuschließen, das ist mir in meinem ersten Jahr in DK bei einer anderen Maus durchaus passiert. Ich weiß, dass dieses Posting sicherlich nicht zur Rettung der Maus dient, aber mich macht das hilflos, Maus tut mir unsäglich leid. Ich kehre jetzt zur Gardinenstange zurück und versuche ihr zumindest Mut zuzureden.
Bis dann
Tiane

Katerangriff

Seit geraumer Zeit streunt ein großer schwarzer Kater u.a. auch in Narses Revier herum und markiert zu dessen Leidwesen auch noch seine Büsche. Dass es bereits häufiger zu mittelschweren Konflikten zwischen den beiden gekommen ist, ist alleine schon an Narses kleinen Ohrverletzungen der jüngsten Zeit erkennbar, ebenso an nächtlichem Geschrei, dass uns erschreckt hoch fahren und alle Türen aufreißen lässt, um Narses herbei zurufen, der dann auch oft genug breitbeinig und mit stolzgeschwellter Brust nach Hause kommt, so dass wir uns zurück legen und

weiter schlafen können. Letzte Woche, am späten Abend allerdings war Narses, Revierkater und Held, Beschützer aller im Hause lebenden Katzendamen, Zuhause und döste auf meinem Bauch, derweil ich las. Plötzlich ertönt ein lauter Katzenjammer, der sich verängstigt und so überhaupt nicht nach Angriff anhört. Zeitgleich schmeiße ich das Buch zur Seite und Narses steht an der Verandatüre, mit nervösem hin und her wedelndem Schweif. Noch ehe er sich ungeduldig Richtung Katzenklappe aufmachen kann, um von dort aus zur Hilfe zu eilen, öffne ich die Türe. Wegen des dadurch verursachten Geräusches verschreckt, flieht der schwere schwarze Kater unter unserem Gartentisch Richtung Hecke quer durch unseren Garten. Narses, inzwischen vollständig aufgeplüscht, eilig hinterher, derweil ich mich umsehe, und in der hintersten Ecke unter dem Tisch Klein-Billund entdecke, leicht zitternd und die auf mein Rufen hin sofort herbei kommt und mir auf den Rolli hüpft. Sie beginnt zu schnurren und schmiegt sich an mich und ich muss sagen, ich bin ehrlich erschüttert, als ich an ihrem linken Ohr eine kleine blutende Wunde entdecke. Was ist denn das für eine Art, eine kleine hilflose Billund auf ihrem eigenen Grundstück zu verprügeln?
Von Narses und dem Eindringling höre ich aus der Ferne lautes Gekreisch`, da die Pferde auf der Weide der anderen Straßenseite wiehern, befürchte ich, sie sind durch das in ihrer Sichtweite stattfindende Theater auch noch aufgebracht, aber Narses kommt bald zurück und hat keine neuen Wunden. Jedenfalls keine sichtbaren. Dass dieser Fremdling auch ausgerechnet unsere kleinste Katze angegriffen hat, macht mich immer noch böse. Ich verstehe das schon alleine deshalb nicht, weil ich bisher immer dachte, so richtig prügeln würden sich nur zwei Kater miteinander. Dieses Ereignis lässt mich allerdings Eines vermuten: Der schwarze Kater ist vermutlich der Grund für Narses augenblickliche Unterdrückung der im Hause

lebenden Katzendamen. Denn oft prügelt er beide einfach durch die Katzenklappe ins Haus, was Billund einfach geschehen, Minka allerdings nicht wehrlos über sich ergehen lässt. Sie wehrt sich immer, ist unglaublich wütend, schlägt und faucht nach dem Kater, der nun offenbar doch nur ihr Bestes will. Weiber sind so undankbar. ;)

Neues von der Maus II

Die gestern Abend von Billund herbeigeschleppte Maus vermochte ich bekanntermaßen nicht mehr zu retten, allerdings wurde sie auch nicht von einer der Katzen getötet. Die vergangene Nacht gestaltete sich vergleichsweise undramatisch; ich erwachte nur einmal schreckhaft, als sich die Jagd kurzfristig ins Schlafzimmer verlagerte. Eine Jagd übrigens, die von Billund veranstaltet wurde. Ich war zu müde um einzuschreiten, zumal sich die Rettung von Mäusen in Anwesenheit hellwacher Katzen als aussichtslos erweist. Ich schlief ein. Ungestört.
Als ich heute früh aufstand, schlief Minka im Bett, Billund auf dem PC-Stuhl und Narses in der Duschtasse, im Haus lagen weder tote Maus noch Erbrochenes einer Katze, das auf das Verspeisen einer Maus hindeutete und also ging ich duschen, was ich in der Badewanne auf einem Duschlift tue, und hatte den dabei in der normalen Duschtasse nun nur noch halbdösenden roten Prachtkater Narses im Augen, der nicht mehr zusammengerollt, sondern mit einer nach vorne ausgestreckten Pfote da lag und das Leben genoss. Etwas, bemerkte ich beim Abtrocknen, schien seine Aufmerksamkeit zu erregen und als ich schließlich im Rolli saß, konnte ich erkennen, was das Subjekt seines Interesses war; Die Maus! Jene, die hektisch und planlos neben der Dusche die Personenwaage dreimal umrundetet, von dort zum Mülleimerchen läuft, schließlich eine Pause neben dem

Klobürstenständer einlegt, dabei von Narses müde zwinkernd beäugt. Mehr nicht!
Des Katers Augen weiten sich nicht, sein Leib erhebt sich nicht, seine Pfoten bleiben regungslos. Ich für meinen Teil, inzwischen in Bademantel gehüllt, öffne die Haustüre und schicke die Maus raus. Ich beobachte das eine Weile, bis sie tatsächlich flieht und widme mich weiterhin meiner Morgenhygiene.
Narses! Er verliert an Mäusen jegliches Interesse, sind sie einmal im Haus. Das war schon immer so.

Billund und die Birke

Juli 2000 in Lovel/DK
Vergangene Woche, an einem sonnigen Tag, wollte ich gegen Mittag zu einem größeren Einkauf in die Stadt aufbrechen, und steuerte zu diesem Zweck mein Auto im Carport an. Da ich kurz zuvor durch das Fenster erspäht hatte, wie der Briefträger unseren Kasten mit reichlich Post beglückt hatte, machte ich zuerst einen Abstecher zu diesem, und derweil ich lange in den Briefen las, versammelten sich kurze Zeit drauf alle drei Katzen in unserer Zufahrt, wovon ich wenig begeistert aufstöhnte, denn ich schätze es nicht gerade, wenn sie dort umhergeistern, kurz bevor ich rückwärts aus der Einfahrt steuern muss.
Doch noch war es nicht so weit, zuerst noch vollendeten sie ein idyllisches Bild. Minka, die Schönste von allen, sofern sie nicht wenig grazil umherhopst, schnupperte malerisch an Blumen, Narses, nur zeitweise bestrittener Revierkater, fläzte sich selbstbewusst mitten auf den Bürgersteig und Dummlund, Verzeihung; Billund sprang ihrem jugendlichem Alter angemessen ein wenig hinter Hummeln und umherfliegenden Blättern im Wind her.
Sobald es mir gelingt im Auto zu sitzen, <u>ohne </u>Minka auf der

Persenning, was ein schwer zu erreichendes Ziel ist, kann ich ja schlichtweg hupen und rückwärts herausfahren. Doch soweit bin ich lediglich gedanklich, real stehe ich noch neben dem Briefkasten, blicke Narses nach, der gelassen auf das Nachbargrundstück schlendert, wende mich um, um zu entdecken, wie Minka gleichwohl gemächlichen Schrittes auf mein KFZ zu geht und höre Geräusche, die in etwa nach "Schrappschrapp" klingen, was mich veranlasst das Haupt zu heben, denn neben unserem Briefkasten, respektive neben mir, befindet sich eine sehr große Birke, in deren ungefähren Mitte nun Billund hockt und zu mir hinab glotzt. Ich seufze, nein, um die Wahrheit zu sagen, ich stöhne laut auf, denn meine Erfahrungen mit Billund haben mir deutlich aufgezeigt, wie gering ihr intellektuelles Potential ist. Natürlich ist sie von allen Bewegungsabläufen her fähig, einen Baum zu erklimmen und wieder hinunter zu springen. Und natürlich ist sie auch Willens dazu, doch ist sie ein sehr gutes Beispiel für die Wiederlegung der Aussage, "wenn man will kann man alles". Im Grunde möchte, **will** sie sofort wieder hinunter, ich sehe es deutlich an ihrem Gesichtsausdruck, und den sich in Sekundenschnelle über ihrem Haupt ansammelnden, immer zahlreicher werdenden, imaginären Fragezeichen, doch wo der Wille ist, scheint kein Weg, wenn doch, so in die falsche Richtung, denn sie setzt ihre Pfoten leider auf einen mittelgroßen Ast, der für alle außer Billund erkennbar nach oben führt. Was sie spät bemerkt.
Es fügen sich neue Fragezeichen den bereits schwebenden hinzu und sie sagt: *"Mii"* (Was mach ich jetzt?) Das aber noch zaghaft und mit vollem Vertrauen in meine rettende Hand. Doch die ist weit entfernt, durch die simple Tatsache meiner selbst im Rollstuhl, etwa noch einen Meter weiter entfernt, als bei einem zu Fuß gehenden Dosenöffner. Durch meinen Kopf fließen Gedanken wie: *Ich kann doch auf keine Leiter! Sind Nachbarn Zuhause? Wie ist noch gleich*

die Telefonnummer der Falk (Feuerwehr in DK) usw. Diese Gedanken schnell verscheucht, rufe ich in munterem Tonfall: "Billimaus komm da runter!"
„*Brtt*", antwortet sie und gibt dem nächsten Ast Köpfchen.
"Nun komm schon." (noch immer munter und auffordernd) Ihre Vorderpfoten bewegen sich nach unten, die Krallen sind glücklicherweise im Einsatz, obwohl es mich auch nicht gewundert hätte, hätte sie das vergessen. Die Pfoten bewegen sich wieder zurück.
 "Billund bitte!" (Eindringlicher) Pfoten pfoteln planlos umher.
"Ja genau, jetzt noch ein Bisschen nach links. NEIN! Falsche Richtung!! Nicht dahin, da hängst du fest! Oh Gott!"
Billund, nun bäuchlings auf einem Ast liegend, derweil alle Viere in der Luft hängen, scheint ratloser, falls das möglich. Etwa zur gleichen Zeit raufe ich mir unterhalb der Birke alle Haare und uns beiden steht derselbe Text im Gesicht geschrieben: *Wasmachichnur, wasmachichnur, wasmachichnur,* wohingegen in Minkas Gesicht, seit geraumer Zeit neben mir stehend und wie ich starr nach oben glotzend, zu lesen steht: *Wasmachendienur? Wasmachendienur?*
Billund unterdessen verharrt nicht lange, versucht wenigstens wieder festen Ast unter die Krallen zu bekommen.
Als ich mich wegen eines Geräusches umwende, sehe ich Narses von seiner Inspektion des Nachbargrundstückes zurückkehren, zuerst Minka und mich musternd, dann unseren nach oben gerichteten Blicken folgend, erstarrend! **DAS** ist sein Baum! **DAS** ist der Baum, auf den er zu jagen pflegt, wenn Tom und ich abends nach Hause kommen, um uns unmissverständlich zu zeigen, was für ein toller Kerl er ist.
Reglos steht er mitten auf der Straße und blickt erzürnt, die

Ohren legen sich flach an seinen Kopf, ich beginne zu zittern, überlege, ob ich ihn wegjagen soll, überlege zu lange, denn bereits in der nächsten Sekunde befindet er sich im Baum. Blätter und kleinere Äste segeln hinab, begleitet von aufdringlichen Schrappschrapp-Geräuschen landet Billund plötzlich, wie es sich für eine Katze gehört, auf allen vier Pfoten, neben mir und Minka auf dem Boden und rast in mörderischer Geschwindigkeit in den Garten. Narses folgt ihr nicht, vielmehr legt er sich dekorativ in eine Astgabel und plant offenbar, sich dort länger einzurichten, alleine um den Besitzverhältnissen deutlich Ausdruck zu verleihen. Minka folgt langsam Billunds Spur in den Garten und ich fahre einkaufen. Ohne Minka auf der Persenning

Zwischenbericht
Sommer 2000 Lovel/DK

Täglich stattfindende Verfolgungsjagden zwischen Minka und Billund werden von mir nur noch aus den Augenwinkeln wahrgenommen, klirrende, dengelnde, plumpsende Geräusche irgendwelcher umstürzender Gegenstände haben sich der normalen, alltäglichen Geräuschkulisse hinzugefügt und veranlassen lange niemanden mehr, sofort aufzuspringen und nachzusehen. Dass alle Drei gleichzeitig gefüttert werden zu wünschen, versetzt mich nicht mehr in Stress und alle zwei Tage wird das Sofa abgerückt, um Billunds Schätze zu heben, sprich, verlustig gegangenen Wert und andere Gegenstände einzusammeln und zu ihrem ursprünglichen Platz zurück zu bringen. Gelegentlich liegen tote Mäuse im Haus. Die toten im Fressnapf gehören Narses, die toten im Katzenklo Billund, und die, von denen nur noch ein Schwanz oder Organ im Wohnzimmer liegen, in der Regel Minka, weil sie als einzige mit Mäusen das tut, was Katzen mit Mäusen machen sollten, namentlich Fressen. Für den Spielkram der

andern hat sie nur ein müdes Lächeln übrig.
Vor zwei Wochen waren Toms Eltern zu Besuch und da sie zu dem einzigen, selbst katzenlosen Besuch gehören, der des Nachts die Türe zum Gästezimmer verschließt, wurden sie von drei Katzen innerhalb von zwei Tagen umerzogen, da diese zwei Nächte in Folge gleichzeitig und in halbstündigen Abständen wie die Irren an der geschlossenen Türe kratzten, rupften, klopften und randalierten, bis sich meine Schwiegereltern lieber Schlaf herbeisehnten, denn verschlossene Türen. Auch das Schließen der Badezimmertüre hat Narses ihnen abgewöhnt, nachdem er einmal, des Nachts von meinem Schwiegervater versehentlich im Bad eingesperrt wurde, erwachte und das Bad auseinander nahm. Da sich dieses gegenüber vom Gästezimmer befindet, wurden wir von diesem Intermezzo nicht behelligt, bekamen den Abbruch des Badezimmers nicht mit, sondern konnten weiter schlafen und anderntags nur Lächeln, als uns davon übernächtigt erzählt wurde. Das wäre es auch schon, wäre der gestrige Abend nicht gewesen. Narses, Billund und Minka sind seit Stunden im Garten, tatsächlich im Garten, und nicht wie sonst in unendlichen Weiten des katereigenen Reviers, wobei Minka gelegentlich zurück ins Wohnzimmer hopst und wieder hinaus, Narses und Billund wechselseitig nachlaufen spielen und dabei von uns gelegentlich als vorbei huschende Schatten gesichtet werden. Gegen halb neun platzieren Tom und ich uns vor dem Fernseher, was Minka für eine gute Idee hält, also hockt sie sich zu uns und die Abendidylle kann beginnen. Wir machen uns keinerlei Gedanken über Kleinbillunds Aushäusigkeit, weil ja Narses bei ihr ist, denn nicht nur in unseren Augen, auch tatsächlich hat er für Billund die Beschützerrolle übernommen. Ist sie draußen, pflegt sie ohnehin immer nur hinter ihm herzulaufen und wenn sie nach stundenlanger Inspektion zurückkehren, kehren sie immer gemeinsam zurück. Erst wenn Narses alleine kommt,

statten wir uns mit unserem "Katzen-Such-Rüstzeug" aus (Jacke, Regenschutz, Taschenlampe, Leckerli-Dose) und entschwinden, einen beliebigen Namen brüllend, in zwei verschiedene Himmelsrichtungen, aber so weit waren wir gestern Abend nicht. Wir sahen fern. Der Fernseher steht an der Schmalseite des Wohnzimmers, eine Längsseite ist verglast und hat den Durchgang zur Terrasse, der offen war, die Schmalseite des Wohnzimmers weist direkt neben dem Phonomöbel ein weiteres kleines Fenster auf, vom dem aus man auf ein kleines Stück unseres Gartens und die dahinter befindliche Dorfstraße blicken kann. Und durch dieses kleine Fenster erhasche ich jäh eine hektisch, rasende Bewegung. Ein kleiner, gestreifter Schatten, der sich in Überschallgeschwindigkeit über die Dorfstraße bewegt, was mich sofort entsetzt aufschreien und panisch mit den Armen Richtung Fenster fuchteln lässt.
"Billund!", keuche ich und mehr ist nicht nötig, da Tom an Ausdruck, Gestik und Mimik sehr wohl in der Lage ist zu erkennen, dass ich kaum ein solches Aufhebens machen würde, liefe Billund nur durch diesen Teil des Gartens. Er hechtet also sofort raus, und läuft die Straße unter Herausrufens eines dänischen Städtenamens entlang, sich nicht einen Deut um das spazieren gehende dänische Paar mit Hund scherend, das ihm auf der gegenüberliegenden Straßenseite verwundert bei der Suche zuschaut. Ich klebe derweil mit meiner Nase am Fenster, der Film ist vergessen, meine ungeteilte Aufmerksamkeit dem Tatort draußen zugewandt. Minka, mit heller Wachsamkeit in den Augen neben mir, als ich die Katzenklappe scheppern höre, mich umdrehe und erleichtert feststelle, dass Billund aufgeregt und mit aufgeplüschtem Schwanz inmitten des Wohnzimmers steht. Ich flitze in den Garten und rufe Tom zurück, er kehrt erleichtert ein, das dänische Paar mit Hund guckt noch immer konsterniert, schüttelt, Unverständnis im Gesicht, leicht den Kopf und spaziert weiter. Tom erzählt, er

nähme an, Billund habe sich so vor dem Hund erschreckt, dass sie in Panik geraten sei, wohingegen Narses im Gebüsch zur Straße hockt und noch immer in die Richtung glotzt, in die Billund verschwunden war.
"Gut", sage ich, „dann warten wir ein halbes Stündchen und wenn er dann noch immer wartet, müssen wir uns etwas einfallen lassen."
Sprachen es und sahen weiter fern.
Nach dem "Tatort" also geht Tom nachsehen und derweil Billund es sich auf dem Sofa bequem gemacht hat und ratzt, wartet Narses noch immer im Gebüsch auf ihre unversehrte Heimkehr und natürlich versucht Tom ihm mit menschlichen Worten begreiflich zu machen, sein Warten sei nun unsinnig, da die kleine Madame längst zu Hause sei, aber leider beschließt er entweder uns nicht zu verstehen, oder aber es besser zu wissen, so jedenfalls blickt er Tom an; als habe er nicht mehr alle beisammen und wisse nicht was er rede. Also kehrt Tom wieder ein, froh, nicht mehr von besagtem Paar mit Hund in inniger Zwiesprache mit einem Gebüsch gesehen worden zu sein. Nach dem halbstündigen Betrachten einer Doku, mit der schlafenden Billund und der aufmerksam sich weiter bildenden Minka auf dem Sofa, beschließen wir beide noch einmal nach Narses zu sehen, öffnen die Haustüre und rufen im Chor: NARSES!
Zunächst geschieht nichts, nach Wiederholen einer seiner zahlreichen Spitznamen aber, flitzt Besagter eiligst an uns vorbei, peilt den Beginn der Zufahrt an, hopst auf den Briefkasten und späht, für uns keinerlei Blick übrig. Wir hingegen gucken irritiert drein, zucken die Achseln und beschließen, genug getan zu haben. Gegen Ende der Doku klappert die Katzenklappe, ein Katzenschatten entschwindet in der Küche, die daraus erlauschte Geräuschkulisse deutet auf den Verzehr von Trockenfutter hin, Aha, denke ich; Narses ist zurück, also gehe ich mal nachschauen. Billund,

erwacht wie immer, wenn jemand die Küche, Ausgabestelle aller Katzenfuttersorten, betritt, mir dicht auf den Rollirädern und so sehen wir Narses ein paar Sekunden beim Fressen zu. Verdrießlich blickend, die Stirn gerunzelt, spachtelt er sich halb voll, schaut hoch, erkennt Billund, stutzt eine Schrecksekunde lang und langt ihr eine. Heftig, genau zwischen die Ohren. Ehe er empört Richtung Schlafzimmer verschwindet, sagt er noch: Maaanz!, was wahrscheinlich das heißt, was wir alle ganz früher, in unseren wilden Teenagerjahren von unseren sich sorgenden Eltern gehört haben, wenn wir einfach nicht zur verabredeten Uhrzeit nach Hause gekommen sind.

Heute früh scheint sie Stubenarrest zu haben, denn immer, wenn sie hinaus geht, jagt Narses sie kurz darauf wieder hinein, aber sie gibt nicht auf, was bedeutet, dass es hier heute früh ziemlich laut zugeht und Minka mal zur Abwechslung nicht verfolgt wird.

Narses übrigens übt seit geraumer Zeit die Katzenklappe zu benutzen, ohne sie mit dem Kopf aufzustoßen, denn offenbar scheint ihn das sehr zu stören. Bisher kann er sie zwar mit einer Kralle hochheben, schaffte es aber noch nicht, schnell genug den Kopf hindurch zu schieben. Ich drücke ihm die Daumen und wundere mich nicht wenig über seine Klugheit.

Zurück in Deutschland
2007, 5 Jahre in Deutschland, in der Nähe von Köln

Da Narses ja krank war, nun aber auf dem Weg der Besserung, ja eigentlich schon wieder gesund, munter, demnach auch randalierend und aufsässig ist, solange er noch eingesperrt war und ich aufgrund dessen eine Woche Urlaub genommen habe, möchte ich nun die Zeit nutzen, zusammenfassend zu berichten, was nach unserem Umzug aus dem kalten DK in das merkwürdigerweise nun auch kalte Deutschland geschah. (So kalt hatte ich es nicht in Erinnerung.)

Anlässlich der langen Autofahrt war ich zuvor in großer Sorge, wohl wissend, dass Narses den Transport in einem KFZ absurderweise als lebensbedrohlich einzustufen pflegt und während der gesamten Zeit in einem solchen vor Stress hechelt wie ein Hund, Billund das Auto als solches auch nur am Tag ihrer Heimführung vom Flughafen der Stadt Billund in ihr neues Heim schön, warm und gemütlich fand und sich danach immer mehr wie Narses verhielt. Minka, die Prinzessin des Hauses, sieht einer Autofahrt gelassen entgegen, da es für sie nicht mehr ist als das, was es tatsächlich ist: Ein Transportmittel von einem Ort zum anderen. Generell betrachtet sie das animalische Verhalten der anderen mit enormer Herablassung.
Um es also den Katzen und somit auch uns so einfach wie möglich zu machen, informierte ich mich über homöopathische Beruhigungsmittel, fand das Richtige, und verabreichte es zweien von dreien, wie es der Beipackzettel empfahl, 1 h vor Abfahrt.
Unsere Trommelfelle und auch Minkas, können bezeugen, dass die korrekte Einnahmezeit 2 h vor Abfahrt gewesen wäre. Das Geschrei und Gekreisch endete erst bei Flensburg, zu jenem Zeitpunkt waren wir unter erschwerten

Bedingungen bereits mehr als eine Stunde unterwegs. Aber ab hier gestaltete sich die Fahrt entspannter. Das Mittel wirkte, die Katzen waren frei im Heck des Kombis, schliefen überwiegend, derweil Minka, von all dem ziemlich unbeeindruckt, im vorderen Fußraum döste und angelegentlich aus dem Fenster schaute.

In unserem neuen Heim war es selbstredend geplant, die Tigere zunächst nicht rauszulassen, bis sie sich an ihr neues Zuhause gewöhnt hatten, aber leider mussten wir feststellen, dass wir Narses handwerkliches Genie unterschätzt hatten, denn ehe wir uns versahen, baute er ein fest installiertes Fliegengitter aus, welches am Küchenfenster befestigt war, aus und entschwand. Daraus lässt sich folgern, dass alle bereits am ersten Tag Freigänger waren.

Narses und die Nachbarskatzen

Als wir in unser Haus einzogen, wohnten nebenan drei Kater mit Namen Romeo, Micky und Tiger, alle unterschiedlichen Charakters und Aussehens und alle von den Vorbesitzern unseres Hauses gewöhnt, unseren Garten einschließlich das Haus als ihr Revier zu betrachten. Dann erschien Narses. Zusammenfassend sei erklärt, dass wir die ersten 3 Monate permanent wegen Abszessen beim TA waren, wobei sich das umgekehrt genauso verhielt, was glücklicherweise das nachbarschaftliche Verhältnis der Zweibeiner nicht beeinträchtigte. Für Narses, aus DK nur wenig fremde Konkurrenz gewöhnt, war das der pure Stress. Er bewachte die Straße, den Garten, die Felder, seinen Lieblingsnachbarsgarten am unteren Ende der Straße, wo aber leider auch noch ein schwarzer Kater wohnte, mit dem er Gefechte austrug, und, vor allem beschützte auch noch sein eigenes Haus vor Micky, denn Micky pflegte in Narses'

Küche Narses' Trockenfutter zu fressen, Minkas und Billunds Katzenklo zu benutzen und Narses' Menschen zu beschmusen. Jede zweite Nacht, wenn nicht gar jede Nacht, schreckten wir aus dem Bett, weil vor der Tür Geschrei erklang, welches ankündigte, dass gleich zwei Kater eine tobende Kugel bilden werden, und in einer solchen Nacht musste ich der Tatsache ins Auge blicken, dass wir mit Narses einen Soziopathen beheimateten. Denn von Geschrei geweckt, wache ich auf, mache Licht und sehe noch, wie Billund und Minka völlig aufgeplüscht aus dem Schlafzimmer Richtung Wohnzimmer rasen, wo die eine auf der Sofalehne und die andere vor der Terrassentüre verharrt, starr glotzend. Ich harre und glotze nicht anders durch die Glastür, erkenne jedoch zunächst nichts, weil meine menschlichen Augen in der Finsternis nichts erkennen können, weshalb ich die Außenbeleuchtung anknipse. Das alles untermalt von Gekreisch und Gejammer eines sehr aggressiven Katers, den ich an der Stimme erkenne, mich nicht wenig wundernd, dass Narses der einzige ist der kreischt. Im nun erhellten Gartenteilstück sehe ich einen schwarzen (Romeo), einen grau-weißen (Micky) und einen getigerten (Tiger) Kater mit kaum merklich irritierten Blicken im Halbkreis stehen, auf den rotgetigerten Berserker blickend, der vor ihren Augen tobt und aufgeplüscht auf fünffache Größe und plärrend ohne Unterlass ihr Verschwinden verlangt. Sie verschwinden nicht, stehen und glotzen. Da die die drei Genannten vor uns keine Angst haben, fliehen sie nicht, als sie meiner Angesicht werden, stattdessen blicken sie mich an, über ihren Häuptern zahlreiche Fragezeichen. Narses, völlig verblendet, hat ja ohnehin keine Angst vor mir, was also tun?
Ich entschließe mich einfach, mit dem Rolli rauszufahren und mich zwischen ihnen zu platzieren. Immerhin ziehen die drei darauf ohne Eile ab, so, als würde sie die Ein-Kater-Show nun langweilen, wandern sie gemächlich davon.

Narses eilt natürlich dem Kleinsten und Schwächsten, namentlich Micky, hinterher, der, wie wir hören, anderntags zum TA musste. Wir atmen auf, als die Nachbarn dann fortziehen. Nur 4 Kilometer weiter und Micky kommt manchmal immer noch.

Der Club

Unsere Straße, eine Sackgasse, endet auf Feldern und im letzte Haus vor den Feldern wohnen Luzifer (schwarzer Kater) und Paris Hilton, die ihren Namen nicht aufgrund ihrer Schönheit trägt. Paris ist Billund in jeder Beziehung sehr ähnlich und dürfte auch über einen Gehirn-Reset-Schalter verfügen, der jeden Abend neu betätigt wird. Luzifer, Paris, Narses, und vier weitere namentlich nicht bekannte Katzen vom in der Nähe gelegenen Bauernhof treffen sich seit 2004 jeden Sommer am Feldrand und dösen, wenn es sehr heiß ist, in der Sonne. Das ist sehr praktisch, weil wir Narses nicht mehr so oft suchen müssen. Minka und Billund gehören nicht zu diesem Verein, weil sie nur noch in das "kleine draußen" gehen, welches unser mit Efeu bewachsenen Palisaden umschlossener Garten ist. Theoretisch könnten sie, wie Narses auch in das "große draußen", aber sie wollen das nicht.
Die trügerische Eintracht am Feld heißt keineswegs, dass hier nicht genügend Kater übrig bleiben, mit denen sich Narses prügeln muss, aber das macht er jetzt wenigstens nicht mehr alleine, denn die anderen Clubmitglieder sind ebenfalls daran interessiert, Fremde nicht in ihr Gebiet zu lassen.

Billund und das "kleine draußen"

Billund ist hier deutlich glücklicher als sie es in DK war, denn der dortige Garten war für eine so kleine Katze mit einem so geringen intellektuellen Potential zu groß und zu offen. Nun ist alles überschaubar, und wenn die Sonne scheint, ist das kleine Billchen den ganzen Tag an der Luft und glücklich, was sich u.a. darin äußert, dass sie sich permanent im Gras herumkugelt, nach Blättern, Halmen, Hummeln und für uns Unsichtbares jagt. Sie ist bereits 7 Jahre alt und ignoriert das standhaft. Sie ist rund geworden, was ihr den von uns liebevoll gemeinten Kosenamen Würstl eingebracht hat. Würstl freut sich jeden Morgen über den neuen Tag, was sich in morgendlichen Begeisterungsrufen und an -mich- reiben äußert, sobald der Wecker klingelt. Schreckhaft ist sie leider noch immer, denn sobald ein Traktor durch die Straße fährt, türmt sie unter das Bett, ebenso bei der Müllabfuhr, dem Schrottsammler und den alljährlich statt findenden Schützenfest-Kanonenschlägen. Ich gebe zu, dass ich bei dem ebenfalls jährlich statt findendem trommelnden und trompetenden Schützenumzug genauso entgeistert drein blicke, aber ich pflege mich dabei nicht unter dem Bett zu verstecken.

Im "kleinen draußen" also ist Billund die glücklichste Katze der Welt. Nur leider pflegt sie alle Lebewesen hereinzuschleppen, die sie dort findet, was sich bedauerlicherweise nicht auf Mäuse beschränkt. An einem Montagmorgen, die Betonung liegt auf Montag, der ein Werktag ist: Ich schleppe mich gerade aus dem Bett Richtung Küche, zwecks Zubereitung der ersten, rettenden Tasse Kaffee, eilt sie aufgeregt und freudig, sich immer wieder nach mir umblickend, vor mir her, und platziert sich am Ziel in eben jener Küche neben einem Etwas, das ich auf den ersten Blick, müde blinzelnd, nicht zu erkennen vermag. Bei genauerer Betrachtung vermute ich neben den Katzenfutternäpfen einen großen, schleimigen, bräunlichen Haufen, der sich nach dem dritten Blinzeln als Kröte entpuppt. Billund, mit stolzgeschwellter Brust, sagt: „Miau!"

Die Kröte sagt: „Quok!"
Ich sage verblüfft: „Oh nein!"
Und als nächstes: „Schahatz! Kommst du mal?"
Letzteres ist an Tom gerichtet, der schichtfrei hat und denkt, er könne noch einige Stunden schlafen, doch weil er weiß, dass ich ihn nie wecken würde, könnte ich mir selber vom Rollstuhl aus helfen, kommt er ohne zu murren an geschlurft, folgt mit den Augen meiner ausgetreckten Hand und sagt: „Ne!"
Ich sage: „Doch!"
Worauf die Kröte „Quork" sagt und unter den Tisch hopst, Billund eilig hinterher. Tom, der gleichwohl wenig Lust hat, die Kröte anzufassen, schiebt eine Fliegenklatsche unter sie, mit der Absicht sie darauf neben den Gartenteich zu tragen, doch das Instrument biegt durch und zerbricht schließlich, was die Kröte zu einem weiteren Hops und Quork veranlasst. Billund folgt ihr, und streckt weiterhin stolz die Brust, uns erwartungsvoll anblickend. Schlussendlich trägt Tom die Kröte mit dem Käcker raus und verschließt vorsichtshalber die Klappe. Der Tag geht seinen gewohnten Gang.

Nun haben wir seit April eine Wasserschildkröte, die ein Abgabefall war, weshalb wir zu sagen pflegen, sie wäre uns zu geschwommen, und die wir Krimhild genannt haben. Billund, als einzige Katze an ihr interessiert, beguckt sie mit der Faszination des Entsetzens, und ich bin sicher, eines Tages wird Krimhild unfreiwillig durch die Katzenklappe in die Küche gelangen.

Stehen geblieben war ich bei Billund und ihrer Zufriedenheit mit dem "kleinen draußen", respektive unserem kleinen, mit einem für sie schützenden Palisadenzaun umstandenen Garten. Da wir für Narses keine Extraklappe durch den Zaun gebaut haben, er demnach

einfach über einen Palisadenpfahl in die ferne hopst, wäre dies theoretisch auch für Billund und Minka möglich, doch Billund will nicht, jedenfalls meistens nicht und wenn sie also doch will, klebt ihr das Pech an den Pfötchen. Es gab einen dunklen Morgen, da will sie und ich merke es nicht gleich nach dem Aufstehen, merke es nicht nach dem Morgenkaffee, merke es nicht nach der Morgendusche, denn ich denke, verblendet, verwöhnt von ihrem "immer Zuhause sein", gar nicht an eine solche abwegige Möglichkeit.
Narses schläft auf meinem Straßenrollstuhl, Minka auf ihrem mit Fischen bedruckten Schlafdeckchen auf der roten Lederottomane im Arbeitszimmer und Billund wird schon irgendwo sein, denke ich, als ich jäh Gezeter und Geschrei von der Straße kommend vernehme. Ich halte inne, sehe Narses schlafen und sage zu Tom, wohl wissend, dass er nichts hören will, da er ja eigentlich selbst noch schläft: "Hast du das gehört? Der Narses kann damit aber nichts zu tun haben, der liegt hier und schläft."
Ich wage zu behaupten was mein Mann in diesem Moment denkt, nämlich *Ich auch. Ich liege hier und schlafe.*
Doch ich höre aus dem Schlafzimmer nur ein leises murren: „Was gehört?"
Narses schläft weiter, Tom wartet meine Antwort erst gar nicht ab und tut selbiges, als mit mörderischem Knall und Scheppern die Katzenklappe schlägt, ich Billunds Schatten in gleichwohl mörderischer Geschwindigkeit an mir vorbei hetzen sehe, stracks unter das Bett, wo sie zitternd verbleibt und zu meiner vollkommenen Irritation scheppert und dengelt es im Wohnzimmer derart unbeirrt weiter, dass Minka sich aus ihrer schlafenden Position erhebt, und mit latent genervtem Gesichtsausdruck aus der offenen Arbeitszimmertür guckt.
Narses guckt nicht.
Tom auch nicht.
Aber ich gucke, und was ich sehe, lässt mich entsetzt

aufschreien und hektisch zu Narses eilen, denn im Wohnzimmer tobt ein schwarz-weißes Katzentier, welches Billund wohl auf der Straße gestellt, bedroht und in ihr Heim verfolgt hat. Nun weiß es nicht mehr raus und springt kopflos an der Terrassentüre, sowie am Sofa hoch und leider auch gegen die Türe, was einen solchen Radau verursacht, von dem Tom nicht erwacht, sehr wohl aber Narses.
Da wo er liegt, kann er die Ursache des Lärms nicht sehen, aber den Kopf hebt er bereits, seine Ohren zucken interessiert und in mir steigt eine Panik auf, die der des verirrten Katers in nichts nachsteht. <u>Wenn Narses das merkt können wir renovieren!</u>
Ich erreiche eilig denselben, lege die rechte Hand mit sanftem Druck auf seinen Leib und schreie sinnvoller Weise in Narses gespitzte Ohren: „Komm schnell! Bevor der Narses das merkt!"
Aus dem Schlafzimmer ertönt: "Was merkt?"
In Narses Gesicht steht: *Was merkt?*
Ich rufe: „Tom bitte!"
Tom schlufft raus, sein Gesichtsausdruck ist dem Minkas nicht unähnlich, doch als er um die Ecke ins Wohnzimmer kommt, erwacht er schlagartig.
So auch Narses, der bis dahin immerhin schon auf seiner Schlafstätte steht statt liegt.
Die Männer des Hauses sprinten um die Wette, Tom liegt in Führung, reißt die Terrassentüre auf, der fremde Kater türmt, und beinahe wie durch ein Wunder schließt sich die Türe noch vor Narses, ebenso wie die Katzenklappe, vor die vorsichtshalber noch ein in der Nähe stehender Zimmerbaum geschoben wird. Narses schüttelt sich, schlendert an Minka, immer noch zornig blickend, vorbei, rollt sich auf dem Rollstuhl ein (der vielleicht daher seinen Namen hat :) und schläft weiter. Wir müssen nicht renovieren. Wir müssen nicht einmal zum Tierarzt.

Darüber hinaus hat Billund leider noch die schreckliche Angewohnheit mir zu folgen, wenn ich mich mal entschließe, Narses nach langer, sehr langer Abwesenheit zu suchen, wobei sie mir hoch zu den Feldern nachläuft. Warum sie das tut, entzieht sich meinem Verständnis, denn jeder kann sehen, dass sie dabei Angst hat. Sie fürchtet sich so sehr, legt deshalb den gesamten Weg platt auf dem Boden rennend zurück und weil das so ist, währt meine Suche dann auch nie lange. Ich habe noch nie eine Katze wie Billund gekannt, die mit den Vorderbeinen immer nach vorne strebt, jedoch mit der Rückseite ihres Leibes stets auf der Flucht ist.

Aber was gibt es über sie zu sagen, man erinnere sich an die Geschichte mit der Birke, und somit ist es wenig überraschend zu lesen, dass sie vier Jahre gebraucht hat, um die in unserem Gartenteich schwimmenden Goldfische zu bemerken, eine bemerkenswerte Leistung, trinkt sie doch beinahe täglich aus jenem Teich . Mit einem Mal fällt ihr auf, dass sie dabei stets umschwommen wird, hält im Trinken inne, stutzt, blickt zu mir, dann wieder zu den goldenen Gesellen und schimpft meckernd wie ein Zicklein in das Wasser. Seither weiß sie, dass sie darin sind. Ebenso wie Krimhild, die Schildkröte darin ist. Sie jagt weder die Fische noch Krimhild. Niemand jagt die Fische, auch Narses nicht, der aus dem Teich trinkt und zulässt, dass die elf goldenen Freunde bis zu seiner Nase schwimmen. Natürlich wünschten wir, unsere Katzen würden den Fischbestand etwas reduzieren. Im Jahr 2003 hatten wir unter einer Überpopulation zu leiden, die nur aufgrund übermäßiger Fütterung der Fische entstanden war. Es ging ihnen schlicht und ergreifend zu gut und ein potentieller Reiher hatte sie auch noch nicht bemerkt.

Es ist also Frühling 2003, und ich sehe, wie unsere Goldfische irre umher paddeln, sich gegenseitig anfallen, zu beißen scheinen, ja schier den Verstand verloren zu haben,

also rufe ich geistesgegenwärtig in einem großen Zooladen an, dessen Inhaber uns auch bereits bei der Neugestaltung des Teiches geholfen haben, stelle mich vor und sage:
„Sie führen sich auf wie Piranhas! Ich glaube, sie bringen sich gegenseitig um!"
Und höre: „Frau Altenbach, es ist Frühling."
Warum nur klingt der Mann so lakonisch?
„Und?", frage ich aufgeregt zurück.
„Die Fische haben Sex."
„Ach so, äh, ja Danke."
Im Sommer drauf hatten wir 40 Stück. Wir verschenkten sie an Freunde, Verwandte und Arbeitskollegen mit Teich.

Die Blumenspritzenmethode
Eine Erinnerung an Klein-Narses

Anlässlich der irrigen Annahme, man könne Katzen unter Zuhilfenahme einer Wasserspritze dazu bewegen, Tätigkeiten zu unterlassen, die menschliches Missfallen erregen, hier eine kleine Anekdote am Rande.
Ehe wir auf dem Land lebten und Narses noch ein Wohnungskater war, hat er so einiges in unserer Wohnung zerstört und besonders gut war er im Ent-tapezieren, besonders der Diele und dort im Besonderen einer ganz bestimmte Ecke. Tom sprühte Narses jedes Mal mit Wasser an, sobald dieser an der Tapete hoch robbte. Narses robbte trotzdem. Es schien also nicht zu funktionieren.
Eines schönen Tages, Tom sitzt im Arbeitszimmer und führt ein recht wichtiges, berufliches Gespräch, ich liege auf der Ottomane, die das Arbeitszimmer ziert, robbt Narses wieder jene Ecke hoch, hängt mit allen Vieren ca. 1 Meter über dem Boden und verrenkt sich den Hals nach Tom. Der sieht das, kann aber nichts sagen, weil das Telefonat wichtig ist, also fuchtelt er mit den Händen Richtung Narses, dann in

meine Richtung und macht die Sprühbewegung nach.
Ich übersetze das mit: *Sprüh den an! Damit er runter springt.*
Da ich von der Methode generell nicht viel halte, verweigere ich es, der Aufforderung Folge zu leisten und grinse nur, denn inzwischen rutscht Narses ca. 5 cm runter und hangelt sich mühsam wieder hoch, sein Hals weiterhin verrenkt in Toms Richtung und in seinem Gesicht die klar lesbarer Aussage: *Na los! Sprüh endlich!*
Ich kann nur lachen, Tom grinst inzwischen auch und telefoniert weiter. Ich erbarme mich unseres Katers, denn das so lange Herumhängen in der Raufaser ist anstrengend, und sprühe ihn endlich mit Wasser voll. Er hüpft erleichtert von der Wand. Allerdings wiederholt er das Spiel, sobald Tom das Gespräch beendet hat, denn nur von mir mit Wasser besprüht werden ist ja nicht dasselbe.

Jagdunfall
Sommer 2008 in der Nähe von Köln

Ehe ich erzähle, was heute früh geschah und warum es kaum zu glauben ist, muss ich vorabschicken, dass es Billund passierte. Billund ist diejenige unserer Katzen, die eine Dänische Waldkatze ist. Das ist, im Gegensatz zur Norwegischen Waldkatze, keine Rasse, sondern eine schlichte, natürliche Tatsache. Und angeblich sind Waldkatzen ja nicht domestizierbar, worüber ich nur herzhaft lachen kann. Aber deshalb sollten ihre natürlichen Instinkte gut funktionieren, ihre Jagderfolge müssten enorm sein, wie auch ihre Geschicklichkeit, aber leider war dies nie der Fall, weswegen sie ja auch bei uns lebt. Denn obgleich ihr intellektuelles Potential gering ist, war es ausreichend genug für sie, genau das zu erkennen, als sie, ca. 1/2 Jahr alt, 12/1999 in Billund um Toms Beine strich und so darum

bat, mitgenommen zu werden. Nur deshalb ist sie fidel und gesund. Im Wald hätte sie kein weiteres 1/2 Jahr überlebt, denn man bedenke: Es handelt sich um die Katze, die sich bei simplem Regen unter dem Bett versteckt, sofern er heftig ist, und von Wind begleitet.
Heute früh also, ich war im Bademantel bekleidet im Bad und schrubbte meine Zähne, hörte ich sie Miauen. Da sie sonst nur "*brrt*" in allen Varianten von sich gibt, war ein aufgeregtes "*Mieemeau*" etc., bemerkenswert, also ging ich doch mal lieber nachsehen. Im Wohnzimmer angekommen, sah ich, wie Billund eine Spitzmaus auf dem Teppich absetzte, was sie mit ihrem Gesang verkündete, die Maus hingegen verkündete mit wildem Piepsen, dass die Verschleppung nicht einvernehmlich geschah.
Wie Spitzmäuse nun mal so sind, war auch diese klein, und auf dem Teppich unter dem Wohnzimmertisch nur deshalb zu erkennen, weil Billund sie auf dem ockerfarbigen Teil des mehrfarbigen Teppichs abgesetzt hatte. Maus ward also abgelegt, angeschaut und bepfotelt, und als ich gerade ansetzen wollte, dazu etwas zu sagen, ob genervtes Aufstöhnen oder Lob hatte ich noch nicht entschieden, geschah dies:
Die Maus piept mehrfach und erregt, springt Billund an, federnderweise mitten ins Gesicht, Billund türmt unter das Bett, die Maus leider unter das nächste Möbel.
Ist das zu glauben?

Bügeln
Sommer 2009 in der Nähe von Köln

Ich bügele. Dies pflege ich in der Waschküche zu tun, bei geöffneter Türe und, wie sonst, mit ausgeklapptem Bügelbrett, jenes derartig stehend, dass ich während dieser Tätigkeit aus dem Raum hinaus in die Diele gucken kann. In

der Waschküche befindet sich das Katzenklo. Das klingt seltsam, da ich bereits oben eine Türe beschrieben habe, aber unsere Türen sind alle aus Glas (nicht durchsichtig) und haben unten einen katzenklappengroßen Ausschnitt. Und wir haben bei drei Katzen nur ein Katzenklo, weil Narses nie, niemals, unter gar keinen Umständen im Inneren eines Hauses eine Katzentoilette benutzen würde, es sei denn, er hat Stubenarrest, was höchstselten vorkommt, und wenn doch, dieser sofort aufgehoben wird, sobald er mit enormer Randale signalisiert, dass er doch jetzt bitte mal muss. Darüber hinaus verrichtet Billund ausschließlich das kleine Geschäft im Katzenklo, das größere auch draußen. Nun also bügele ich mehr oder weniger froh vor mich hin, derweil das Brett schräg neben dem Klo steht und das Kabel des Bügeleisens ausdauernd über dem Katzenklo schwingt. Derweil sehe ich Minka aus dem Arbeitszimmer kommen und etwas planlos umher streunen, wobei sie unter anderem vor der geöffneten Waschküchentüre stehen bleibt und mich anguckt. Wobei ich mir zunächst nichts denke, denn sie sucht das Bad auf. Nur um kurz drauf wieder hinaus zu kommen, mich kurz anzuschauen, eine vagen Blick auf das Katzenklo und das schwingende Kabel zu werfen und wieder zu gehen, dieses Mal in Richtung Wohnzimmer.
Mir schwant, dass sie Wasser lassen muss. Oder größeres. Ich rufe sie herbei, was sie ignoriert, stattdessen veranlasst, ins Schlafzimmer zu gehen, um es sofort wieder zu verlassen, wobei sie im Vorrübergehen erneut einen Blick zu mir hinüber wirft.
Mir schwant weiterhin, dass sie Alternativen sucht.
Ich beginne mir diese Auszumalen und sie haben erschreckende Ähnlichkeit mit unserem Sofa, unserem Wohnzimmerteppich und auch mit ihrem eigenen Prinzessinnenkissen, denn selbiges hatte sie erst kürzlich bepisst, weil Narses temporär ein Prinzenkissen daraus gemacht hatte. Seufzend erwäge ich das Bügelbrett weg zu

klappen, derweil Minka weiter streut und nun offenbar im Treppenhaus befindlich, laut meckert, was wie *"Meow"* klingt und eigentlich nichts weiter als *"Ach Scheiße"* heißt und als sie zurückkehrt in die Diele, kann ich unschwer erkennen, dass ihr Schweif schon bedenklich hinab hängt und ihr Gang merkwürdig ist.

Just in dem Augenblick, in dem ich eigentlich mit dem Wegklappen des Bügelbrettes beginnen will, steuert sie erneut das Katzenklo an. Ich verharre reglos, erstarrt blicke ich aus dem Fenster. Sie ja nicht ansehend, höre ich sie Streu kratzen und kurz drauf erlausche ich den Bach. Anschließendes scharren.

Ich bügele weiter.

Ich fand das süß, denn wir hatten mal eine Katze, die zu geringeren Anlässen eine Alternative zum Katzenklo gesucht und gefunden hätte.

Intelligenzbestien
Sommer 2009 in der Nähe von Köln

Ich glaube nicht, dass Katzen dumm sind. Jeder hat vermutlich schon bei
seiner eigenen Katze(n) Beobachtungen anstellen können, die auf das
Gegenteil hindeuten. Natürlich sind intellektuelle Fähigkeiten individuelle Fähigkeiten und ich denke nicht, dass sich Intelligenz an Gehorsam messen lässt, hier gehe ich eher vom Gegenteil aus. So hat Narses lange Zeit mit Überlegungen und Versuchen zugebracht, eine Möglichkeit der Katzenklappennutzung zu finden, ohne diese mit der Nase aufstoßen zu müssen. D.h. wir konnten ihn wochenlang dabei beobachten, wie er vor der Klappe lag und sie mit der Pfote unter Einsatz der Krallen am Gummiring in verschiedene Richtungen anhob, um zu

gucken, ob er irgendwie anders als mit der Nase zuerst da hin durch kommt. Interessant ist, dass Billund, ausgerechnet sie, dies Problem viel schneller enträtselt hatte, jedoch nicht in der Lage zu sein scheint, den Fliegenschutz im Terrasseneingang hindurch zu schreiten.
Auch die ausschließliche Nutzung des Bürgersteiges durch Narses und seine Fähigkeit vor Überqueren der Straße links und rechts zu schauen, sowie in jeder Garageneinfahrt stehen zu bleiben, um nachzuschauen, ob ein Auto kommt, spricht doch sehr für seine Klugheit.
Aber so wirklich überzeugt von ihrer Intelligenz hat mich Minka. Seit diesem Sommer haben wir eine Klimaanlage im Schlafzimmer, ein Splitgerät mit Innen und Außeneinheit. Demzufolge ist es, sofern die Temperaturen insgesamt warm bis heiß sind, im Schlafzimmer um ein Vielfaches kühler als in den anderen Räumlichkeiten, respektive auch davor.
Wir haben Türen aus Glas, diese weisen unten einen Ausschnitt in Katzenklappengröße auf, damit die Katzen die Zimmer je nach Wunsch und Neigung verlassen und wieder aufsuchen können, auch wenn die Türen geschlossen sind.
Ist das Klimagerät an, ist die Schlafzimmertüre geschlossen. Narses sowie Billund haben natürlich bemerkt, dass die Temperatur im Schlafzimmer eine andere ist, und finden das entweder doof oder schön, befassen sich aber sonst nicht weiter mit dieser Frage, das erwartet man von einem Tier, egal ob Hund oder Katze, auch nicht.
Nun aber sah ich Minka, wie sie soeben das Schlafzimmer verließ, was mir eigenartig vorkam, da ich sie dieses gerade erst aufsuchen gesehen hatte. In der Diele stehend, duckt sie sich noch tiefer und späht durch die Klappe zurück ins Schlafzimmer, geht wieder hinein, späht von dort nach draußen, kommt wieder hinaus, späht erneut nach innen und guckt mich an.
Geht wieder zurück ins Schlafzimmer, wohin ich ihr folge und ihr zusehe, wie sie den Raum abwandert, bis ihr auffällt,

dass unterhalb des neuerdings oben an der Wand befestigten Gerätes kühle Luft in Bewegung ist. Sie schaut das Gerät an, dann mich, dann das Gerät und legt sich anschließend auf das Bett, wo sie zufrieden blinzelnd die Pfötchen einklappt.
Minka also hat das Rätsel gelöst. Geben sich Narses und Billund mit dem Temperaturunterschied zufrieden, so wollte doch wenigstens ihre königliche Hoheit herausfinden, wie es zu diesen Temperaturunterschieden kommt.
Minka also ist fähig analytisch zu denken.
Minka ist ohnehin ganz anders als die anderen.

Ein Vogel

Derzeit bin ich Zuhause, krank geschrieben, weil ich gestern im Schnee mit dem Rolli umgestürzt war, also nicht hinausgefallen, sondern nach hinten gekippt, wobei ich mich mit der rechten Hand abfing und diese ist nun, nach einem langen gestrigen Tag in der Röntegenabteilung eines Krankenhauses sichergestellt, verletzt und bandagiert. Und so wurde ich Zeuge jenes zu schildernden Intermezzos. Ich räume einhändig die Küche auf, das geht eigentlich gar nicht, wenn man im Rollstuhl sitzt, weshalb dauernd irgend etwas zu Boden fällt, als mich ein dongelndes,dumpfes Geräusch aufschreckt, den Schrecken auch verbal äußere, das heißt ich fluche. Mein Gemahl, gleichwohl im Schichtfrei Zuhause und ein wenig verärgert über meinen Aktionismus (so heilt das nie) antwortet lakonisch aus dem Arbeitszimmer: „Was ist los, Was ist dir runtergefallen?"
Worauf ich nicht weiter eingehe, und ihn herbeirufe, denn es ist ein Vogel, in der größe einer Schwalbe, gegen unsere Terassentüre geflogen, der nun benommen im Schnee hockt und sich nicht rührt. Wir beschliessen, ihn hineinzuholen und unter eine umgestülpte Klappkiste vor die Heizung zu

setzen, in der Hoffnung, dass er sich wieder aufrappelt und falls nicht, ihn zum Tierarzt zu fahren. Das Arrangement stellen wir in der Diele auf, derweil Narses im Schlafzimmer der Tätigkeit nachgeht, nach der dieser Raum bezeichnet ist und Minka selbiges im Wohnzimmer auf dem Sofa tut. **SIE** also hätte das durchaus bemerken können.
Billund bemerkt es. Sie steht zwischen Wohnzimer und Küche und guckt. Ihren Blick richtig einzuschätzen, ist uns nicht möglich. Nach etwa einer halben Stunde, Billund verharrt weiterhin am selben Fleck, nun eher glotzend, denn guckend und keinesfalls zu der Kiste mit Vogel hin, erinnere ich Tom an denselben und er schaut nach, bedauerlicherweise lupft er die Kiste. Der Vogel flieht, Minka blinzelt müde, über Billunds Haupt türmen sich imaginäre Fragezeichen. Nun fliegt Vogel durch unsere Küche, um sich auf der Küchenzeile schließlich einen Rastplatz auszusuchen, nicht ohne zuvor panisch in die Küche zu koten, wobei er aufgeregt und hektisch zwitschert, was immerhin Narses zum Anlaß nimmt, zu erwachen, um extrem müde und dröge glotzend neben Billund Platz zu nehmen, die ihrerseits noch immer nichts versteht. Wir öffnen die Terassentüre, alle im Hausinneren befindlichen Türen und die Haustüre und stellen uns neben Narses, der sich den Schlaf aus den Augen reibt, und Billund, abwartend, was da nun kommen sollte. Nichts kommt. Minka blinzelt und streckt eine Pfote entspannt nach vorne, den Vogel müde betrachtend. Dieser startet seinen Fluchtflug zielgrade aus der Terassentüre hinaus. Minka rollt sich wieder ein, Narses streckt sich und geht zurück ins Bett und Billund?
Billund denkt nach. Ich bin nicht sicher, ob sie verstanden hat, dass sich IN unserem Haus ein Vogel befunden hatte, der sogar zwitschernd auf sich aufmerksam gemacht hatte. Immerhin bitte ich zu bedenken, dass sie 4 Jahre benötigt hatte, um die Fische in unserem Gartenteich zu bemerken.

Könnte sie sprechen, säße sie in 3 Jahren vermutlich neben mir vor dem Fernseher, grübelnd in sich gekehrt, und würde sagen: „Du ich glaube, das, was sich im Oktober 2010 in unserer Küche in der Luft bewegt hat, war ein Vogel."

Ein Hund

Eine größere Umbaumaßnahme führt dazu, dass der Garten temporär nicht mehr vollständig umzäumt ist, und das zuweilen zu seltsamen Verwicklungen und plötzlich vorhandenen neuen Haustieren führt.
Ich füttere heute abend die Schildkröte, dabei gemütlich am Teich sitzend, die einzelnen Stücke frißt sie mir aus der Hand. Billund schaut zu, Minka will das Schildkrötenfutter, da es so nett nach Fisch riecht und das sie nicht bekommt. Denn das hatten wir voriges Jahr in Form von Billund, die die Dose aufbekommen hatte und tagelang unter Magen-Darm-Beschwerden litt. Stattdessen gebe ich Minka im Anschluß an die Krimhild-Fütterung ein Leckerchen explizit für Katzen. Billund nicht. Sie weiß nicht, wie man das frißt, weil es länglich ist und ich weiß nicht, wie sie ohne uns überleben würde. Das wusste sie aber bekanntlich auch nicht, und deshalb ist sie ja hier. Narses seinerselbst kommt in dieser Anekdote nicht vor, denn das Wetter ist Sommer und in diesem ist er ein anderer Kater, respektive auf dem Felde. Billund also betrachtet sich die Erdaufschüttung im Garten, geht ums Eck, beguckt den Bagger, der im Garten steht, derweil ich im Haus Minka füttere und hiernach das Bad aufsuche. Aus diesem komme ich wieder hinaus in Richtung Küche/Wohnzimmer, ergo Terassentüre, Billund hetzt mir entgegen, in eigentlich unbeschreiblicher Weise, dennoch versuche ich hier eine Beschreibung: Die Ohren

sind nach hinten gelegt, der Gesichtsausdruck verschreckt, die Schritte trippelnd, jedoch eilig; an mir vorbei, die Treppe zum Dachgeschoßzimmer hinauf, auf der oberen Stufe verharrend, panischer Blick zum Wohnzimmer.
Ich wundere mich nicht. Über Billund wundere ich mich nie. Sie erschreckt sich vor Hummeln, wenn es sein muss und sie zu laut summen. Solcherlei denkend, als ich im Wohnzimmer ankomme und dort steht: Fine!
Der Hund von nebenan!
Nun ist Finchen zwar groß, aber sehr süß. Darüber hinaus nur frech, wenn sie sich sicher fühlt. Sicher fühlt sie sich in meinem Wohnzimmer nicht und nicht einmal mein Rollstuhl bewegt sie zum Bleiben. Sie türmt.Sie verläßt den Garten und unseren Grund. Kurz darauf inspiziert Billund den Garten erneut.

Ein Huhn

Aus zuvor beschriebenen Gründen erwähnte ich bereits, dass sich Tiere aller Art und Gattung neuerdings in unseren zaunlosen Garten verirren. So auch vergangenen Sonntag, an dem Tom Dienst hatte und also früh aufstand, was ich ihm, obschon im Wochenende, gleich tue. Derweil ich also am Esstisch sitze, Zeitung lese und Kaffee trinke, schweift mein Blick aus dem links neben mir befindlichen bodentiefen Fenster, weil ich im Augenwinkel eine Bewegung wahrgenommen hatte. Was ich sehe, ist ein Tier, keinesfalls eine unserer Katzen, also rufe ich: „Schatz! Im Garten ist ein Huhn!"
Tom kommt herbei, blickt raus und sagt: "Och. Das sieht aber gut aus."
Natürlich tut es das, da es nicht aus einer Legebatterie getürmt ist, sondern von dem kleinen Privat-Hof unserer Nachbarn. Es hat Freilauf. Es hat so freien Lauf, wie wir

unschwer erkennen können, dass seine Eier bestimmt köstlich wären, aber weil ich das Huhn nicht in unserem Garten möchte, bitte ich Tom, es aus eben diesem zu verjagen.

Als nächstes sehe ich einen großen blonden Mann im Laufschritt hinter einem Huhn hereilen, bis beide, Huhn voraus, den mittig auf der Wiese befindlichen Kirschbaum mehrmals umkreisen und der Mann das Unterfangen mit der Bemerkung „Ich mach mich hier doch nicht zum Affen" schließlich abbricht.

Wieder im Hausinneren verkündet er seine Überzeugung, das Huhn finde auch wieder alleine hinaus.

Mittlerweile habe ich geduscht, mein Haar geföhnt und mich in Tageskleidung geworfen. Ich schaue aus dem Fenster und sehe das Huhn an der Hecke herumpicken. Eine weitere halbe Stunde später, nach dem Aufräumen, denke ich, es habe den Weg nach Hause gefunden, weil ich es durch jenes Fenster nicht mehr sehe, werde aber eines Besseren belehrt, als ich aus dem großen Wohnzimmerfenster auf die Terrasse schaue. Ich sehe das Huhn oben auf dem Bachlauf des Teiches, auf dem Krimhild sonnt, genau genommen direkt neben Krimhild. Dem Geflügel scheint klar zu sein, dass sich hinter der Palisade die Straße und somit die relative Nähe seines Heimes befindet, und versucht erfolglos über die Palisade zu gelangen, indem es Flügel schlagend versucht zu fliegen. Dabei scheitert, aber die Schildkröte verärgert, die sich ob des Hüpfens, Flügelschlagens und Gackerns doch sehr gestört fühlt und faucht, woraufhin die Henne noch aufgeregter wieder in die Mitte des Gartens türmt.

Gegen Mittag gebe ich auf und den Nachbarn Bescheid, die sich bedanken und ihr Tier abholen. In dieser Geschichte kommt keine Katze vor.

Nächtliche **Ruhestörung**
August 2011 in der Nähe von Köln

Zum Thema "nächtliche Fütterung" kann ich kaum etwas beisteuern und schon gar keine Tipps geben, wie man mit kätzischen Weckrufen zwecks Fütterung umgehen sollte. Narses und Minka wecken nicht wegen Futter. Billund weckt überhaupt nicht, wohl aber beide erst Genannten aus unterschiedlichen Gründen und mit viel Pech in ein und derselben Nacht. Grundsätzlich habe ich zwar schon nächtliches Gezeter wegen Futter erdulden müssen, doch das hatte ich selbst verschuldet. Damals, wir wohnten noch in Dänemark, beging ich den unverzeihlichen Fehler, einmal nur, ein einziges Mal nur, auf Narses stolzes Geschrei wegen Tötung und Heimbringung einer Maus zu reagieren, indem ich
a) die Augen öffnete und somit zu erkennen gab, dass ich wach war und
b) aufstand, in die Küche ging und das heimgebrachte Geschenk entlohnte, indem ich Narses Katzenbonbons auf den Boden schüttete.
Gleiches in der darauffolgenden Nacht. In der darauf auch, bis ich nicht mehr wollte, denn obwohl ich zu jener Zeit beruflich beurlaubt war, hätte ich gerne auch einmal durchgeschlafen. Was folgte meiner Ignoranz? Narses' Löwengebrüll blieb jäh für ihn erfolglos, woraufhin er zunächst aufgab und ich mich in Sicherheit wähnte. Doch weit gefehlt; es vergingen keine 10 Minuten, bis er das Gezeter wiederholte. Er gab nicht auf, er schrie und ich ignorierte 4 Mal. 5 Mal. In der Nacht hätte ich das nicht zu sagen vermocht, anderntags konnte ich es anhand der 6 toten Feldmäuse neben unserem Bett zählen. Irgendwann gab er auf. Ich wiederholte nächtliche Belohnungen niemals wieder.
Bei uns wird keiner nächtlich gefüttert, denn in der Küche

steht ja ohnehin immer hochwertiges Trockenfutter herum.
Es hat eine Zeit gegeben, in der ich dachte, Narses würde uns gegen 5 Uhr früh wach kreischen, damit wir ihn füttern. Selbstverständlich steuerte ich dann jede Nacht mit meinem Rollstuhl die Küche an, denn vielleicht will er kein Trockenfutter, vielleicht will er Nassfutter. Also guckt er mir zu, wie ich eine Dose öffne, einen Napf fülle, diesen Napf vor seiner Nase positioniere, und ich gucke ihm anschließend zu, wie er selbiges mit Luft zuscharrt. Ich dekoriere das Gereichte mit einer Scheibe Wurst und/oder einer Olive, was gleichwohl unter Luft begraben wird. Das ist es also nicht? Was dann?

Ich folge dem hektisch davoneilenden Herrn des Hauses, nur um ihm auf dem Badewannenrand vorzufinden, was übersetzt werden kann mit Narses' Verlangen nach frischem Wasser aus dem Wasserhahn, woraufhin ich natürlich den Hahn aufdrehe. Mitunter trinkt er viel. Viel ist gleichbedeutend mit lang und da man ja den Wasserhahn nicht stundenlang laufen lassen kann, pflege ich mit verquollenen, kaum geöffneten Augen daneben zu stehen und zu warten bis er fertig ist. Immer am Wochenende, denn wochentags bleibe ich gleich wach, weil ich gleitende Arbeitszeit habe.

Nun gibt es auch Nächte, in denen Narses mit Pomp und Gloria Zuhause eingekehrt, wenn er glaubt genug gejagt zu haben, was einen Zeitraum zwischen 2 und 3 Uhr morgens umfasst. Er verlangt nach nichts. Er hat nicht einmal etwas mitgebracht. Er kehrt heim mit der Geräuschkulisse der zuschlagenden Katzenklappe, was wir noch überhören können, und einem verbalen Getöse, welches er seinem Status angemessen findet. Uns wird immer verschlossen bleiben, warum er das macht, vielleicht heißt es nur: Ich bin wieder daha!

Fakt ist, dass zwei berufstätige Menschen zu Unzeiten panisch aufschrecken, denn es könnte ja etwas passiert sein.

Mitunter ertönt seine Stimme erkennbar von draußen, was in der Regel für uns bedeutet, es könne ihm etwas passiert sein. Das wiederum bedeutet, dass ich mitunter mit extremen Blutdruckabfall im Bett hocke, lausche, meinen Rollstuhl erklimme und vor das Haus düse, da so etwas meistens passiert, wenn Tom Nachtschicht hat. Vor dem Haus finde ich Narses nicht, im Garten nur nach Anschalten der Außenbeleuchtung, meist mitten im Bambus, eine Maus fressend.
Dann schlafen wir weiter, bis Minka in den Keller geht. Das muss man erklären, denn so wirklich verständlich ist dieser Satz ja nicht. Im Keller befindet sich ein kleiner Fitnessraum mit einem Krafttrainingsturm für Rollstuhlfahrer und einer Gymnastikmatte auf dem Boden. Ein Treppenlift führt mich, wann immer ich es will, dort hinunter. Minka, am liebsten wäre sie Einzelkatze, hatte schnell herausbekommen, dass sich keine der anderen Katzen für "Unten" interessiert, und sie also demnach ungestört und alleine mit mir auf der Gymnastikmatte schmusen kann. Das will sie oft, auf Uhrzeiten wird keine Rücksicht genommen, der Wunsch wird hinaus getetert, solange bis ich komme. Auch nachts! In der Regel so etwa eine halbe Stunde, nachdem ich nach Narses Getöse wieder eingeschlafen bin. Ignorieren ist unmöglich, Ohrenstöpsel helfen nur bedingt. Falls ich mich entschließen sollte, ihre Verbalattacken doch zu ignorieren, verlässt sie empört das Haus, was ich am Geräusch der Katzenklappe erkennen kann, nur um kurze Zeit darauf mit Beute, respektive Spitzmaus wieder einzukehren. In diesem Fall teilt sie uns das natürlich auch mit. Sie verfügt sogar über Wörter menschlicher Sprache, da sie laut und vernehmlich "Mahaus!" schreit.
 Ich bin ein sehr müder Mensch.

Billund weckt nicht. Sie wartet mit allen Belangen bis wir aufgestanden sind, dann aber freut sie sich, als hätten wir uns 14 Tage nicht gesehen und mit viel Pech führt sie mich schnurstracks zu erbeuteten Lebewesen, die alle noch leben und selbstverständlich nicht an der Stelle warten, an der sie abgesetzt worden sind. Es handelt sich in der Regel um Kröten und Frösche. Das war so oder so ähnlich, als wir noch in Dänemark wohnten. Schon damals fragte ich mich, wie das alles funktionieren soll, wenn wir wieder in Deutschland wohnen und ich wieder arbeiten muss. Es funktioniert.

Die Dose

September 2011 in der Nähe von Köln
Dies ist keine richtige Geschichte, lediglich die kurze Beschreibung eines Unfalles, wenn man es so nennen will. Vergangenen Donnerstag briet ich uns Menschen Tunfischsteaks, und da mir bereits bei der Planung dessen bewusst war, dass wir selbige nicht in Ruhe verspeisen dürfen, kaufte ich eine Dose Tunfisch für Narses. Denn die anderen mögen nichts, wo nicht Katzenfutter drauf steht, wobei es sich bei Narses grundsätzlich andersherum verhält. So dachte ich und wurde eines Besseren belehrt, denn eine Katze wäre nicht sie selbst, könnte sie uns nicht mehr überraschen.
Während Tom unsere Speise auf dem Tisch platziert, öffne ich die Dose Tunfisch, belagert von Narses, dessen Kopf sich konstant zwischen Dose, der Gabel mit der ich den Fisch in den Napf füllen will, und demselben befindet, dabei lauthals schnurrend, was vermutlich Minka anlockt, denn jäh steht sie vor der Arbeitsplatte und betrachtet Narses Fütterung, die auf der Spüle stattfindet mit Argwohn.
Gut, denke ich, soll sie auch Tunfisch kriegen. Ich nehme einen zweiten Napf, -*Narses frisst*-, fülle diesen -*Narses frisst*-, stelle ihn vor Minkas Näschen -*Narses frisst*-, woraufhin Minka zunächst schnuppert, dann zu fressen

beginnt -Narses guckt, schluckt schwer, hopst von der Spüle, da er selbstredend vermutet, Minka bekäme etwas deutlich Besseres und vermeintlich Schmackhafteres. Vorsichtshalber stelle ich Narses `Napf gleichwohl auf den Boden, damit er als Ausweichnapf für Minka dienen kann und begebe mich höchst selbst zu Tisch, um meinerseits Tunfisch zu speisen, derweil ich im Augenwinkel sehe, wie Minka, von Napf 2 vertrieben, sich über Napf 1 hermacht, da **IHR** klar ist, dass sich in beiden Schalen gleiches befindet.
Narses ist selbiges auch bald klar, was nicht sein darf. In seinen Augen ist dies nicht statthaft. Unmöglich, dass niederes Katzenvolk genauso verköstigt wird, wie der große Feldherr der westlichen Felder der Republik. Irgendwo muss es doch etwas Besseres geben, was alleine ihm vorbehalten ist.
Leider sehen wir zu spät, wie er erneut die Spüle aufsucht, um Tunfisch aus der Dose zu fressen, denn aus Gründen, die sich uns nicht erschließen, schmeckt ihm dies besser, als der Inhalt beider Näpfe.
Weshalb schreibe ich leider?
Weil Narses am Abend, beim Versuch auf seiner Schmusedecke zu nuckeln speichelt. Weil Narses ständig mit der Pfote an seinem Mäulchen herummacht, so dass ich Tom schlussendlich bitte, dem Kater mal ins Maul zu sehen, wo er eine kleine Verletzung der Zunge vorfindet.
Obgleich Narses auch Freitags Morgens und Mittags alles frisst (Trockenfutter wie Nassfutter), viel trinkt, schließlich auch wieder an seiner Decke nuckelt und sich keineswegs krank anstellt, fahren wir ihn vorsichtshalber zum TA, damit er Antibiotika gespritzt bekommt, denn ich denke mir, da sich Katzen nun einmal nicht die Zähne putzen, dürfte ein Katzenmaul eine Art Bakterienmutterschiff sein. Der TA sagt zwei Dinge: Bei Katzen heilen Zungen schnell.
Und, auf unsere Schilderung hin, wie er sich die Verletzung

zugezogen hat: <u>So etwas passiert Katzen normalerweise nicht.</u>

Ein Abend wie viele
Sommer 2011 in der Nähe von Köln

Gestern Abend beschlossen Göga (Göttergatte) und ich nach Köln zu einer Verabredung zu fahren, erklommen das Auto und verließen unser Dorf. Beim Abbiegen auf die Landstraße sah ich auf der Mauer des an der Straßenecke befindlichen Gartens, der selbstredend Narses gehört, etwas katzisches sitzen, welches zu unser aller Leidwesen nicht Narses war. Es saß dort namentlich schwarz, breit, stark, weithin Besitzerstolz ausstrahlend.
Zunächst beunruhigt, weil um Narses Aushäusigkeit wissend, suchten mich während der Fahrt nach Köln und zu Beginn des gemütlichen Abends mit Freunden gelegentlich Schreckensvisionen von Blutflecken auf dem Boden, zerfetzten Ohren und Abszessen heim, die sich erst nach dem dritten Kölsch verflüchtigten, aber zurückkamen, je näher wir in der Nacht ans Heim kamen.
Aufgrund Narses weiterhin festgestellter Aushäusigkeit nach Heimkehr, beschlossen wir wach zu bleiben und zu warten. Immerhin zeugten ein leerer Trockenfutternapf und zwei tote Mäuse im Hausinneren von seiner zwischenzeitlichen Einkehr und der Mangel an Blutflecken von seiner Gesundheit.
Während des Fernsehens verließ Billund gelegentlich das Haus durch die Katzenklappe und kehrte kurz drauf zurück, nichts ungewöhnliches, dieses Billund rein-raus-Spiel, einschließlich Palisaden-Hopping. Als die Nacht vorrückte, entschloss ich mich zumindest ins Bett zu gehen, Kampfankündigung- oder Kampfgeräusche waren von draußen nicht zu hören, wohl aber war eine Billund zu

sehen, die über die Maße aufgeregt durch die Klappe ins Haus stürmt, rennend und Beschwerde trötend auf mich zu eilt und dabei unübersehbar humpelt. Sie schimpft, ich tröste, halte sie durch Tricks, die wie Spiel aussehen, zum Weiterlaufen an, um das Ausmaß ihrer Verletzung erkennen zu können. Wir haben den Verdacht, dass sie unter einen schwarzen Kater gekommen ist, stufen das jedoch nicht als Härtefall ein, der eine nächtliche Fahrt zur Tierklinik notwendig macht. Höchstwahrscheinlich hat sie sich auf der Flucht beim Sprung über die Palisade verkraxelt und wir sind froh, dass der Schwarze ihr nicht bis ins Haus gefolgt war. Unsere Freude ist so übermächtig und groß wie unsere Müdigkeit, als wir bald darauf Narses in der Küche beim Verzehr des herumstehenden Outdoor-Krieger Futters beobachten können. Keine Blutflecke legen eine Spur von der Klappe bis zum Napf, wie es schon oft der Fall war. Kein gesträubtes, zerwühltes Fell zeugt von einer Keilerei. Kein unsäglicher Geruch steigt von Narses auf.
Er sitzt und frisst, und späterhin sitzt er satt, zufrieden glotzend, lässt sich streicheln und darob loben, dass er ein weiser Kater geworden ist, als ich es sehe: In den Krallen seiner Vorderpfoten hängt Fell. Viel schwarzes Fell.
Wir versperren die Katzenklappe und gehen zu Bett.
In diesem werden wir kurz darauf Zeuge, wie Billund Narses Haupt wäscht. Kurz nur, aber mit großer Anbetung im süßen Antlitz.

Überlegungen zu Billund
Sommer 2011 in der Nähe von Köln
Vorhin brachte Billund etwas mit heim. Es ist nichts Besonderes, erst recht nichts Dramatisches aber Billund bringt stets so Seltsames nach Hause. Billund geht zu gut 90 Prozent nur in den hauseigenen, mit bewachsenen Palisaden umzäunten Garten. Natürlich kann sie, wie Narses, über die

Palisade springen, jedoch tut sie es selten. WENN sie es tut, passieren fürchterliche Dinge, wie die Konfrontation mit einem Wildling in schwarzer Katergestalt, der sie auf ihrer panischen Flucht zurück ins Haus durch die Katzenklappe verfolgt und so ungewollt in unser Zuhause eindringt. Insofern brachte sie diesen auch heim.

Oder aber Palisaden-Hopping, wenn ich alleine Zuhause bin, weil der Gatte Nachtschicht hatte und Billund einfach nicht akzeptieren kann, dass ich nun zur Arbeit fahren muss, was sich ungefähr so gestaltet, weil ich nicht will, dass Billund auf der Straße ist:

Ich steure mein KFZ an, sehe Billund von der anderen Seite des Hauses auf mich zurasen, locke sie zum Hauseingang wieder rein. Ich steure mein KFZ erneut an, nehme auf dem Fahrersitz Platz, entferne den ersten Reifen von meinem Rollstuhl, deponiere diesen auf dem Beifahrersitz, entferne den zweiten Reifen von meinem Rollstuhl, halte ihn in der Hand, sehe Billund von der anderen Seite des Hauses auf mich zurasen, befestige den Reifen eins, befestige den Reifen zwei, wechsele zum wiederholten Male den Sitzplatz zurück in den Rollstuhl etc.

Spätestens hier gehe ich mit ihr zurück ins Haus, um sie drinnen auf andere Gedanken zu bringen. In der Regel verhakt beim erneuten Umsteigen von Rollstuhl ins Auto ein Pfennigabsatz meines Schuhs in einer Rille des Rollstuhlfußbrettes, oder aber ich stelle fest, natürlich erst nach dem Wiederauseinandernehmen des Rollis, dass ich etwas Elementares auf dem Küchentisch liegen gelassen habe, denn ein Morgen mit Billund als Palisaden-Hopper ist von vornehinein zum Scheitern verurteilter Tag.

Oder sie scheitern bereits vor dem Turnen Billunds auf den Palisaden, wie vor etwa 4 Wochen, als der Tag bereits damit begann, dass ich meine erste Tasse Morgenkaffe falsch herum, also mit dem Boden nach oben, unter den Kaffeevollautomaten stellte und sich der Kaffee frisch

gemahlener Bohnen über die Tasse ergoss, von mir mit drögem Blick verfolgt. Was auch der Morgen war, an dem eine Dose Katzenfutter mit der geöffneten Seite auf die Küchenfliesen stürzte, was vor dem Anheben der gestürzten Dose zunächst einmal weder eklig noch arbeitsintensiv aussieht. Wenn dann noch das Billund-Palisaden-Theater hinzu kommt, habe ich das starke Verlangen nach einer Rückkehr in das Bett und einem ganzen Tag unter dem Plumeau (für Nicht-Rheinländer-Federbett)
Aber egal; wenn sie also nur im Garten ist, bringt sie Frösche, Kröten oder Spitzmäuse mit. Aber das alles ist Beute, dient also einem höheren Zweck. Heimgebrachtes ohne Beutecharakter ist z.B. Matsch einer zerdrückten Kirsche, Blätter und kleinere Äste, was alles irgendwie in ihrem Fell klebt. Vorhin also wart sie länger nicht von mir gesehen und so vermute ich sie im Garten, öffne die Terrassentüre und rufe Billunds Namen, was ich tun kann, ohne in der Nachbarschaft als verrückt zu gelten, weil hier niemand weiß, dass Billund eine Stadt ist.
Da sie nicht kommt, erahne ich Palisaden-Hopping, öffne demzufolge die Haustüre und rufe erneut nach ihr, worauf sie allerdings auch nicht reagiert, also kehre ich ins Wohnzimmer zurück, wo ich sie auch gerade durch die geöffnete Terrassentüre schreiten sehe, wobei sie *"brrt."* sagt. Das sagt sie immer und es handelt sich um einen Wohlbefindens-Indikator. Trotzdem, ich sehe "Etwas" auf ihrem Rücken. Wie dieses "Etwas" geartet ist, ist zunächst nicht auszumachen, aber bei genauerer Betrachtung im Licht entpuppt es sich als gewöhnliche Stubenfliege, die wohl des schlechten Wetters wegen befand, dass es im Innern eines Hauses gemütlicher wäre und so Billund als Taxi nutzte.
Wie gesagt; es ist nichts Dramatisches. Aber es ist Billund. Ich kenne keine andere Katze, die sich als Stubenfliegen-Taxi benutzen ließe.
Oder von Mäusen gebissen wird.

P.S Minka hat jetzt ein "Prinzessinnen-Kissen" Ein eigenes Federkissen mit purpurrotem Bezug und morgen fahre ich in die Stadt, um 4 güldene Troddeln zu kaufen, die ich an die Ecken nähe.
Leider macht Narses manchmal ein Prinzen-Kissen draus, aber grundsätzlich ist es Ihres. Für Narses baue ich irgendwann Mal einen Thron. Tja und Billund.....? Sie bekommt eine eigene Narrenkappe.

Der Sommerkater

Sommer 2011 in der Nähe von Köln, aber es könnte jeder Sommer überall auf der Welt sein.

Ich möchte mitteilen, dass er wieder da ist, der Sommerkater.
Seit Beginn des dauerhaft schönen Wetters im Westen der Banane sind erste Anzeichen seiner Existenz von uns zur Kenntnis genommen worden. Es sind nur Indizien, Signale, denn wirklich sehen können wir ihn nur selten, denn gleich einem Traum erscheint er nur nächtlich, so dass ich müde blinzelnd erwache, sobald ich das Knacken von Trockenfutter aus der Küche vernehme. Demnach schleiche ich träge aus dem Bett, doch wenn ich die Küche erreiche, entschwindet ein Schemen durch das Loch in der Wand, auch Katzenklappe genannt. Ich kann mit Bestimmtheit sagen, der Sommerkater ist rot getigert. Immerhin. Überhaupt, seine nächtliche, wenn auch kurzfristige Anwesenheit kann sowohl am Pegelstand des Outdoor-Trockenfutters erkannt werden, als auch am morgendlichen Auffinden von 2-4 toten Mäusen auf der Terrasse. Ich vermute auch, dass er gelegentlich in der Waschküche nächtigt, denn gestern früh stellte ich fest, dass ich die obere Lage der frisch gewaschenen Feinwäsche im dort befindlichen Wäschekorb noch einmal waschen darf. Aber

das mache ich mit großer Freude, da bei diesem Wetter die Wäsche schnell trocknet, und es mir selbstverständlich überhaupt nichts ausmacht, den nassen Kram per Rollstuhl in den Garten zu schaffen, um ihn wieder aufzuhängen. Ich habe sonst nichts zu tun, ich bin nur Vollzeitberufstätig und ich bin dankbar überhaupt ein Zeichen seiner katerhaften Existenz erhalten zu haben.
Und so erfreue ich mich an runden Schlafkulen im Bett, die mit rotem Haar geziert sind, wenn ich von der Arbeit komme und ebenso erfreue ich mich an dem irgendwie dengelnden Geräusch, das ich mitunter höre und welches entsteht, durch katerliches Hopsen von der Gartenbank auf die Palisade, was dem Entschwinden dient. So scheint er mehr ein Phantom, denn ein Kater zu sein, wäre da nicht sein gelegentliches, plötzliches Erscheinen, welches immer überraschend, und zu verschiedenen Uhrzeiten stattfindet. So gestern am frühen Abend, als ich im Wohnzimmer herum düse, werkelnd und räumend, mein Blick zufällig hinaus in den Garten schweift und ihn erfasst. Wie er da liegt. Wie hingegossen vor dem Teich, auf dem warmen Stein der Terrasse, mit trägem, selbstverliebtem Blick. Ja eigentlich Schlafzimmerblick, ein Wort, das in Verbindung mit Katzen eine völlig neue Bedeutung erlangt. Ich freue mich. Ich habe den Sommerkater gesehen. Ich entscheide nun auch zu entspannen und geselle mich hinzu, indem ich mich einfach neben ihn auf den Boden lege. Ihn streichle, wobei er noch selbstverliebter schnurrt, seinen Kopf an meine Hand, an meinen Arm und meinen ganzen Körper reibt, bis er glaubt, genug bezeugt zu haben, dass er uns Menschen noch liebt, jetzt aber nun einmal Sommer ist und wir das nicht persönlich nehmen dürfen. Er steht kurz auf, trinkt einen Schluck aus dem Teich, legt sich wieder auf den Boden, lang wie ein Lappen, aber weit genug entfernt, dass ich ihn nicht mehr streicheln kann. Dabei schnurrt er leise vor sich hin, während er sich die Sonne auf den Pelz

brennen lässt. Um ihn herum liegen in ähnlicher Haltung seine beiden Lakaien, Billund, gleichwohl leise schnurrend, ihn anschmachtend und in respektvollem Abstand. Und ich. Ich schließe die Augen gelegentlich, nur um sein Schnurren besser hören zu können, wie es mit dem Rauschen des Bachlaufs, dem Zwitschern der Vögel, der Abendsonne auf meiner Haut eine Symbiose eingeht, die mich glücklich macht, denn der Sommerkater ist bei mir. Er heißt Narses, hat er mir anvertraut. Er scheint ein Zwilling des Winterkaters zu sein, der jede Nacht zwischen Tom und mich kletterte und auf der Suche nach einer gemütlichen Position an einen von uns gekuschelt einschläft und im Bett verbleibt, über unser morgendliches Aufstehen hinaus. Der Winterkater schlief immer und im Hause überall und wenn er nicht schlief, schmuste er oder fraß viel, um dann wieder zu schmusen. Er klebte an mir, wohin ich auch ging. Doch nun ist er weg und hat seinen Zwilling geschickt.

Türglocke
Herbst 2011 in der Nähe von Köln

Narses ist ja nun schon alt. Er wird dieses Jahr im September sein 17tes Lebensjahr vollenden, was mir subjektiv zwar nicht alt erscheint, da alle meine bisherigen Katzen erst mit 20 und 21 Jahren am Alter starben, aber da er ja nun mein erster Freigänger ist, und diese naturgemäß schneller mit Gelenkverschleiß und ähnlichem zu kämpfen haben, zeigt er gelegentliche Altersanzeichen, wie steifbeiniges Gehen unmittelbar nach dem Aufstehen und einem erhöhten Schlafbedürfnis.
Nun muss er, um den hauseigenen Garten zu verlassen, über eine efeubewachsene Palisade hopsen. Hinter dieser befindet sich der Hauseingang unserer Nachbarn. Seit geraumer Zeit, ca. 2-3 Monaten, entwickelt Narses

Strategien, unter deren Zuhilfenahme er sich das anstrengende Palisadenhopsen sparen kann.
Die erste gab er schnell auf, weil sie nicht immer zum erwünschten Erfolg führte; er begann vor der Haustüre (andere Seite des Hauses) zu brüllen, bis wir öffneten. Dies scheint ermüdend zu sein, da es nur funktioniert, wenn ich Zuhause bin. Tom hört nicht immer so gut und offenbar bietet das Löwengebrüll eine Frequenz, die er gerne vollständig überhört. Und oftmals, wenn z.B. der Fernseher läuft, höre ich auch nicht sofort, was zu absurden Dialogen und Situationen führt: Wir sitzen auf dem Sofa und sehen fern, bis ich mich jäh aufrecht hinsetze und dabei einen Gesichtsausdruck biete, der dem Billunds sehr ähnlich ist.
Tom: „Was ist?"
Ich: „Ich glaube, da war was."
Tom drückt Mute und wir lauschen erneut, woraufhin er sagt: „Da ist nichts!"
Der Ton des Fernsehens kehrt zurück, ich sehe wie Billund zur Tür eilt und sage: „Da ist wohl was."
Narses will rein. Wenn Tom dann die Türe öffnet, drückt Narses Gesicht deutliche Missbilligung aus. Darüber hinaus liest man in ihm, dass er uns für unterbelichtet und reaktionslahm hält.
Demzufolge hat er seine Strategie geändert, weil das Lutschen von stimmerhaltenden Pastillen gegen Heiserkeit für Katzen nicht so einfach ist. Nun geht er den Weg zur Palisade, wo ja seine Haupt-Hops-Stelle auf Höhe des Hauseingangs unserer Nachbarn ist. Dieselben haben dort einen Bewegungsmelder und dieses Areal befindet sich in unserem Gesichtsfeld, sofern wir uns im Wohnzimmer aufhalten. Narses löst den Bewegungsmelder aus. Das tut er ein bis zweimal und macht sich dann auf den Weg um unser Haus, um vor der Haustüre zu warten, bis wir ihm öffnen. Das funktioniert. Narses hat eine Katzenklingel erfunden.

Pension Greisenglück

Meine Arbeit führte mich 2007 täglich nach Köln und zurück und in Ermangelung vernünftiger Autobahnanbindung unseres Dorfes befuhr ich die zahlreichen Landstraßen. Auf diesem Wege eines Sommers von der Arbeit kommend, die Ortschaft Pesch durchquerend, entdeckte ich während des Umkreisens eines Kreisverkehrs die Bewerbung eines Seniorensommerfestes im Altenstift "Greisenglück", was mich ehrlich und aufrichtig empörte. Nicht das Sommerfest, vielmehr der Name des Stiftes. Ich fand ihn derart lächerlich und irgendwie auch entwürdigend, dass ich es am Abend Tom erzählte und seither nannten wir unser Haus so. Die Glücklichen Greise waren Narses und Minka.
Billund war/ist noch zu jung, möglicherweise ist es ein generationenübergreifendes Wohnen.

Das Haus Greisenglück zeichnet sich durch besonderen Pflegeaufwand aus:
Sollte ein Bewohner sein Innerstes nach außen stülpen, wird der Mageninhalt sofort beseitigt.
Katzen, die sich nur noch nachlässig der Körperpflege widmen, werden täglich gebürstet.
Es ist erlaubt bei Sprungunfähigkeit die Krallen zur Hilfe zu nehmen und mittels Klimmzug auf das Sofa und/ oder den Lederstuhl vor dem Schreibtisch zu gelangen.
Sollte das Bedürfnis bestehen im Kleiderschrank zu schlafen, darf der Pfleger gerne als Trittleiter genutzt werden. Notwendige Arztbesuche, Pflaster oder Salben werden nicht gesondert in Rechnung gestellt.
Nierenkranke Katzen bekommen winters das Wärmekissen eingeschaltet.
Im Sommer wird selbstverständlich auch bei Abwesenheit des Pflegers die Klimaanlage im Schlafraum eingeschaltet.

Es steht täglich ein kaltes Buffet bestehend aus 2 unterschiedlichen Trockenfuttern zur Verfügung, frisches Futter kann zu jeder Tages und Nachtzeit eingefordert werden, auch hier bietet der Speiseplan Abwechslung nicht nur hinblicklich der Geschmacksrichtungen, sondern auch bezüglich der Beschaffenheit der frischen Mahlzeiten von frischem Rotbarsch bis Hühnchen und Flusskrebsen, aber auch reguläres Katzenfutter in Premiumqualität, welches bei Verlangen mit einer Scheibe Aufschnitt garniert wird.
Wasser wird in drei Schalen im Haus, im Teich und einer Keramikschale im Garten angeboten und wird bis auf das im Teich täglich gewechselt/nachgefüllt. Bei Bedarf, der durch penetrantes Starren auf den Napf angezeigt wird, auch mehrfach täglich.
Ausgangssperre wurde eingeführt ab 21 Uhr im Winter. Im Sommer wird der Ausgang verriegelt, sobald der letzte Bewohner am späten Abend eingekehrt ist, was gelegentliche Nachtschichten des Pflegepersonals erfordert, aber der Sicherheit und Gesunderhaltung der Bewohner dienlich ist.
Der Freigang wird i.d.R. morgens um 6 Uhr gewährt, kann bei Bedarf aber auch durch Randale an Schrank und Zimmertüren, sowie durch sinnlose Schlägereien untereinander bewirkt werden.
Es wird besonders darauf geachtet, greisen Katzen/Katern einen selbstbestimmten Tagesablauf zu ermöglichen.
Der Medizinische Dienst hat zu diesem Zeitraum etwa beobachtet, das Narses nicht mehr ohne weiteres in der Lage war, das Seniorenzentrum über die Palisade zu verlassen und auf demselben Wege wieder heimzukehren, was sich zuerst durch immer weiter hinausgezögerte Heimkehr, dann durch Nutzung der Bewegungsmelder im Haustürbereich zeigte. Letztere wurden durch hin und her laufen mehrfach ausgelöst, so dass das Pflegepersonal die Haustüre öffnete.
Um die Selbstbestimmtheit dieses speziellen Bewohners im

Besonderen aufrecht zu erhalten, wurde ein Loch in die Palisade gesägt, so dass Narses nicht mehr springen musste, sondern nur noch durch die Katzenklappe in den Garten und von dort durch den Seniorenausgang in die Weiten des Reviers gelangen konnte.
Leider mussten Reviereindringlinge auch nicht mehr hüpfen, sondern gelangten nun ohne größere Schwierigkeiten in den engeren Bereich des generalseigenen Reviers, was zu Kämpfen und Schlachten und somit temporär erhöhtem Pflegebedarf führte.
Nach der folgenreichen Auseinandersetzung mit dem Marder und der damit einhergehenden schweren Verletzungen des Generals wurde der Senioreneingang geschlossen.
Über den vergangenen Winter wurde von Seiten des verbliebenen Seniors kein Bedarf angemeldet. Vielmehr wurde eine Art knochenschonender Winterruhe gelebt. Die ersten warmen und somit auch helleren Abende wird der Rest des Reviers, Kurpark des Stiftes gewissermaßen, bewacht, indem der Feldherr neben dem Bachlauf zwischen zwei Palisadenzäunen durch einen Spalt auf die Straße späht, stundenlang, in unveränderter Haltung, bis eine fremde Katze auf der Straße jenseits des Zaunes gesichtet, sofort verbal und laut bedroht wird, verbunden mit der der dazugehörigen Aufplüschung auf dreifache Größe, gefolgt von einem Hustenanfall und Beinahe-Herzinfarkt, so dass das Pflegepersonal, sofern anwesend, alles Begonnene unterlässt und mangels der Möglichkeit den General in die Festung zu holen (Rolli) auf die Straße rast und die fremde Katze verjagt. Leider will Narses ihnen häufig folgen, wobei er sich wegen des dicht gemachten Ausganges und in Ermangelung der Fähigkeit vermittels eines einzigen Sprunges auf den Zaunpfahl zu gelangen, der "Spider-Man-Technik" bedient, indem er sich an den einzelnen Lamellen des Zaunes entlang hangelt.

Während der darauffolgenden Abwesenheit befindet sich das Pflegepersonal jede Sekunde in Aufruhr. Vor orientierungslos herumirrenden, gewaltbereiten Katzengreisen wird gewarnt.

Minka ist gestorben
September 2012 in der Nähe von Köln

Der August führte uns wie jedes Jahr nach Süditalien, wo wir den Urlaub verbrachten und meine Mutter wie jedes Jahr in unserem Heim wohnte und den Katzen ein guter Lakai ist.
Angesichts Minkas sehr hohen Alters bereits im Jahr 2011, da war sie 21, waren wir damals schon in Sorge, aber irgendwie schien sie in diesem vergangenen Jahr in eine Art Jungbrunnen gefallen zu sein. Nach unserer Rückkehr war sie quietschfidel. So war das in diesem Jahr leider nicht. Sie war erkennbar immer hinfälliger, sie schlief und schlief und schlief, und wenn sie das nicht tat, fraß und fraß und fraß sie. Krank war sie nicht. Nur alt. Uralt. Manchmal erwachte die alte lebenshungrige Minka für wenige Minuten zum Leben, nur um sofort wieder ermattet niederzusinken. Was macht man da?
Sie litt ja nicht unter Schmerzen. In den ca. 5 Wochen nach unserer Heimkehr aus dem Urlaub und ihrem schlussendlichem Tod suchten wir mit ihr wöchentlich den Tierarzt auf, der ihr Aufbauspritzen gab und ein Wasserdepot spritzte, dass sie einen Tag lang aussehen ließ, wie eine trächtige Kuh. Unmittelbar danach war sie jeweils für 1-2 Tage fideler. Bis zu jener Nacht, in der sie uns schreiend weckte, Tom aufstand und sie zusammengebrochen neben den Wassernäpfen im Badezimmer vorfand. Er trug sie in unser Bett und über die Nacht, in der sie starb will ich schweigen. Es war schlimm

und sie fehlt mir noch immer so sehr, dass dies Menschen, die niemals ein Tier hatten, nicht nachvollziehen können. Minka war eine ganz besondere Katze. Minka war die Prinzessin.

Aufbauspritze
August 2013 in der Nähe von Köln

Der General a.D. hat eine Aufbauspritze bekommen. Er war ohnehin zur ärztlichen Kontrolle, bei der u.a. erfreulicherweise Gewichtszunahme festgestellt wurde, was ja kein Wunder und den fast täglich für ihn eingekauften Hühnern und Rindern geschuldet ist. Zahnstein wurde entfernt, weil es bei ihm immer ohne Narkose ging und noch geht. Insgesamt wurde sein Zustand als sehr gut für sein Alter und sein Krankheitsbild gewertet und weil er schon einmal da war, erhielt er eine Aufbauspritze. Normalerweise ist er altersbedingt ruhig und selbstgenügsam. Die abendliche Verriegelung der Katzenklappe wird akzeptiert, Billund wird schon lange nicht mehr aus purer Langeweile oder Wichtigtuerei verhauen. Normalerweise.....
Aber nun hatte er ja eine Aufbauspritze bekommen, so dass ich bis 00:50 Uhr schlafen durfte. Ich erwache wegen verdächtiger spitzer Schreie der Katzendame, die jetzt Prinzessin anstelle der Prinzessin ist, knipse das Licht an und finde zahlreiche bräunlich geringelte Fellbüsche in der Diele, Billund unter dem Sofa und Narses, der plötzlich 3 Jahre jünger aussieht, auf eben diesem. Mich sehend, eilt er sofort zur versperrten Klappe, woraufhin ich Nein sage und mich zunächst um Billund kümmere. In der Folge verbringe ich 2 Stunden damit, übernächtigt und im Bademantel zwischen Billund und Narses herumzueiern und ggf. zwischen sie zu springen. Meistens stehe ich nur herum und beobachte, wie Narses versucht zuerst die Terrassentüre,

dann die Katzenklappe auszubauen, davon gelegentlich ablässt, um über Billund herzufallen, was dann meinen Einsatz erfordert und der Grund meines Herumstehens ist. Schließlich gelingt es mir, ihn auf den Schoß zu nehmen, wo er eine Symbiose mit meinem Bademantel eingeht, weil der so schön flauschig ist. Eine Weile noch stehe ich dösend in der Diele, einhändig den Berserker streicheln, schlussendlich lege ich ihn mitsamt Bademantel auf dem Sofa ab und gehe zurück ins Bett.
Ich erwache wegen Billunds Scharr-Diplom. Es scheint mehrstündig zu sein. Narses erwacht davon auch, fühlt sich geärgert, sodass er es mit Gewalt beendet, was natürlich wiederum mein Eingreifen erforderlich macht, was natürlich von ihm nicht unbemerkt bleibt, denn sobald er mich sieht, saust er erneut zur Katzenklappe und das Intermezzo "Ausbau von Tür und Klappe" beginnt von Neuem. Schließlich gehe ich zermürbt ins Bett und ziehe Ohrstöpsel an, die Tiere sich so selbst überlassend.
Da die Prinzessin bei jeder Witterung auf der Wiese zu Schlafen pflegt hat sie mal wieder eine Blasenentzündung, so dass ich gegen sechs Uhr wegen einer Wiederholung des Scharr-Diploms, vermutlich war sie zunächst durchgefallen, trotz Ohrstöpsel erwache. Vorsichtshalber stehe ich gleich auf und schaue nach dem Feldherrn, der sich, wie ich entsetzt feststellen muss, entschlossen hat, an einer Reserveübung teilzunehmen. Er ist getürmt. Die Katzenklappe steht offen, Narses ist weg. Ich bleibe wach. Ich bin müde.

Der General a.D.
September 2013 in der Nähe von Köln

Der General ist außer Dienst. Zahllose Untersuchungen ergaben, das ihn keine organische Erkrankungen in den Ruhestand zwangen, vielmehr haben ihn orthopädische Verschleißerscheinungen und dadurch verursachte Arthrosen, entstanden durch 19 Jahre Kampf auf dem Felde gegen Invasoren jeder Fellfarbe, zuerst im Norden des Kontinents, dann im Westen der Banane, gezwungen seinen Dienst zu quittieren.
Daneben hat die Gedächtnisleistung nachgelassen, sodass der General ohne Kompass und/oder Adjutant oftmals verspätet oder gar nicht mehr in die Kaserne fand, sodass Suchtrupps in Form von Zweibeinern mit Taschenlampen und Regenschutzkleidung ausgesandt werden mussten, die in der Dunkelheit häufig mit dem Feind verwechselt und aus der Deckung massiv attackiert wurden, sodass sie oftmals einen Besen zur Hilfe nehmen mussten, um den General unter der Deckung (Autos) hervorschieben um ihn so heimführen zu können. Aufgrund zahlreicher versehentlicher Selbstverletzungen des Generals, orientierungslosen Herumirrens und grundlosen Anfallens der eigenen Truppen wurde der Generalstab einberufen, der beschloss, die Dienstfähigkeit des Generals zu überprüfen. Eine ärztliche Untersuchung ergab oben stehendes, sowie eine Kognitive Dysfunktion, der Generalstab entschied demnach eine Versetzung in den vorzeitigen Ruhestand aus gesundheitlichen Gründen, die Katzenklappe wurde zwar nicht geschlossen, ist aber seit geraumer Zeit nicht mehr ununterbrochen nutzbar, das Revier auf das Kasernengelände, respektive den eigenen Garten beschränkt.
Anfänglich verweigerte General Narses die Heimkehr nach dem abendlichen Zapfenstreich, harrte vielmehr auf dem

Ausguck zur Straße hin aus und vertrieb jegliches kätzisches Fußvolk anderer Truppen, welches auf der anderen Seite des Zaunes gesichtet wurde mit heftigsten Verbalttacken. Inzwischen ist die Heimführung durch das Pflegepersonal nicht mehr notwendig. Das Nachlassen der kognitiven Leistungen lässt den General vergessen, dass er vormals Gebiete zu verteidigen hatte, er verweigert die Verteidigung der Burg, in der Regel sogar das Aufsuchen des Gartens. Die Pflege des alten Kämpfers gestaltet sich äußerst intensiv:
Da er sich hauptsächlich mit Herumstehen und dröge Gucken beschäftigt, ist es unerlässlich, sich mehrmals täglich intensiv mit ihm zu befassen. Sobald angesprochen, zeigt er sich aufgeschlossen, schnurrig und bereit, sich auf den Pfleger einzulassen. Dergestalt mit Zuwendung beglückt, verlässt er den Schoss des Pflegers überhaupt nicht mehr, sondern drückt vielmehr seinen Kopf in dessen Achselhöhle, lärmt förmlich vor schnurrigem Wohlgefallen und speichelt den Pflegekittel, respektive die Oberbekleidung so lange voll, bis er nach Ablauf einer angemessenen Zeit, 45 bis 60 Minuten, wieder auf dem Boden abgesetzt wird.
Schlaf und Herumstehplätze wechseln alle 3-4 Tage und variieren vom eigenpfotig umgestoßenen und vom Inhalt befreiten Karton auf dem Boden des Arbeitszimmers, der abwechselnd als Schlafplatz (innen) oder Ausguck (oben drauf) genutzt wird, über den Treppenlift in den Keller, der selbstverständlich vom Personal mit einer Wolldecke bestückt wird, den Badewannenlift, der höchstselbstverständlich mit trockenen Handtüchern bestückt wird, bis hin zum Schreibtischstuhl vor dem Rechner. Letzteres führt natürlich zur Nutzung eines Küchenstuhles durch das hauseigene Personal. Da der General die Nahrungsaufnahme nicht vergisst, jedoch sein gesamtes aktives Leben hindurch sehr wählerisch in Sachen

Speisen war,, und weil er sich insbesondere wegen einer altersbedingten Nierenschwäche eiweißhaltig ernähren muss, kaufen wir täglich Hühnchen oder Fisch. Mitunter, der Abwechslung des Speiseplanes geschuldet, auch Rindergulasch oder Rindergehacktes. In 1 von 20 Fällen muss aus Zeitmangel auf Dosenfutter zurückgegriffen werden, welches bedauerlicherweise verschmäht wird und von Billund gefressen wird. Jene ist nun bereits seit mehr als einem Jahr Prinzessin anstelle der Prinzessin. Nach dem Dahinscheiden ihrer königlichen Hoheit Minka beansprucht Billund diesen Titel mehr und mehr für sich, was sich in radikalen Veränderungen ihres Verhaltens äußert, das heißt, sie fordert nun ständig besonderes Futter, welches sie nun auch zu fressen gelernt hat, jedoch muss rohes Fleisch in billundgerechte Happen, das wiederum heißt mikroskopisch klein geschnitten werden. Verschlossene Katzenklappen werden abends insoweit aufgebrüllt, dass das Personal sie zumindest rauslässt und die Klappe auf Eingang stellt. Sie liegt stundenlang auf der Wiese, von der sie früher spätestens nach einer halben Stunde vom General verjagt und in ein Gebüsch vertrieben wurde. Die Wiese weist an Lieblingsschlafplätzen bereits Schädigungen auf, was bedeutet, sie ist vertrocknet und kaputt. In Sachen bei Billund angeborener kognitiven Dysfunktion hat sich jedoch nichts geändert, das Personal verfügt über ein Foto von der Offiziersanwärterin Billund, auf der Wiese wach liegend, und mit desinteressiertem Blick auf eine nur drei Handbreit von ihr entfernte Amsel, die einen Wurm aus dem Boden zieht.

Der große Feldherr jedoch wird bei schönem Wetter in den Garten getragen und entweder neben dem Teich oder auf der Gartenliege abgesetzt. Einmal dort, genießt er es durchaus, sich draußen aufzuhalten, wobei seine vormals mit Leichtigkeit vollführten Beschäftigungen nun begleitend

unterstützt werden müssen. Das Trinken aus dem Teich bspw. gestaltet sich bei niedrigem Wasserstand schwierig, da mit den Vorderfüßen auf dem Lavastein gestanden werden muss. Seit die in der Sonne dösende Wasserschildkröte mit eben diesem verwechselt wurde und es zu einem Beinahesturz in das Nass gekommen war, wird ihm assistiert, indem er entweder während des Trinkvorganges leicht festgehalten wird, oder aber das Wasserstandniveau sofort angeglichen wird.
Auch im Haus gelingt ihm nicht jeder Sprung auf jedes Möbel, so dass er selbstredend hinauf gehoben wird. Das Trinken aus einem laufenden Wasserhahn ist allerdings nur noch unter Beobachtung und gleichwohl Assistenz möglich. Überhaupt trinkt er viel, aber das tat er schon immer. Bedauerlicherweise hat Narses sehr helle Momente, in denen er sich seiner vormaligen Aufgabe, nämlich des Schutzes des Gartens, bewusst wird und aus jenem entschwindet. Das aufgebrachte Pflegepersonal findet ihn lange nicht, aber inzwischen ist bekannt, dass er sich dann auf dem Garagendach befindet, den Blick starr in die weite Ferne gerichtet, wahrscheinlich von vergangenen Ruhmestaten träumend. Es gestaltet sich schwierig, mit einem Kater im Arm eine Leiter hinab zu steigen, selbst dann, wenn dieser sich nicht zur Wehr setzt.
Zusammengefasst scheint er sich wohl zu fühlen. Er erhält viel Pflege, Zuwendung, Liebe, Streicheleinheiten, besondere Speisen und Hilfeleistungen beim Kraxeln. Nur in wenigen Augenblicken, wenn die Erinnerungen Überhand gewinnen und er sich bewusst zu werden scheint, was er alles verloren hat, welch alles überstrahlender Held er einst war, scheint er traurig zu sein. Billund schaut sich das alles. Und in ihrem Gesicht steht: Und eines Tages werde ich General anstelle des Generals.

Epilog:
Generalin wurde sie nie. Sie starb noch in diesem Jahr 2013 an plötzlichem und akutem Nierenversagen, was für mich emotional ein solches Drama war, dass ich hier nicht länger darauf eingehen möchte. Warum sie nicht so alt wurde, wie alle unsere anderen Katzen, weiß ich nicht. Ihre Lebensumstände waren dieselben und sie waren sehr gut. Vielleicht, denke ich oft, weil sie als Wildkatze einfach anders war. Aber warum auch immer sie schon mit dreizehn Jahren starb, sie hatte nicht nur ein wunderschönes Leben, sie hatte überhaupt eins, weil sie sich Tom damals so angebiedert hatte, dass er sie einfach mitnahm. Sehr wahrscheinlich wäre sie sonst nie älter als ein Jahr geworden. Und so dumm sie war, auf ihre liebenswerte Weise, hatte sie sich damals als Intelligenzbestie erwiesen.

Narses der Unbezwingbare starb im September 2014 an so etwas wie einem Schlaganfall. Er hatte im Bett gelegen, als wir zu Bett gingen und aus unerklärlichen Gründen erwachte ich mitten in der Nacht und blickte ihn an. Er sah ganz normal aus, leicht zusammengerollt, die Pfötchen vor sich eingeklappt und mit erhobenem Kopf. Er schien mich auch anzusehen, die Augen waren etwas trüb.
Als ich Tom weckte, wusste auch er, dass irgendetwas nicht in Ordnung ist und wir blieben auf. Es dauerte nicht lange, bis Narses einfach aufhörte zu atmen und sein Herz stehen blieb.
Nun war er tot.
Der Feldherr war dahingeschieden. Als letzter der unverwechselbaren Drei.

Hiermit habe ich ihnen ein Denkmal gesetzt.